Josie Charles stammt aus einer mittelgroßen deutschen Stadt. Früh entdeckte sie ihre Leidenschaft fürs Schreiben. Sie würde sich selbst als Romantikerin bezeichnen und hat eine Schwäche für schwierige Typen und mutige Frauen – trotzdem hat es eine ganze Weile gedauert, bis sie den Mut fand, ihren ersten romantischen Roman zu veröffentlichen. Mit fast dreißig hat sie beschlossen, dass die Zeit reif ist. Seitdem sind verschiedenste Storys aus dem Bereich Romance erschienen, von Sportler-Liebesromanen über College Love bis hin zu romantischen Kleinstadtgeschichten. Für Leser und alle anderen ist sie auf Facebook und Instagram jederzeit zu erreichen und freut sich über Rückmeldungen aller Art.
Josie Charles ist ein Pseudonym.

JOSIE
CHARLES

EAGLES EISHOCKEY

WENN ICH
DEINE HOFFNUNG BIN

Überarbeitete Neuausgabe Januar 2024

WENN ICH DEINE HOFFNUNG BIN

ISBN 978-3-98778-659-4
E-Book-ISBN 978-3-98778-680-8

Dies ist eine überarbeitete Neuausgabe des bereits 2020 bei
Josie Charles erschienenen Titels Wenn ich deine Hoffnung bin.
(ISBN: B0852MPS3G).

Covergestaltung: Anne Gebhardt
Umschlaggestaltung: ARTC.ore
Unter Verwendung von Abbildungen von
shutterstock.com: © PawelG Photo, © EFKS , © KDdesignphoto
Korrektorat: Stephanie Schilling
Satz: dp DIGITAL PUBLISHERS GmbH
Druck und Bindung: Books on Demand GmbH, Norderstedt

PROLOG

Berkeley, Kalifornien
Januar 2020

KAYLEE

Ich stehe am Strand, mit den Füßen im Wasser und lausche mit geschlossenen Augen den Wellen. Es hat etwas Beruhigendes und Verheißungsvolles zugleich an sich.

Und es ist perfekt für einen Neuanfang.

Hier, fernab meiner Heimatstadt New York, des Lärms und vor allem fernab von Rick, ist der perfekte Ort, um von neuem zu beginnen.

Ich grabe meine Zehen in den feuchten Sand und auch wenn das Wasser eisig ist, weil wir erst Januar haben, ist es ein unglaubliches Gefühl. Es hat etwas Echtes an sich, das ich in New York nirgends finden konnte.

Und etwas Echtes ist genau das, was ich jetzt brauche.

Das Haus, in dem ich wohne, steht nur wenige hundert Meter vom Strand entfernt. Ich habe es von meinem Grandpa geerbt und es fühlt sich bereits an meinem zweiten Tag hier in Berkeley wie ein Zuhause an.

Es gibt dort zahllose Kleinigkeiten, die mich an meinen Opa erinnern und mir das Gefühl geben, nicht allein zu sein. Wie zum Beispiel die alte Flasche, die eingestaubt auf einem Sideboard stand, als hätte sie nur auf mich gewartet; und die Erinnerungen in mir geweckt hat.

Ich öffne die Augen und betrachte die Flasche, die ich mit der rechten Hand fest umklammert halte. Ich habe sie entstaubt, eine Botschaft hineingesteckt und sie fest verschlossen. Ganz so, wie mein Grandpa es mir früher als Kind beigebracht hat.

Sorgen lässt man am besten hinter sich zurück, indem man sie dem Meer anvertraut.

Ich sehe noch einmal hinab auf die Flasche in meinen Händen, dann hole ich entschlossen aus und schleudere sie ins Wasser.

Sie beschreibt einen hohen Bogen, dann platscht sie auf die Oberfläche und die Wellen schlagen über ihr zusammen. Eine Weile sehe ich einfach nur auf die Stelle, an der die Flasche vom Meer verschluckt worden ist.

Schließlich wende ich mich ab. Meine nackten Zehen sind mittlerweile eiskalt und es wird langsam dunkel.

Zeit, dass ich zurück ins Haus komme und es mir vor dem Kamin gemütlich mache.

Ich schnappe mir meine Schuhe und lasse den feuchten Sand hinter mir.

Und nicht nur den.

Grandpa hatte Recht.

Es bringt nichts, der Vergangenheit nachzutrauern.

Morgen beginnt mein neues Leben an der Uni von Berkeley. Ich werde neue Freunde finden und Rick wird Geschichte für mich sein.

Das nehme ich mir fest vor.

Seattle, Washington

JENSON

Die Halle ist zum Bersten voll. Von allen Seiten jubeln die Fans, allerdings nicht für uns. Wir sind zu Gast in Seattle und seit das Eishockeymatch begonnen hat, können wir uns von den Anhängern der Gastgebermannschaft anhören, dass wir *Ivy-League-Weicheier* seien.

Von wegen. Wir sind für unser hartes, schnelles Spiel bekannt und lassen uns sicher nicht einschüchtern.

»Thorn! Pass, pass!«, brülle ich, während ich an der Seitenlinie auf meinen Schlittschuhen Gas gebe, um den Puck im Ernstfall selbst annehmen zu können. Doch Tom Turner, unser schnellster Mann im Sturm, ist rechtzeitig zur Stelle. Er nimmt den Querpass von Slater Thorn entgegen, prescht mit dem Puck auf das Tor zu – und wird von einem der gegnerischen Spieler mit einem Ellbogen-Check gestoppt, der ihn zu Boden gehen lässt.

»Scheiße«, höre ich mich selbst brüllen und rechne mit einem Pfiff, aber es kommt keiner.

Ist der Schiedsrichter blind, oder was?!

»Lewis, bring das in Ordnung!«, fordere ich.

Matt Lewis ist ein Chaot und nicht gerade mein bester Freund, aber er ist genau die Art von Spieler, die so eine

Situation noch retten kann. Mit seinem dicken Handschuh zeigt er mir den erhobenen Daumen, rast an mir vorbei und ich wende mich ab, um zum Schiedsrichter hinüberzufahren.

»Hey! Das war gerade ein eindeutiges Foul!«

Der Schiedsrichter sieht mich nicht an. Angestrengt bleiben seine Augen aufs Spielfeld gerichtet, so als hätte er Angst vor einem Blickduell mit mir. »Das war ein kleiner Rempler, mehr nicht.«

»Unsinn, das hätten Sie pfeifen müssen! Das wären mindestens zwei Minuten Zeitstrafe gewesen!«

»Junger Mann, wenn du versuchst, hier eine Überzahl zu erzwingen, kannst du das gleich wieder vergessen. Gewinnt das Spiel fair oder gewinnt es gar nicht. Und jetzt verschwinde, sonst verpasse ich *dir* eine Zeitstrafe.«

Er verpasst mir eine was? Das darf der Kerl gar nicht. Ich bin der Kapitän der UC Eagles und habe damit als einziger Feldspieler offiziell das Recht, seine Entscheidungen zu kritisieren. Wofür will er mich also bestrafen? Soweit ich weiß, kommt der Typ aus Portland, wahrscheinlich ist er einfach parteiisch.

»Ich zeig Ihnen, wie man ein Match gewinnt«, knurre ich, mache auf meinen Kufen kehrt und rase zurück aufs Feld, um mir einen Überblick zu verschaffen.

Wir befinden uns schon in der Verlängerung, es kommt jetzt auf jede Sekunde an.

Matt hat sich den Puck geholt, wird aber von drei gegnerischen Spielern bedrängt. Steve, der zweite Verteidiger, steht in seiner Nähe, macht sich aber anscheinend gerade die Nägel oder schaukelt sich die Eier. Zumindest macht er keine Anstalten, zu signalisieren, dass er freisteht.

Ich nehme an Fahrt auf. »Matt! Hier!«

Matt entdeckt mich, schlägt einen kleinen Haken, der die gegnerischen Angreifer für ein paar Sekunden täuscht und nutzt die Zeit, um den Puck zu mir zu passen.

Augenblicklich wendet sich die gesamte Aufmerksamkeit mir zu. Anderen Spielern machen diese Momente Angst – sie fürchten die Konfrontation, die harten Checks, wenn sie angegriffen werden. Ich dagegen gerate in eine Art Tunnel, sehe nur noch das Wesentliche.

Steve, der aufgewacht ist und über die rechte Seite angerast kommt.

Slater, der dicht an mir vorbei hetzt und mit einer Geste andeutet, dass ich zu ihm passen soll, um die Seattle-Spieler abzulenken.

Jetzt gilt es, alles zu geben. Das Blut rauscht in meinen Ohren und mein Blick fühlt sich starr an, während ich dem Puck einen Schubs zur Seite versetze, direkt mit dem Stock aushole und einen harten Pass auf Tom Turner spiele, der sich hinter Steve schon fast vor dem Tor positioniert hat.

Mühelos nimmt er an und befördert die Scheibe mit einem gezielten Schlag hinter die Linie. Der gegnerische Torwart ist chancenlos und wir gehen in Führung.

Dann ertönt der Schlusspfiff. Es ist vorbei. Wir haben in letzter Minute gewonnen.

Ein paar der Spieler aus Seattle feuern wütend ihre Stöcke zu Boden.

Ohrenbetäubende Buhrufe ertönen.

Meine Mannschaft versammelt sich vor dem gegnerischen Tor, um Turner für seinen Treffer in der letzten Sekunde der Verlängerung zu feiern. Auf dem Weg dorthin nehme ich meinen Helm ab und wende mich nochmal dem Schiedsrichter zu.

»Meinten Sie das mit Gewinnen?«, frage ich ihn.

Betont unbeeindruckt sieht er mich an, aber ich erkenne an seinen Augen, dass es in ihm nur so brodelt. »Fahrt zurück auf euren Luxuscampus, eingebildetes Pack«, höre ich ihn murmeln.

Wow, da hat jemand wohl ein Problem mit der Tatsache, dass unsere Uni eine der besten in den Staaten ist.

Aber das soll nicht meine Sorge sein. Ich gleite an ihm vorbei und werde von Steve an der Schulter gepackt.

»Das war der Hammer. Eiskalt durchgezogen!«

»Denen haben wir's gezeigt«, stimme ich ihm zu, fahre mit ihm zum Rest unserer Truppe und verkünde, während die Buhrufe langsam leiser werden: »Okay, Männer! Das war das erste wichtige Spiel des Jahres! Darauf gebe ich einen aus!« Ich deute auf Dexter Piers, unseren Torwart. »Dir allerdings nur, wenn du mir versprichst, dass es beim nächsten großen Match keine Gegentore gibt!«

Blöd grinsend salutiert er vor mir. »Aye aye, Captain!«

Dann fahren wir geschlossen zur Bande. Doch bevor wir die Eisfläche verlassen, sehe ich mich nochmal um.

Wie viele Plätze hat die Halle? Fünfhundert?

Fünfhundert Menschen, die gegen uns waren, und wir haben uns trotzdem durchgesetzt. Ich bin verflucht stolz auf mein Team.

Wir haben ein paar harte Monate hinter uns: Im letzten Jahr haben wir die Meisterschaft knapp verloren und die privaten Sorgen einiger Spieler hätten uns beinahe weitere Siege gekostet. Aber mittlerweile läuft alles wieder in den richtigen Bahnen; auf dem Feld konzentriert sich jeder aufs Wesentliche.

Spielen.

Gewinnen.

Der Liga und allen anderen beweisen, dass wir uns nicht unterkriegen lassen.

Wenn es so weitergeht, ist mir, genau wie einigen anderen im Team, eine Profikarriere nach der Uni sicher.

»Jenson, willst du da übernachten?«, ruft Tom.

Triumphierend verlasse ich als Letzter das Eis.

Oh Mann, ich liebe diesen Sport.

KAPITEL 1

Berkeley, Kalifornien
Eine Woche später

KAYLEE

Ich parke meinen silbernen Chevy Spark unter einer orangefarben leuchtenden Straßenlaterne und kriege gerade noch einen Platz. Überall entlang der Bürgersteige vor der Villa der Thorns in den edlen Uplands von Berkeley stehen Sportwagen, die meinen neuen Kommilitonen gehören. Es ist so voll, als hätte die gesamte UC beschlossen, heute Abend auf diese Party zu gehen.

Kurz überprüfe ich mein Make-up im Innenspiegel. Ich trage nicht viel, nur etwas Mascara und Lipgloss. Das hier ist immerhin nicht New York, wo die meisten Frauen das ganze Jahr über wie voll behangene Christbäume aussehen. Die anderen Mädels meinten, es gäbe keinen Dress-Code. Noch etwas, das mir hier schon nach meiner ersten Woche besser gefällt als in NYC: Alle sind so entspannt.

Also trage ich meine schulterlangen blonden Haare einfach offen, außerdem habe ich enge Jeans und ein weißes Crop Top mit einem Palmenmotiv darauf an. Das muss für den Anfang reichen.

Ich ziehe den Schlüssel ab, schnappe mir mein Handy aus der Mittelkonsole und steige aus. Sofort fährt kühle Luft unter mein Oberteil und mein Atem kondensiert vor meinem Gesicht wie Disconebel. Aus der Ferne höre ich schon Musik.

Sugar, how you get so fly.

Ein richtiger Sommersong am Jahresanfang.

Ich schließe den Wagen ab und sehe mich um, nur um sofort meinen Namen aus mindestens drei Mündern zu hören.

»Kaylee, da bist du ja!«

»Hey Kaylee, komm zu uns rüber!«

»Wir haben extra auf dich gewartet, Kay!«

Vor dem mit blauen Lichterketten geschmückten Tor der Villa, in der die Party stattfindet, haben sich die Firebirds versammelt und frösteln nicht weniger als ich.

Gleich an meinem ersten Tag an der University of California habe ich mich bei der Eishockey-Cheerleadertruppe beworben. Ich wollte dringend eine neue Herausforderung, außerdem kamen mir die Firebirds-Mädels von Anfang an sympathisch vor, nicht zickig oder hinterlistig, wie es Cheerleaderinnen oft nachgesagt wird.

Meine Erfahrung im Turnen hat mir bei der Aufnahme geholfen, die anderen waren ganz begeistert von meinen Verrenkungen.

»Ich dachte, wir sind hier in Kalifornien!«, sage ich, während ich zu ihnen eile.

»Das mit dem schönen Wetter ist der Süden. Wir sind im Norden und haben die Arschkarte gezogen«, scherzt Sandra, die ein Spaghettitop trägt und eine dicke Gänsehaut hat. Sie begrüßt mich mit einer kurzen Umarmung und die übrigen Mädchen tun es ihr gleich. Von einem Moment auf den anderen bin ich eingehüllt in eine Wolke aus Parfüm und Haarspray.

»Ich glaube, dann wechsle ich nochmal die Uni«, sage ich.

»Wehe. Wir brauchen dich als neue Kapitänin, Abby 2.0!« Während Sherley, eine Cheerleaderin mit raspelkurzem Haar, diese Worte sagt, kreuzt mein Blick den von Abigail.

Sie ist die jetzige Kapitänin der wohl bekanntesten Cheerleadertruppe von Berkeley. Ebenso wie ich, ist sie groß, blond und sportlich. Außerdem ist sie total nett, was ich gleich gemerkt habe, als ich sie bei meinen ersten zwei Trainingseinheiten diese Woche kennengelernt habe. Darum gefällt es mir nicht, wie traurig sie aussieht, als die anderen von mir als ihrer Nachfolgerin sprechen.

»Warten wir's erstmal ab«, sage ich und deute auf die Villa. »Wollen wir reingehen?«

»Ja, los, bevor die Jungs noch vor uns da sind!«, stimmt mir Sandra zu.

Alle gemeinsam setzen wir uns in Bewegung und überqueren eine kurze, gewundene Zufahrt. Soweit ich weiß, ist Slater Thorn, der Kommilitone, bei dem die Party heute steigt, der Sohn eines Hollywoodstars. Außerdem ist er Stürmer bei den UC Eagles – dem wohl gefeiertsten Uni-Eishockey-Team der Westküste. Dem Team, dessen Cheerleaderinnen wir sind.

Die Eagles sind sehr ehrgeizig und ziemlich gut. Sie gewinnen beinahe jedes Spiel und überall liest man, dass sie außergewöhnlich viele Talente in der Mannschaft haben. Auch ihr letztes Match haben sie für sich entschieden und die Firebirds haben einstimmig beschlossen, dass sie dafür an diesem Wochenende eine Überraschungsparty verdienen.

Wir nähern uns der Villa und ich bin wirklich beeindruckt. Nicht nur von dem riesigen Gebäude, sondern auch von der Deko. So ungefähr alle Fenster erstrahlen in blauem Licht, denn Blau ist die Farbe der Eagles. Durch die Scheiben im Erdgeschoss erkenne ich, wie voll es ist. Es wird getanzt und mitgesungen, ich sehe blaue Plastikbecher durch die Luft fliegen und es gibt sogar richtiges Discolicht.

»Haben wir es übertrieben?«, fragt Mia, Slaters Freundin, die neben mir her geht.

Ich sehe ihr tiefgründiges Stirnrunzeln und muss grinsen. »Bisher brennt das Haus noch nicht und es springt auch noch keiner vom Balkon in den Pool, also …«

»Da hast du auch wieder Recht.«

Sie lacht und wir erreichen gemeinsam die Tür. Sie steht offen und kaum betreten wir das Haus, wird die Musik leiser gedreht.

»Ladys und Gentlemen, die bezaubernden Firebirds«, dringt die Stimme des DJs durchs Mikrofon und alle jubeln.

»Was willst du trinken?«, fragt mich Sandra, die noch an meiner Seite ist, während sich alle anderen schon unter die Gäste mischen. »Blauen Sekt? Blaues Bier? Einen blauen Cocktail vielleicht?«

Bevor ich etwas erwidern kann, zieht sie mich auch schon mit sich zu einer Bar, die vermutlich Teil der Einrichtung ist und nicht extra für die Party hier aufgebaut wurde. Auf dem dunklen Tropenholz der Theke stehen Tabletts mit Shotgläsern, dahinter macht ein Student den Barkeeper.

»Mädels, ihr müsst die Bowle probieren.«

»Nur, wenn sie blau ist«, sage ich, zwinkere Sandra zu und stoße mit ihr an, sobald wir beide unsere Gläser in den Händen halten.

Ich trinke einen Schluck von dem süßen Mix aus Vanilleeis und Alkohol und stelle fest, dass es mir hier gefällt. Es ist neu und anders als in New York, genau das, was ich wollte, und ich genieße eine Weile einfach die ausgelassene Atmosphäre. Mit den anderen Firebirds mische ich mich unter die Menge und mir werden ungefähr hundertfünfzig Leute vorgestellt.

Ich versuche, mir ihre Namen zu merken, scheitere aber gnadenlos. Irgendwann ist die Musik so laut, dass man sowieso keine Gespräche mehr führen kann. Es läuft mittlerweile ein alter Song von Lady Gaga und alle tanzen dicht an dicht ...

Aber dann werden die Boxen plötzlich leiser gedreht.

»Hey, da kommen sie!«, ruft der DJ, ein rothaariger Typ, an dessen Arm sich Abigail gekuschelt hat. »Alle bereit?«

Die Gäste wenden sich der Tür zu und die Firebirds sammeln sich, flankiert von einer Menge anderer Mädels, am Eingang. Ich halte mich im Hintergrund, so wie ich es bisher auch getan habe. Ich trainiere zwar seit einigen Tagen mit den Firebirds, aber das heißt nicht, dass ich den Eagles zu Füßen liegen werde.

Von Sportstars habe ich seit Rick die Nase voll.

Aus der Distanz beobachte ich, wie sich die ersten Umrisse jenseits der Tür aus der Dunkelheit schälen. Dann kommen die Eagles rein und Jubelrufe werden laut.

Ich stehe in der Nähe der Treppe und begutachte die großen, kräftigen Kerle in den blauen Collegejacken, die in einem Pulk die Villa betreten; allesamt feixend, als wäre dies ihre Bescherung am Weihnachtsmorgen.

Mia begrüßt direkt einen dunkelhaarigen und auffallend attraktiven Typen. Ein anderer, er ist blond, zieht ein braunhaariges Mädchen in rockigen Sachen zu sich heran.

Die meisten Übrigen jedoch verhalten sich ganz genau so, wie ich es von den umschwärmten Sportlern der UC erwartet habe. Sie genießen die Aufmerksamkeit der Mädels, einer von ihnen legt seine Arme gleich um zwei Frauen.

Ein anderer Kerl posiert direkt mit einer Rothaarigen, die bestimmt erst im ersten Semester ist, für ein Selfie.

Und ein dritter deutet auf seine Wange, auf die ihm eine der Firebirds auch gleich einen dicken roten Lippenstiftkuss drückt.

Mein Blick jedoch fällt auf den Spieler, der als Letztes reinkommt. Er sticht mir direkt ins Auge, auch wenn ich nicht gleich ausmachen kann, weshalb. Er ist einer der Größten von den Eagles, vielleicht liegt es daran. Er hat kurzes hellbraunes Haar, markant geschwungene Brauen und einen Ausdruck auf den Lippen, von dem ich nicht ganz sagen kann, ob es ein Lächeln ist oder nicht.

Kaum hat er die Tür hinter sich geschlossen, redet auch schon eine dünne Brünette auf ihn ein. Er ist so höflich, sich zu ihr hinunterzubeugen, damit er sie versteht und auch wenn ich seine Augen so nicht mehr erkennen kann, bin ich mir sicher, dass sein Blick in ihr Dekolleté wandert. Dennoch hat er etwas Distanziertes an sich, das ihn gleich arrogant erscheinen lässt. Aber davon wird sich die Brünette bestimmt nicht abschrecken lassen.

Einer seiner Mannschaftskollegen ist schon weiter, er beginnt bereits mit einer halbnackten Blonden zu tanzen. Der Selfiekönig hat seine Eroberung auch schon im Arm und ich kann nur hoffen, dass in den Schlafzimmern der Villa genug Gummis für alle bereit liegen.

Angewidert wende ich mich ab und spüre einen kurzen Stich, als ich schon wieder an Rick denke.

Auch er wurde immer so umschwärmt. Nur dachte ich eben, es interessiert ihn nicht. Jetzt jedoch weiß ich es besser. Im Endeffekt sind diese Typen alle gleich.

Sie wollen Ruhm und Anerkennung. Auf dem Feld, auf Partys. Und im Bett.

Aber was mich angeht, können sie das vergessen.

Ich bin mit solchen Männern fertig.

JENSON

Es wird immer schwieriger, sich die Mädels nach einem Spiel vom Hals zu halten. Jetzt, wo Slater und Tom beide vergeben sind, konzentrieren sich die Frauen vermehrt auf uns andere Teammitglieder. Sie werfen sich an uns ran, als wären wir Popstars. Als würde sich irgendetwas in ihren Leben ändern, wenn sie einmal mit einem von uns in der Kiste waren. Ich muss das nicht verstehen und erst recht muss ich dabei nicht mitmachen.

Ich habe mich mit der Ausrede, dass ich höllischen Muskelkater habe, vor einer Gruppe von Firebirds gerettet und stehe jetzt mit einem *Cupid's Blue* an der Bar – einem Drink, der raffinierter klingt, als er ist. Im Endeffekt besteht er nur aus Wodka, Blue Curaçao und Limo, aber die Jungs lieben ihn allein wegen der eisblauen Farbe und deshalb darf er auf keiner Party fehlen.

»Naaa, wen haben wir denn da? Wenn das nicht unser Kapitän ist!«

Ich ignoriere die Frauenstimme, die hinter mir herumplärrt und nehme einen Schluck. Irgendwer hat wohl die Mischverhältnisse durcheinandergebracht, denn die Schärfe des Wodkas ist deutlich zu schmecken. Dabei wollte ich mich eigentlich nicht abschießen.

»Jenson?« Eine Hand legt sich auf meine Schulter und ich sehe finster nach vorne, wobei ich mein Glas zur Hälfte leere. Erst dann setze ich ein Grinsen auf und drehe mich langsam auf meinem Barhocker um.

Vor mir steht Anna Torry, eine der Cheerleaderinnen. Sie trägt ein Kleid, das so eng anliegt, dass ich das Gefühl habe, ich würde bereits wissen, wie sie nackt aussieht.

»Hey«, sage ich und schlinge einen Arm um ihre Hüfte. »Wie geht's?«

Anna verdreht die Augen und gähnt demonstrativ, obwohl die Party eigentlich ein ziemlicher Erfolg ist. Sie war bereits in vollem Gange, als die Jungs und ich eingetroffen sind und auch jetzt wird unser letzter Sieg von allen tatkräftig gefeiert. Die Tanzfläche ist voll, und nicht nur sie. Auf den Sofas wird geknutscht und in regelmäßigen Abständen verziehen sich irgendwelche Paare nach oben zu den Schlafzimmern.

»Sagen wir es mal so ...« Anna streicht mir über den Oberarm, als stünden wir uns irgendwie nahe.

Ich verstehe nicht, wie einige Mädels an der UC darauf kommen, dass wir Eishockeyspieler nur darauf warten, eine von ihnen abschleppen zu können. Ich hoffe, dass sie gleich zum Punkt kommt, damit *ich* zum Punkt kommen und dann endlich in Ruhe meinen Wodka zu Ende trinken kann.

»Mir fehlt ein bisschen Beschäftigung ...«

Ich lächle zu ihr rüber, dann deute ich mit dem Kopf auf Eric Garner, einen unserer Verteidiger, der gerade ziemlich verloren herumsteht.

Perfekt.

»Wenn du dem Kapitän einen riesigen Gefallen tun willst, dann kümmerst du dich ein bisschen um meinen Kumpel da drüben. In Ordnung?«

»Eric?« Anna ist meinem Blick gefolgt und wirkt nicht gerade abgeneigt.

»Ganz genau.«

»Und was ist mit dir?«

Ich zwinkere ihr zu. »Mach dir um mich mal keine Sorgen.« Ich lasse sie los und sollte ihr jetzt wahrscheinlich noch einen Klaps auf den Hintern geben, aber so ein Macho-Gehabe bringe ich einfach nicht über mich.

»Wir sehen uns dann später«, flötet sie und macht sich auf zu Eric Garner.

»Ich hoffe nicht«, flüstere ich und leere mein Glas.

Dann sehe ich mich um.

Tom Turner spielt mit seiner Freundin Chelsea und ein paar anderen Leuten irgendein Trinkspiel. Slater Thorn ist auch dabei, aber er scheint nur zuzusehen, während seine Freundin Mia gerade damit beschäftigt ist, eine Reihe blauer Shots zu leeren.

Die Tanzfläche füllt sich immer mehr, vor allem die Firebirds sind dort vertreten, wahrscheinlich versuchen sie auch hier, der Menge einzuheizen. Aber nicht alle von ihnen. Weiter hinten, in der Nähe der Treppe, entdecke ich eine Blondine, von der ich nicht viel mehr weiß, als dass sie neu an der Uni ist, Kaylee heißt und ebenfalls bei den Cheerleaderinnen ist.

Skeptisch, nein, eher nachdenklich lässt sie ihren Blick über die Feiernden schweifen, als würde sie noch nicht so richtig wissen, was sie mit dieser Party anfangen soll.

Sie kommt mir ein bisschen fehl am Platz vor, möglicherweise, weil sie nicht so aufgedonnert ist wie ein paar andere Frauen. Vielleicht aber auch, weil sie allein ist. Weil sie sich nicht direkt uns Eagles an den Hals geworfen hat.

Ihre Augen haben etwas Kluges an sich, als würde sie sich fragen, ob das schon alles war oder ob es vielleicht erst der Anfang ist. Sie scheint mehr zu wollen. Zweifellos mehr, als es auf Uni-Partys dieser Art zu holen gibt.

Ihre Lippen sind himbeerrot und voll und sie lächelt die ganze Zeit, als würde sie versuchen, sich selbst zu motivieren und Spaß zu haben.

Ich merke, dass ich sie anstarre, schaffe es aber nicht, den Blick abzuwenden. Sie ist hübsch, ohne dabei diese billige Erotik auszustrahlen, die ich von vielen Studentinnen kenne. Am liebsten würde ich sie ansprechen, doch wo soll das enden?

Es würde genau wie immer ausgehen und für ein Gefühlschaos habe ich gerade wirklich keine Zeit.

»Oh, seht her! Jenson bricht die Klosterregeln und beglotzt eine Frau!«

Matt Lewis taucht vor mir auf und verstellt mir die Sicht auf Kaylee.

Wie ich diesen Typen hasse.

»Ein geiles Spiel in Seattle, was?« Matt hält mir die Hand zum Abklatschen hin und ich schlage ein.

Außer dem Eishockey verbindet uns beide eigentlich nichts, aber das hindert ihn nicht daran, mir auch privat auf die Eier zu gehen.

»Wen hast du denn in dein Eunuchen-Visier genommen?«, fragt Matt und lehnt sich mit verschränkten Armen neben mir an die Bar.

Eunuch. Mönch. Kastrat.

All diese Dinge muss ich mir neuerdings gehäuft von Matt Lewis anhören. Seit Tom und Slater in festen Händen sind, fokussieren sich alle auf mich und es fällt immer mehr auf, dass ich eigentlich so gut wie nie eine Frau abschleppe.

Es kursierte bisher das Gerücht, dass mir keine gut genug wäre, aber dank Matt schlägt das Ganze so langsam um. Ich will nicht als der eierlose Kapitän der Eagles bekannt werden. Wer aus der Mannschaft wird dann noch auf mich hören?

»Halt deine dämliche Fresse, Matt, und guck dir die Kleine da an.« Ich deute auf Kaylee, die mittlerweile nicht mehr allein ist, sondern von zwei identisch aussehenden Brünetten belagert wird.

Als Neue ist sie natürlich das Highlight des Abends.

»Kaylee heißt sie«, sagt Matt und packt meine Hand.

Schnell entziehe ich sie ihm. »Woh, Vorsicht. Willst du jetzt Händchen halten, oder was?«

Matt lacht, wobei es in seinen Augen verärgert aufblitzt. Der Typ ist wirklich die Härte. Man weiß bei ihm nie, woran man ist. Er verhält sich wie Doktor Jekyll und Mister Hyde – allerdings gleichzeitig.

»Wir machen dir die Kleine klar.«

Nein, das machen wir nicht!

Aber ich kann nicht wirklich protestieren, denn Matt hat jetzt auch noch Steve und Dexter dazu geholt und die drei sehen mich so erwartungsvoll an, dass ich gar keinen Rückzieher mehr machen kann.

»Wir sind deine Wingmen«, stellt Matt klar und ich würde ihm am liebsten sein Psychopathen-Grinsen aus dem Gesicht prügeln.

Aber das kann ich natürlich nicht machen. Wir sind Teamkollegen und somit eine Einheit.

»Also schön.« Langsam lasse ich mich von meinem Barhocker rutschen und wünschte, ich hätte noch einen zweiten *Cupid's Blue* getrunken.

»Yo, Steve, mach schon mal Ersatz für Jenson klar, falls die Neue zu prüde ist«, befiehlt Matt und Steve gehorcht aufs Wort.

Dass *Kaylee* zu prüde ist, wird wohl kaum das Problem sein, schießt es mir durch den Kopf, während ich Matt und Dexter folge. Wahrscheinlich wird eher das Gegenteil der Fall sein, und was dann?

Scheiße, ich soll doch nur mit ihr reden.

Warum um alles in der Welt fühlt es sich dann an, als wäre ich gerade zum Tode verurteilt worden?

KAYLEE

Der Typ mit dem hellbraunen Haar, der mir vorhin schon wegen seines halben Lächelns aufgefallen ist, kommt geradewegs auf mich zu. Er wird von zwei weiteren Spielern der Eagles flankiert und ich frage mich insgeheim, warum Kerle wie er immer nur mindestens im Trio auftreten können. Vielleicht wirken sie gerne unnahbar und wie menschliche Mauern.

»Das sind Jenson Lawrence, Matt Lewis und Dexter Piers«, raunt mir eine der beiden Zwillinge zu, die seit kurzem bei mir herumstehen. Ich habe ihre Namen schon wieder vergessen. Ich war noch nie gut darin, mir Namen zu merken und heute Abend haben sich mir so viele Leute vorgestellt, dass ich vollkommen den Überblick verloren habe.

Jenson, Matt und Dexter.

Welcher davon wohl *Mister rätselhaftes Lächeln* ist?

»Hey, Ladys«, sagt einer der drei; ein Typ mit dunklem Haar und einem Grinsen auf den Lippen, das überdreht und zugleich irgendwie boshaft wirkt.

»Hi, Matt«, sagen die Zwillinge im Chor. »Hi, Jenson. Hi, Dex.«

Da sie bei ihrer Begrüßung von einem zum anderen sehen, weiß ich jetzt zumindest, dass es sich bei dem Kerl in der Mitte, von dem ich mir immer noch nicht sicher bin, ob er arrogant oder einfach nicht ganz anwesend ist, um Jenson handelt.

»Hallo«, sage ich und mustere vor allem ihn.

Optisch gefällt er mir wirklich, aus der Nähe sogar noch besser. Seine Größe ist beeindruckend und er strahlt eine Ernsthaftigkeit aus, die nicht so recht auf eine Party wie diese passen will.

Was mir allerdings gar nicht gefällt, ist die Art, auf die er mich ansieht. Beziehungsweise *nicht* ansieht. Es scheint ihm schwerzufallen, mir in die Augen zu schauen. Immer wieder gleitet sein Blick über mich hinweg, als würde ich ihn jetzt schon langweilen.

»Du bist Kaylee, richtig?«, fragt er und mir wird klar, dass auch er nur mal kurz die Neue begutachten will.

»Kaylee aus New York. Genau. Und du bist?«

»Weißt du das nicht? Ich meine ...«

Oh Mann. So einer ist er also. Er geht davon aus, dass ihn jeder kennen muss, weil er einer der Eishockey-Stars an der UC ist. Aber den Zahn werde ich ihm ziehen.

Unter den neugierigen Augen der vier anderen verschränke ich die Arme und mustere Jenson von oben bis unten.

»Nein, tut mir leid«, sage ich dann. »Müsste ich dich kennen?«

Matt und Dexter lachen leise und auch ich kann mir ein Schmunzeln kaum verkneifen, als ich Jensons überraschtes Gesicht sehe.

Da ist die Großkotzigkeit direkt dahin.

»Jeder kennt mich«, bringt Jenson nur noch hervor.

Fast kann er einem leidtun. Damit, dass ich mich ihm nicht gleich nackt zu Füßen werfe, hat er wohl nicht gerechnet. Und damit, dass ich mit Typen wie ihm bereits in New York abgeschlossen habe, sicher auch nicht.

»Wenn du mich jetzt entschuldigst?« Ich sehe ihn auffordernd an und er versteht.

Langsam wendet er sich ab und ich höre diesen Matt irgendetwas von »eingebildete Ziege« und »Ersatz« faseln.

Eine Sekunde bin ich versucht, Jenson wieder zu mir zu rufen und mich für meine unhöfliche Art zu entschuldigen. Er kann ja nichts dafür, dass ich wegen Rick von Sportlern wie ihm generell eine schlechte Meinung habe. Doch ehe ich etwas sagen kann, hat Jenson sich auch schon sein nächstes Opfer gesucht und mit meinem Mitleid und dem schlechten Gewissen ist es ganz schnell dahin.

Sherley steht bereits in den Startlöchern und wirft sich an ihn ran.

»Mach dir nichts draus«, sagt eine der Zwillinge zu mir. »Für Jenson ist keine gut genug.«

Ich schüttle den Kopf. Wie bitte?

Habe ich die Situation fehlinterpretiert? Meiner Meinung nach habe ich ihn abblitzen lassen und nicht umgekehrt.

Aber ich sage nichts dazu. Stattdessen beobachte ich, wie Jenson seinen Arm um Sherley legt. Unter den Anfeuerungsrufen der anderen Jungs verziehen die beiden sich nach oben.

So hätte ich also auch enden sollen.

Als Trophäe.

Nein, danke.

JENSON

Scheiße. Jetzt ist genau das passiert, was ich um jeden Preis vermeiden wollte.

Sherley zieht mich mit sich in eines der Schlafzimmer, einen großen Raum mit einem Himmelbett, um dessen Pfosten blaue Lichterketten gewickelt sind. Sie dreht sich zu mir um, greift an mir vorbei und schubst die Tür zu. Damit sperrt sie auch die Musik und das Stimmengewirr von draußen aus. Mit einem Mal ist es ungewohnt still und ich bin mit ihr allein. Sie sieht mich erwartungsvoll an und ich bin mir sicher, dass ich ihren Erwartungen nicht entsprechen werde.

»Endlich hast du mal ein paar Minuten für mich«, raunt sie mir zu und ihre feuchten Lippen verziehen sich zu einem verführerischen Lächeln.

Sie ist hübsch, keine Frage. Auch wenn sie das Haar raspelkurz trägt, sieht sie dank ihres Puppengesichts und ihrer zerbrechlichen Figur absolut weiblich aus. Ihre langen Wimpern lassen ihren Blick verführerisch wirken und sie kommt einen Schritt näher, sodass ich ihren honigartigen Duft wahrnehmen kann.

Sie stellt sich auf die Zehenspitzen und ich fühle ihren Atem auf meinem Hals. Ich muss mir was einfallen lassen, und zwar schnell.

»Ist das nicht der Raum, in dem sich Mister Thorn die Pulsadern aufgeschnitten hat?«, frage ich in der Hoffnung, dass sie beim Gedanken an das Blutbad gar nicht erst in Stimmung kommt.

Doch Sherley lacht nur, leise und kehlig. »Macht dich das etwa an?«

Na toll. Anstatt sich unwohl zu fühlen, denkt sie jetzt also, ich hätte einen düsteren Fetisch. Aber das scheint sie nicht abzuturnen. Ganz im Gegenteil.

Sie schmiegt sich an mich und ich fühle ihre spitzen Hüftknochen unterhalb meiner eigenen Hüften, während ich an ihr vorbeisehe, als könnte ich ihr so weismachen, dass ich ihren Anmachversuch nicht bemerke.

»Nein, eigentlich nicht. Ich wollte vorschlagen, dass wir woanders …«

»Wer weiß, was in den anderen Räumen schon alles passiert ist«, haucht Sherley. Dann beginnt sie, meinen Hals zu küssen und ich balle instinktiv die Hände zu Fäusten.

Es ist nicht so, dass sich das unangenehm anfühlen würde. Ganz im Gegenteil. Und doch wollte ich es nicht so weit kommen lassen.

Verdammter Matt Lewis. Dank ihm bin ich voll in die Falle getappt und ich fürchte, aus der Nummer komme ich jetzt nicht mehr raus.

Einen Moment lang macht sich eine beinahe zynische Stimme in mir bemerkbar – eine Stimme, die mich lautstark bemitleidet, weil ich ja so arm dran bin, dass ich mit einer sexy Cheerleaderin auf einer Party in einem Schlafzimmer mit einem riesigen Bett gefangen bin.

Obwohl ich sie gerne verdrängen würde, gebe ich der Stimme insgeheim Recht. Ich muss aufhören, so ein Weichei zu sein. Die meisten Männer würden für einen Moment wie diesen sterben. Also Augen zu und durch.

Ich gebe mir einen Ruck, drehe den Kopf zu Sherley und sie schlingt die Arme um meinen Nacken, um ihre Lippen auf meine zu drücken.

Ihr Mund fühlt sich kühl und fest an. Forschend sucht sich ihre Zunge einen Weg zwischen meine Lippen und ich lasse auch das zu, umspiele sie mit meiner.

Sherleys Atmung beschleunigt sich, sie drückt ihren Körper noch enger gegen meinen und als ich keine Anstalten mache, sie zum Bett zu drängen, nimmt sie die Zügel einfach selbst in die Hand.

Sie geht rückwärts, wobei ihre Arme immer noch um meinen Hals geschlungen sind, und ich folge ihr notgedrungen.

Sherley greift nach meiner Hand und legt sie auf eine ihrer kleinen runden Brüste. Sie scheint unter ihrem Top keinen BH zu tragen, ich fühle deutlich ihren harten Nippel und kann nicht ändern, dass es in meinem Schwanz zu pochen beginnt.

»Da regt sich was«, gurrt Sherley in mein Ohr, dann lässt sie sich auf das Bett sinken und zieht mich mit sich herunter.

Mir fällt auf, dass die Laken zerwühlt sind, wir sind anscheinend nicht die ersten heute Abend in diesem Raum.

Ich fange an zu schwitzen. Das hier fühlt sich verkehrt an, es fühlt sich an, als würde ich besoffen an einem Abgrund balancieren. Oder in einem Auto ohne Bremse 180 fahren.

Aber ich kann jetzt nicht anhalten, ich kann nicht zurück.

Vielleicht schaffe ich es ja, es hinter mich zu bringen, wenn ich nicht weiter drüber nachdenke.

Ich küsse Sherley wieder, während sie meinen Gürtel öffnet und verdränge den Anflug von Übelkeit, der sich dabei in mir breitmacht.

Das ist nur der Wodka ...

»Ich habe schon immer geahnt«, flüstert sie mir zu, »dass ich diejenige sein könnte, die am Ende doch gut genug für dich ist, Jenson.«

»Tun wir's«, erwidere ich gepresst und versuche, den Tunnelblick herbeizuzwingen, den ich so gut von unseren Matches kenne. Wenn ich mich nur auf das Wesentliche konzentriere, vielleicht kriege ich es dann tatsächlich hin.

Es muss ja nicht lange dauern, sie scheint so sehr auf mich abzufahren, dass sie so oder so begeistert sein wird. Und das wiederum wird reichen, um Matt Lewis das dumme Maul zu stopfen.

»Ja«, haucht Sherley. »Tun wir's.«

Sie spreizt unter mir die Beine, was dank ihres kurzen Rocks problemlos geht. Dann greift sie unter den dünnen Stoff, tut irgendwas, das ich nicht erkennen kann und schließlich packt sie meine Hand, um sie zu sich herunterzuziehen.

Damit, dass sie so forsch ist, hätte ich nicht gerechnet.

Sherley lacht leise. »Ich will dir einen kleinen Vorgeschmack geben …«

Damit führt sie meine Hand unter ihren Rock, zwischen ihre Schenkel. Meine Finger ertasten den seidigen Stoff ihres Slips, den sie beiseitegezogen haben muss und dann ihre warme, feuchte Mitte. Es fühlt sich unglaublich gut an und meine Erektion wird noch härter. Mit den Fingern erkunde ich ihre intimsten Stellen, küsse sie dabei wieder und fühle, wie sie erneut nach meiner Hose greift. Sherley macht sie auf, schiebt ihre Hand hinein, und das ist der Moment, in dem die Stimmung kippt.

Plötzlich nimmt die Übelkeit überhand und überrollt mich wie eine Welle, so als hätte mir jemand einen derben Check in die Magengrube versetzt.

»Ich kann …«, bringe ich hervor, ziehe hastig die Hand weg und versuche, mich aufzurichten.

Aber Sherley scheint den Ernst der Lage nicht zu kapieren.

»Hier geblieben«, raunt sie mit einem leisen Kichern, schlingt ihre Schenkel um mich und hält mich mit erstaunlicher Kraft auf sich fest. »Ist okay, lass dich nur gehen. Ich wette, ich krieg ihn danach wieder zum Stehen.«

Ich höre ihre Worte kaum.

Ein letztes Mal versuche ich, mich in die Höhe zu stemmen, aber es ist zu spät. Bittere Galle sammelt sich in meinem Mund, ich greife an Sherley vorbei nach der Nachttischschublade, ziehe sie auf – und kotze meinen gesamten Drink hinein.

Blitzschnell lässt sie mich los und windet sich unter mir hinweg.

»Was zur Hölle, Jenson?!«, fährt sie mich an und ihr säuselnder Tonfall ist von einer Sekunde auf die andere verschwunden.

Aus dem Augenwinkel sehe ich, wie sie aufspringt und spüre ihren angewiderten Blick auf mir, während ich hustend und keuchend über der Nachttischschublade hänge. Ich will irgendwas sagen, ihr die ganze Sache erklären, eine Ausrede aus dem Ärmel zaubern. Aber ich kann nicht. Ich habe mich ganz einfach überschätzt.

Eine zweite Welle der Übelkeit erfasst mich und ich übergebe mich nochmal, während ich höre, wie Sherley zur Tür stürmt.

»Weißt du, du hättest auch einfach sagen können, dass du keinen Bock auf mich hast, du Arsch!«

Damit ist sie weg und ich bleibe allein zurück.

Hustend richte ich mich auf, rolle mich herum und lasse mich auf die Matratze sinken. Am liebsten würde ich für eine Weile hier liegenbleiben. Zumindest so lange, bis sich mein Magen und mein rasender Puls vollends beruhigt haben.

Doch mir ist leider klar, dass Sherley nicht die Klappe halten wird und ich beschließe, schleunigst von dieser Party zu verschwinden.

***

Was für ein beschissener Abend.

Ich laufe durch den Sand auf das Strandhaus zu, in dem ich mit ein paar anderen Studenten wohne, und bin froh, dass ich allein bin. Die anderen feiern noch, aber ich habe es nicht länger in den Uplands ausgehalten und bin den ganzen Weg hier hinunter zum Meer zu Fuß gegangen.

Die kalte Luft ist gerade richtig, um mir den Kopf frei zu pusten. Das Meeresrauschen ist perfekt, um meine Gedanken zu übertönen.

Ich habe schon viele Partys erlebt, aber die heute war wirklich die Härte. Zuerst mein wirklich grandioser Versuch, Kaylee anzusprechen. Ihre Art hat mich so aus dem Konzept gebracht, dass ich rübergekommen bin wie der letzte Idiot.

Und dann auch noch die Sache mit Sherley. Ich kann nur hoffen, dass sie entgegen meinen Befürchtungen dichthält und nicht bald die ganze Uni von meiner Pleite erfährt.

Am besten ist es, wenn ich morgen –

Mein Fuß stößt gegen etwas, das im Sand liegt und ich bleibe stehen.

Zuerst sehe ich nur die Wellen, die an den Strand branden und meine Schuhe schon völlig durchnässt haben. Vielleicht bin ich gegen einen Stein getreten?

Dann rauscht eine weitere Welle heran und ich erkenne, dass sie etwas mit sich trägt. Eine Flasche.

Wahrscheinlich ist sie bei der letzten Strandparty im Meer gelandet.

Eigentlich will ich einfach weitergehen, rein ins Haus, solange die anderen noch in Slaters Villa feiern. Aber etwas hält mich davon ab und ich sehe wieder hinunter auf die Flasche, die gegen meine Schuhe tickt, bevor sie erneut ein Stück weit zurück ins Wasser gezogen wird.

Es herrscht Vollmond und je länger ich in die Wellen schaue, desto mehr kann ich erkennen.

Als die Flasche das nächste Mal angespült wird, greife ich einem Impuls folgend nach ihr und hole sie aus dem Wasser.

Ich habe mich geirrt.

Es handelt sich nicht um eine einfache Bierflasche.

Diese hier sieht alt aus und hat einen Bügelverschluss. Und noch etwas ist auffällig. Jemand hat einen Zettel hineingesteckt.

Eine Flaschenpost ...

Als Kind habe ich mir immer vorgestellt, wie es wäre, eine Flaschenpost mit der Karte zu einem Piratenschatz zu finden. Zwar bezweifle ich, dass diese Flasche eine Schatzkarte enthält, trotzdem lasse ich den Verschluss aufschnappen und stecke einen Finger in den Flaschenhals, um die Botschaft rauszuholen. Das ist gar nicht so einfach und ich brauche drei Anläufe, bis ich das Papier endlich herausgezogen habe.

Ich rolle das Blatt auseinander und sehe, dass jemand etwas mit dunkler Tinte darauf geschrieben hat. Die Buchstaben sind klein und geschwungen, doch das Mondlicht reicht nicht aus, um einzelne Worte zu entziffern.

Von Neugier gepackt hole ich mein Handy heraus und schalte die Taschenlampe ein.

Mein Grandpa hat immer gesagt, wenn du etwas hast, das dein Herz belastet, vertrau es dem Ozean an. Dann bist du es los und kannst von vorn anfangen.
Ich glaube, das hier ist genau der richtige Moment für einen Neuanfang.

Ich habe dem falschen Menschen vertraut und es dann bitter bereut. Zuerst habe ich gedacht, dass es besser ist, wenn ich mein Herz verschließe, damit ich nie wieder verletzt werden kann, aber das ist nicht der richtige Weg.

Ich möchte mich nicht vor anderen Menschen verschließen, ich möchte nicht unglücklich sein.
Aber ich habe Angst, dass ich es bleiben werde.
Unglücklich und allein.

Ich lese die Zeilen wieder und wieder.

Sie lösen etwas in mir aus. Auch wenn es nur eine kurze Nachricht ist, spüre ich die Sehnsucht und den Schmerz, der in den Worten liegt.

Diese Frau, ich gehe wegen der ordentlichen Schrift davon aus, dass die Zeilen eine Frau geschrieben hat, ist tief verletzt worden.

Und ich kann der Fremden nur wünschen, dass es ihr geholfen hat, ihre Gefühle aufzuschreiben. Dass es so einfach ist, einen Neuanfang zu beginnen.

Ob das auch bei mir helfen würde?

Ich glaube kaum, dass ihr Grandpa recht hat und es funktioniert, sich die Dinge, die einen belasten, einfach von der Seele zu schreiben. Aber diese ganze beschissene Nacht und der Wodka oder der Vollmond oder was auch immer verleitet mich dazu, es zu probieren.

Was habe ich schon zu verlieren?

Ich werde eine Flasche ins Meer werfen, die vermutlich niemals jemand finden wird. Und wenn sie doch irgendwann von einem betrunkenen Eishockeyspieler an irgendeinem Strand aus dem Wasser gefischt werden sollte, dann wird er nicht wissen, wer die Nachricht geschrieben hat.

Genauso wenig, wie ich jemals erfahren werde, von wem diese kurze, traurige Botschaft stammt.

Also lasse ich mich in den feuchten Sand sinken, hole einen Kugelschreiber aus meiner Innentasche und beginne auf die Rückseite zu schreiben.

KAPITEL 2

KAYLEE

Als ich am Montagmorgen an der UC vorfahre, sehe ich Abby schon von weitem. Ich habe sie am Samstagabend, als wir uns nach der Party voneinander verabschiedet haben, darum gebeten, dass wir uns heute vor der ersten Vorlesung kurz unterhalten können. Und wie es aussieht, wartet sie schon auf mich.

Sie sieht wie immer toll aus und sticht aus der Masse der vorbeiströmenden Studenten hervor. Das blonde Haar glänzt in der Sonne und ihre Wangen sind rosig. Trotzdem liegt der gleiche nachdenkliche und leicht traurige Ausdruck in ihren Augen, den sie schon gestern an sich hatte.

Ich steige aus dem Wagen, winke ihr zu und schließe ab.

Es ist ein sonniger Tag, aber dabei so kalt, dass ich den Reißverschluss meiner Jacke bis oben hin zuziehe. Abby ist deutlich dünner angezogen als ich. Sie trägt ein Strickkleid und dazu einen lilafarbenen Schal.

Wer weiß, vielleicht machen mir die Temperaturen in ein paar Jahren ebenfalls nichts mehr aus. Auch wenn es in Berkeley eigentlich wärmer ist als in New

York um diese Zeit, friere ich trotzdem stärker. Wahrscheinlich liegt das an dem schneidenden Wind, der hier nicht von den Wolkenkratzern aufgehalten wird.

»Guten Morgen.« Abby umarmt mich, als wären wir alte Freundinnen.

Ich mag ihre herzliche Art, von der ich nicht das Gefühl habe, dass sie gespielt ist.

»Was für eine Party«, sage ich. Ich bin tatsächlich noch ziemlich müde, weil ich am Samstag erst gegen fünf Uhr im Bett war und mein ganzer Rhythmus deswegen im Eimer ist. Ich habe mich am Ende von den anderen mitreißen lassen und wir haben bis in die Morgenstunden getanzt.

»Hat sie dir gefallen? Mit den Partys in den New Yorker Szene-Clubs konnte sie sicher nicht mithalten, aber ...«

»Gerade das hat mir gefallen«, erkläre ich und kurz schweifen meine Gedanken ab zu den Clubs und Bars über den Dächern von NYC. Durchgestylte Locations und noch durchgestyltere Menschen. Erst jetzt wird mir so richtig bewusst, wie unwohl ich mich dort immer gefühlt habe. Aber es schien mein Leben zu sein an der Seite von Rick. Die Turnerin und der Schwimmstar. Wann haben wir aufgehört, ein Paar zu sein und wurden ein Klischee?

Ich schätze, das spielt jetzt keine Rolle mehr.

Abby nickt und wieder steht dieser nachdenkliche Ausdruck in ihren Augen. Ich bin entschlossen, ihn jetzt zu vertreiben.

»Ich wollte mit dir reden. Mir ist aufgefallen, dass einige andere Mädchen aus dem Team immer davon reden, dass ich die neue Kapitänin werden soll.«

Ich sehe Abby an, doch sie scheint mit den Gedanken ganz woanders zu sein, denn ihr Blick ist ziemlich verklärt.

»Das ist aber nicht meine Absicht. Ich will keinen Zickenkrieg und ganz bestimmt will ich dir auch nicht deinen Platz streitig machen. In New York war ich Turnerin an unserer Uni und ich bin einfach nur froh, dass ich in den Firebirds einen Ausgleich gefunden habe. Ich will nicht Kapitänin werden und – «

»Ich bin schwanger.« Abby wendet sich mir zu und faltet die Hände über dem Bauch. »Deswegen sagen sie solche Sachen. Und auch wenn es mich einerseits ein bisschen traurig stimmt, dass ich aufhören muss, freue ich mich auf die Babys. Also mach dir keine Sorgen.«

Wow. Das ist ja mal eine Neuigkeit.

»Gratuliere«, ist das Erste, was ich hervorbringe.

Babys.

Es werden also mindestens zwei. Wahnsinn. Ich bewundere Abby jetzt schon, denn ich bin mir sicher, dass sie eine großartige Mutter wird.

»Danke.« Abby lächelt wieder und von den leisen Zweifeln in ihrem Blick ist nichts mehr zu sehen. »Es wird toll werden, aber trotzdem würde ich gerne noch Kapitänin bleiben, solange es geht.«

Ich hebe beide Hände. »Ich will den Job wirklich nicht!«

Anscheinend hat sie mir das nicht geglaubt, aber es entspricht der Wahrheit. Ich habe schon immer gerne Sport gemacht, auch in der Gruppe, und deshalb erscheint mir das Cheerleading perfekt für meinen Neubeginn an der UC. Doch ganz sicher habe ich nicht im Sinn, irgendwem seine Position streitig zu machen.

»Aber du wärst perfekt dafür. *Abby 2.0.*«, wiederholt Abby die Worte der anderen Firebirds, allerdings ohne den geringsten Spott in der Stimme. Sie meint es völlig ernst.

»Ich weiß nicht, ob ich das kann«, sage ich perplex.

»Natürlich kannst du. Wir könnten Zwillinge sein.« Sie zwinkert mir zu und ich muss lachen.

»Na ja ...«

»Bitte. Werde meine Nachfolgerin. Ich weiß, der Vorschlag kommt vielleicht überstürzt, aber ich habe das Gefühl, du kannst diese Herausforderung gut gebrauchen.«

Weshalb sträube ich mich so?

Sie will es, die Mädchen wollen es und mir fällt auch auf Anhieb nichts ein, was dagegen sprechen würde – warum also nicht? Abby hat ja Recht. Ich mochte Herausforderungen immer. Außerdem wird es mir helfen, so richtig in Berkeley anzukommen.

»Okay, aber du musst mich in die Lehre nehmen«, bitte ich.

»Ich bring dir alles bei, versprochen.« Abby hält mir die Hand hin und ich schlage ein. »Und lass dich von dem Gerede der Mädels nicht verunsichern. Sie brauchen manchmal ihre kleinen Skandale. Aber jetzt haben sie etwas anderes, auf das sie sich stürzen können.« Abby geht los und bedeutet mir, mitzukommen.

Auch wenn ich gerne noch ein bisschen hier draußen in der Sonne gestanden hätte, folge ich ihr, denn die Vorlesungen fangen gleich an und wir beide sind mittlerweile fast die einzigen auf dem Hof.

»Was meinst du damit?«

»Hast du es noch nicht gehört?« Abby sieht mich an, dann runzelt sie dir Stirn. »Ach ja, du bist ja noch gar nicht in unserer WhatsApp-Gruppe.«

»Äh, nein.« Und somit habe ich den neusten Klatsch wohl verpasst. Aber ich weiß gar nicht, ob ich so scharf darauf bin, ihn zu erfahren. Für Lästereien war ich noch nie gut zu haben. Meistens ist an Gerüchten sowieso nur ein Funken Wahrheit dran – wenn überhaupt – und die Menschen bilden sich viel zu schnell ein Urteil über Dinge, von denen sie nur von Dritten gehört haben.

»Jenson hat gestern Nacht auf Sherley gekotzt. Ich wette, das ist heute Gesprächsthema Nummer eins.«

Jenson.

Wieder er.

Aber warum hat er Sherley angekotzt? So betrunken kam er mir gar nicht vor.

»Oh«, sage ich nur.

Ich muss mir gerade vorstellen, wie unangenehm die Situation sowohl für Sherley als auch für den Eishockey-Kapitän gewesen sein muss, wenn sie denn wirklich so stattgefunden hat.

»Das hatte er sich wohl anders vorgestellt.«

»Ach, bei dem weiß man nie.« Abby winkt ab. »Jenson ist sowieso so ein Mythos.«

Ich denke, dass sie *Mysterium* meint und hake nach, denn was es mit dem hünenhaften Sportler auf sich hat, würde ich zu gerne erfahren. »Wieso das denn?«

»Auf Partys werfen sich ihm die Frauen reihenweise an den Hals, aber angeblich war er noch mit keiner von ihnen im Bett. Sie sind einfach alle nicht gut genug für ihn – zumindest behaupten das die meisten. Manche glauben auch, er hat eine Freundin, die er vor seinen Kumpels aus dem Team versteckt. Aber wenn du mich fragst«, Abby zuckt mit den Schultern, »dann ist er einfach schwul.«

Ich denke an gestern und daran, wie seltsam sich Jenson mir gegenüber verhalten hat. Dieser distanzierte Blick.

Es wäre logisch, dass er sich nicht outet, weil es nicht in sein Bild des Eishockeyprofis passt, dass er auf Männer steht. Aber irgendwie glaube ich das nicht.

Ich denke, dass etwas anderes hinter seiner abweisenden Art steckt.

Und langsam frage ich mich, ob ich ihn gestern Abend nicht vielleicht viel zu schnell abblitzen lassen habe. Jenson scheint nicht gerade mit seinen Bettgeschichten zu prahlen. Ein Aufreißer ist er also nicht. Und damit hat er schon mal einen ganz fetten Pluspunkt gegenüber Rick.

Aber was könnte dann hinter seiner außergewöhnlichen Art stecken?

»Vielleicht wartet er nur auf die Richtige«, denke ich laut nach.

Damit scheine ich genau Abbys Geschmack getroffen zu haben, denn ihr Blick wird weicher und ich kann beinahe die Herzchen in ihren Augen sehen. »Oh, meinst du? Das wäre aber süß.«

Ja, das wäre es. Dabei allerdings auch ziemlich ungewöhnlich und so unwahrscheinlich, dass es schon wieder lächerlich ist.

Doch wenn mich die Vergangenheit eines gelehrt hat, dann, dass man sich nie auf das verlassen sollte, was man über einen Menschen zu wissen glaubt. Jeder ist für eine Überraschung gut.

Und nicht jede Überraschung muss böse sein.

JENSON

Als ich mittags in die Mensa komme, mache ich mich auf ein paar Sprüche wegen Samstagabend gefasst, und natürlich lassen sie nicht lange auf sich warten.

Kaum habe ich mir ein Tablett genommen und mich in der kurzen Schlange an der Essensausgabe der großen, neonbeleuchteten Kantine angestellt, höre ich auch schon das Getuschel rings um mich herum.

»Hast du gehört, was Sherley am Samstag passiert ist?«

»An seiner Stelle hätte ich sie sowas von durchgenudelt, so eine Chance kriegt man doch nie wieder!«

»Der war bestimmt total besoffen!«

Ich hoffe, dass sich dieses Gerücht nicht allzu weit verbreitet. Der Coach sieht es abseits seiner eigenen Geburtstagsfeiern nicht gerne, wenn wir uns die Kante geben.

»Hey, da ist ja unser Weiberheld!«

Während mir die Frau hinter der Theke gleichgültig irgendwas auf den Teller schaufelt, kneife ich kurz die Augen zu.

Matt Lewis. Seine Stimme würde ich unter hunderten erkennen.

Wieso taucht er eigentlich immer da auf, wo ich gerade bin? Fast kommt es mir vor, als hätte er mich mit einem GPS-Tracker versehen.

Ein paar der Leute um mich herum lachen, ein paar sagen auch Dinge wie »Lass es doch gut sein, Matt!«

Doch Matt hat noch nie irgendwas gut sein lassen.

Ich höre ihn näherkommen, dann legt er mir freundschaftlich die Hand auf die Schulter und sagt: »Ich versteh dich gar nicht, Kumpel. Sherley hätte doch genau dein Typ sein müssen, schließlich sieht sie mit ihren kurzen Haaren aus wie ein Junge!«

Scheiße. Dass er neuerdings auch noch ständig Schwulengerüchte in die Welt setzen muss, nervt mich wirklich. Wie soll ich darauf reagieren, ohne entweder diskriminierend oder eben schwul rüberzukommen?

Ich bin der Captain des Eishockeyteams, alle sehen zu mir auf. Ich kann nicht einfach durchdrehen, Matt beschimpfen oder ihm für seine Frechheiten eine klatschen.

Obwohl die Frau hinter der Theke noch dabei ist, Soße auf meinen Teller zu gießen, drehe ich mich zu Matt um und löse mich dabei mit einem Ruck aus seinem Griff.

»Pass ein bisschen auf deinen Tonfall auf«, warne ich ihn.

Er grinst mich blöd an, hinter ihm hat sich ein kleiner Pulk aus anderen Studenten versammelt. Immerhin niemand aus dem Team.

»Was denn?«, fragt Matt. »Ich mutmaße doch nur ein bisschen. Ganz offensichtlich fandest du Sherley zum Kotzen, aber warum?«

Wieder lachen einige der anderen, aber das stört mich ehrlich gesagt gar nicht so. Nur Matts dämliches Verhalten macht mich sauer. Wir Eagles sind ein Team und sollten in der Öffentlichkeit stets eine Einheit darstellen. Aber das kapiert er nicht, auch wenn es in der Vergangenheit schon mehrere Gespräche darüber gab. Aus irgendwelchen Gründen scheint er sich einfach nicht im Griff zu haben.

»Sherley ist eine tolle Frau«, stelle ich klar. »Ich habe nie was anderes behauptet und du solltest ebenfalls dein Schandmaul halten. Wir sind Vorbilder, keine Klatschtanten. Wenn dir das nicht passt, kannst du gern in den Häkelkurs wechseln. Da hören sie sich dein Gelaber sicher gerne an.«

Damit schiebe ich mich an ihm vorbei und die Stille, die auf meine Ansage folgt, zeigt mir, dass meine Worte zumindest für den Moment bei Matt angekommen sind.

Ich bahne mir einen Weg durch die neugierige Menge und bin nicht überrascht, dass fast alle vor mir zurückweichen. Lästern können sie, aber wenn sie Gegenwind bekommen, ziehen sie die Köpfe ein. Mir ist schon klar, dass ich mit meinen mehr als einem Meter neunzig Körpergröße und meiner kräftigen Statur ziemlich beeindruckend aussehe. Aber wenn sie glauben, dass sie wegen dieses Unsinns etwas von mir zu befürchten haben, kennen sie mich schlecht. Trotzdem mache ich ein finsteres Gesicht und es dauert nicht lange, dann ist der Weg zu den Tischen frei.

Gut so. Ich habe nämlich echt Hunger.

Ich sehe mich kurz um und entdecke Malcolm, der allein an einem Vierertisch sitzt und sich gerade dem Dessert widmet. Er ist seit einigen Wochen mein Mitbewohner. Wie ein paar andere Studenten, die sich die UC eigentlich nicht leisten können, wohnt er in einem Abrisshaus am Strand. Was mich angeht, ist Geld nicht das Problem. Ich bin aus anderen Gründen dort eingezogen. Verraten habe ich sie niemandem und die Leute im Strandhaus fragen zum Glück auch nicht nach.

Jeder hat dort seine eigene Geschichte. Aber wir hätten es schlechter treffen können. Es gibt Wasser und Strom und wir leben direkt am Meer. Natürlich ist das kleine Zimmer, das ich dort bewohne, etwas ganz anderes als die Villa in den Uplands, aus der ich stamme.

Doch Luxus ist nicht alles. Wenn ein Zuhause kein Zuhause mehr ist, sollte man gehen.

»Hey. Ist hier noch frei?« Ich lasse mich auf einen der Stühle Malcolm gegenüber fallen. Auch wenn er ein Obernerd ist und wir auf den ersten Blick wenig gemeinsam haben, sind wir in der letzten Zeit richtig gute Freunde geworden.

»Klar, ich warte nur auf Abby.« Malcolm deutet mit dem Kinn in Richtung Theke. »Matt Lewis ist ein Trottel. Ich würde ihn verprügeln, wenn ich könnte.«

Obwohl ich mich selbst über Matt ärgere, muss ich schmunzeln. Malcolm ist nicht gerade sportlich, aber das weiß er und macht keinen Hehl daraus.

»Tja, ich könnte, aber ich darf nicht.«

»Vielleicht schmeißen wir zusammen und engagieren einen Auftragskiller?«

Ich lache schnaubend und sehe auf mein Tablett. Erfreut stelle ich fest, dass es Spaghetti Bolognese gibt. Immerhin. Nur wenige Gerichte in der Mensa sind wirklich genießbar.

Während ich die Nudeln kleinschneide, gebe ich zurück: »Der hört schon wieder auf. Du kennst das doch.

Heute macht er mich blöd an, morgen tut er, als wären wir beste Freunde.«

»Klar, aber wenn du Hilfe brauchst ... Jederzeit.« Ernst und ein bisschen fragend sieht Malcolm mich an.

Ich weiß, dass auch er sich bei einigen Dingen, die mich betreffen, unsicher ist. Warum bin ich aus der Villa, in der ich zuvor lebte, in das Strandhaus gezogen? Wieso rede ich nie über persönliche Dinge? Aber er hakt nicht nach und dafür bin ich ihm dankbar.

»Ich überleg mir das mit dem Killer«, sage ich und fange an, die Nudeln in mich reinzuschaufeln.

Eine Weile essen wir schweigend, dann hellt sich Malcolms Gesicht auf und im nächsten Moment legen sich zwei Schatten über uns.

Ich blicke auf – und traue meinen Augen nicht.

Nicht nur Abigail ist zu uns an den Tisch getreten. Sondern sie hat ausgerechnet Kaylee im Schlepptau.

»Na, Jungs«, strahlt Abby und stellt ihr Tablett neben Malcolms ab.

»Na, schöne Frau.« Sobald sie sich setzt, wird sie von ihm mit einem Kuss begrüßt.

Damit wäre nur noch der Platz neben mir frei, aber Kaylee macht keine Anstalten, sich zu setzen. Wahrscheinlich hat sie schon von der Blamage gehört und Angst, dass ihr dasselbe passiert wie Sherley.

Ich schaue nochmal zu ihr hoch. Sie trägt einen hautengen dunkelroten Pulli zu Jeans und einer glänzenden schwarzen Steppjacke. Ihr blondes Haar ist offen, so wie auf der Party, und sie sieht einfach toll aus.

»Falls du dich setzen willst, ich wollte sowieso gerade gehen«, höre ich mich sagen.

Verflucht.

Warum muss ich mich ihr gegenüber eigentlich immer so aufführen, dass ich total arrogant wirke?

Kaylees perfekt geschwungene Brauen ziehen sich leicht zusammen. »Ich wollte eigentlich fragen, ob wir kurz reden können.«

»Du und ich?«

Kaylee deutet ein Lächeln an, was mich verwundert, da es auf der Party nicht gerade toll zwischen uns lief. Doch ihr Vorschlag freut mich. Sie ist wirklich eine Schönheit und ich sollte die Gelegenheit nutzen. Ich weiß nicht, warum sie mit mir sprechen will, aber das hier könnte die letzte Gelegenheit sein, ihr zu beweisen, dass ich kein eingebildeter Arsch bin, bevor sie sich endgültig ein falsches Bild von mir gemacht hat.

»Okay, gerne.« Ich lege die Gabel weg und stehe auf.

»Vor der Tür?«, fragt sie, dreht sich um und geht los.

Ich folge ihr und blicke im Weggehen nochmal zu Abby und Malcolm.

Abbys Blick ist schwer zu deuten, während Malcolm mit den Händen ein Herzchen zeigt.

Ich wende mich wieder Kaylee zu und folge ihr nach draußen, wobei es mir schwerfällt, nicht auf ihre langen Beine und ihren perfekt geformten Po zu starren. Ich atme tief durch, muss mir aber trotzdem eingestehen, dass ich ein bisschen nervös bin. Denn anders als Sherley oder Anna lässt mich Kaylee schon auf den ersten Blick alles andere als kalt.

KAYLEE

Während ich gemeinsam mit Jenson nach draußen in die Herbstsonne trete, ist seine Angespanntheit fast greifbar und das macht ihn mir sympathisch. Er ist nicht einfach nur der umschwärmte Eishockey-Star, der bei Frauen cool bleibt, weil er weiß, dass er sowieso stets gewinnt. Seine Nervosität macht ihn menschlich und das gefällt mir viel besser als das Bild, das ich anfangs von ihm hatte.

»Also ... wie wäre es mit hier?« Ich deute auf eine Bank, die unter einem noch kahlen Laubbaum steht und Jenson nickt.

»Klar.«

Als wäre das hier ein Dinner, wartet er, bis ich mich gesetzt habe, ehe er sich neben mich auf die Bank fallen lässt. Auch wenn er ein bisschen nervös wirkt, strahlt er gleichzeitig trotzdem eine Ruhe und Sicherheit aus, die mich einnimmt. Ich glaube, das liegt vor allen Dingen an seiner Größe und seinem Körperbau.

Jenson erweckt den Anschein, dass man mit ihm an seiner Seite auch den stärksten Sturm bezwingen kann.

»Worum geht es?«, fragt Jenson und es wundert mich, dass er das Gespräch beginnt.

Und auch, dass er mich so direkt ansieht, überrascht mich, weil er gestern noch versucht hat, meinem Blick konsequent auszuweichen.

»Ich war gestern ziemlich unhöflich und das tut mir leid. Es war einfach so ...« Ich hebe ratlos die Hände und lasse sie wieder fallen.

»Viel?«

Ich wiege den Kopf hin und her. »Ja und nein. Klar, ich bin die Neue und es sind wirklich sehr viele Eindrücke, die in den letzten Tagen auf mich eingeprasselt sind, aber um ehrlich zu sein, war es das nicht. Es lag einfach an dir. An deinem Sport.«

Ich forsche in Jensons Blick danach, ob ihn meine Worte verletzen oder ihn erneut vor den Kopf stoßen, aber er seufzt nur.

»Was soll das heißen?« Ich mache seinen Seufzer nach, was Jenson ein Grinsen entlockt.

»Das soll heißen, dass ihr immer alle mit den gleichen Vorurteilen hierher kommt.«

»Schuldig«, bekenne ich mich und hebe ergeben die Hände. »Ich bin oberflächlich.«

Jetzt lacht Jenson sogar leise, dann wird er ernster und sieht mir in die Augen, so wie ich gerade erst in seine geblickt habe. Neugierig. Forschend.

»Du bist anders«, stellt er fest.

»Sagen wir es mal so ...« Ich überlege, ob ich Jenson gleich mit meiner Rick-Geschichte kommen soll. Irgendwie kommt es mir unpassend vor, direkt über meinen Ex zu reden, aber genau er ist der Grund für mein Verhalten gestern. »Mein Ex-Freund war Sportler. Einer von eurer Sorte. Groß, muskulös, gutaussehend.«

Jensons Grinsen wird jetzt noch breiter und er nickt wissend. »So ist das also.«

Ich spüre, dass ich mit einem Mal ziemlich rot werde. »Ich wollte damit nur sagen, dass ... Also ... Jedenfalls war er ein Mistkerl, der jedem Mädchen, das nicht bei drei auf den Bäumen war, ans Höschen gegangen ist.«

»Wieso warst du mit so jemandem zusammen?« Jensons Worte klingen weder vorwurfsvoll noch sensationsgierig. Es gefällt mir, dass wir so offen reden können, obwohl wir uns überhaupt nicht kennen.

»Ich habe es nicht gewusst. Vielleicht habe ich es auch einfach nicht wahrhaben wollen, wer weiß das schon? Manchmal hat man in der Liebe die rosarote Brille auf. Als ich es dann erfahren habe, war er jedenfalls nicht mehr länger mein Freund. Ich war tief verletzt und kam mir vor der ganzen Uni gedemütigt vor.«

»Weil es alle gewusst haben, nur du nicht?«

»Ja.« Ich sehe immer noch vor mir, wie ich durch die Gänge der Uni gelaufen bin und das Gefühl hatte, dass mich jeder ansieht und sich fragt, wie ich nur so dumm sein konnte.

»Ich habe das irgendwann einfach nicht mehr ausgehalten. Mir erschien plötzlich alles so unecht, verstehst du?«

»Das kann ich mir gut vorstellen.«

Ich denke daran, wie ich nicht einmal mehr meinen besten Freundinnen ohne Misstrauen begegnen konnte. Wussten sie es? War eine von ihnen ebenfalls mit ihm im Bett gewesen?

»Ich habe mich von meiner Clique entfernt, von den Leuten aus meiner Turnmannschaft und am Ende stand ich allein da, aber besser wurde es dadurch auch nicht. Deshalb habe ich in New York meine Zelte abgebrochen und bin hierher gekommen.«

Darüber, dass ich zuhause fast zerbrochen wäre vor Kummer und dass ich mir hier einen Neuanfang verspreche, sage ich nichts. Auch nicht davon, dass ich mir nichts mehr wünsche, als einfach wieder glücklich zu sein. Doch im Augenblick weiß ich einfach nicht, wie das gehen soll. Die Sache mit Rick verfolgt mich wie eine Gewitterwolke. Sie hat mich bis nach Berkeley verfolgt, bis auf die Party und sie hat mir vorgegaukelt, alle erfolgreichen Sportler wären wie Rick.

Das kann ich einem Fremden doch nicht einfach so anvertrauen, oder?

JENSON

Auch wenn ich Kaylee überhaupt nicht kenne, tut es mir leid, sie so traurig zu sehen. Dieser Ex muss ihr ziemlich übel mitgespielt haben und ich frage mich, warum Menschen so etwas machen. Wieso reicht ihnen ein Partner nicht?

Geht es ihnen um Anerkennung?

Ich kann mir nicht vorstellen, dass es sich besser anfühlt, mit zehn verschiedenen Frauen ins Bett zu springen, als eine an deiner Seite zu haben, die dich wirklich liebt. Die sich für dich entschieden hat, trotz deiner Macken und Fehler.

Das müsste doch eigentlich die Anerkennung sein, die sich jeder wünscht. Und nicht irgendwelche oberflächlichen Bettgeschichten. Aber offenbar denke ich da anders, als es andere Kerle tun.

»Und jetzt bin ich hier«, fährt Kaylee fort, »am anderen Ende der Staaten, und lasse mich trotzdem wieder von der Vergangenheit einholen. Ich habe dich und die Frauen gesehen, die euch belagert haben und mir war klar, dass ihr keinen Deut besser seid als mein Ex. Dabei ist das totaler Quatsch. Ich kenne euch ja gar nicht.«

Die Ehrlichkeit, mit der Kaylee mir begegnet, gefällt mir. Sie nimmt kein Blatt vor den Mund und denkt nicht minutenlang darüber nach, was sie sagen kann, um sich in ein besseres Licht zu rücken.

»Also.« Kaylee richtet sich auf und wendet sich mit zu. »Ich wollte mich entschuldigen«, sagt sie und hält mir die Hand hin.

Ich ergreife ihre Finger, sie sind eiskalt. »Ich muss mich auch entschuldigen. Ich habe mich wie ein Idiot aufgeführt und einfach kein vernünftiges Wort rausgekriegt.«

»Schon vergessen.« Kaylee lächelt und schüttelt meine Hand. »Noch mal von vorne? Ich bin Kaylee aus New York.«

»Und ich bin Jenson.« Anstatt ihre Finger loszulassen, nehme ich sie in meine Hände, um sie zu wärmen. Kaylee entzieht sie mir nicht und ich bin verwundert darüber, dass es sich gar nicht befremdlich anfühlt, hier Hand in Hand mit ihr zu sitzen.

Einen Moment lang sehen wir einander in die Augen, und auch wenn in Kaylees Blick nichts Forderndes liegt, schaffe ich es trotzdem nicht, ihm länger standzuhalten. Ich sehe weg und überblicke den Campus, als sie mich schon wieder überrascht.

»Jenson? Hättest du vielleicht Lust ...« Sie lacht leise, wirkt irgendwie verwundert über sich selbst. »Wie sage ich das jetzt, ohne dass du es falsch verstehst?«

Ich schaue sie wieder an. Ihre Wangen sind etwas rot geworden. Vermutlich liegt das an der Kälte, obwohl mir gefallen würde, wenn es anders wäre.

Kaylee sieht auf unsere Hände, holt nochmal Luft und fragt: »Hast du Lust, heute Abend zum Essen zu mir zu kommen? Als kleine Wiedergutmachung?«

»Zu dir?«, frage ich verblüfft.

»Von Restaurants und Menschenmengen habe ich nach New York die Nase voll. Ich bin zwar eine miserable Köchin, aber ...«

»Wir könnten zusammen kochen«, höre ich mich vorschlagen, ehe ich die Worte auch nur ansatzweise durchdacht habe.

Erstaunt sieht sie mich an. »Du kannst kochen?«

»Nee«, sage ich mit einem schiefen Grinsen. »Aber wer weiß, vielleicht kriegen wir gemeinsam was Essbares zustande.«

Kaylees Lächeln wird wärmer. »Um acht?«, fragt sie.

»Einverstanden«, erwidere ich. »Und mach dir bitte keine Sorgen wegen der Sache von gestern.«

»Ich sagte doch schon, das ist vergessen.«

»Nein, ich meine die andere Sache.« Ich fahre mir mit einer Hand durchs Gesicht und muss mittlerweile fast selbst lachen, wenn ich an gestern Abend denke. »Ich mache das nicht grundsätzlich, okay? Auf Frauen kotzen.«

Einen Augenblick ist Kaylee ganz still, dann fängt sie an zu lachen. »Na dann steht einem Date doch nichts mehr im Wege, oder was meinst du?«

Ich glaube nicht, dass sie selbst überhaupt merkt, dass sie unsere unverfängliche Verabredung plötzlich als Date bezeichnet – doch der Gedanke gefällt mir. Ich habe wirklich Lust, Zeit mit Kaylee zu verbringen, sie besser kennenzulernen und ihr zu beweisen, dass nicht alle Sportler Arschlöcher sind. Ich hatte Recht mit dem, was mir gestern Abend aufgefallen ist: Sie ist anders. Sie ist verletzt worden und darum vorsichtiger als andere Frauen, dennoch hat sie nicht den Mut verloren.

Die Hoffnung.

Und ich beschließe, mir ein Beispiel an ihr zu nehmen. Vielleicht ist Kaylee die eine Frau, mit der alles anders laufen kann.

KAYLEE

Mein Vorsatz war, mich von Sportlern fernzuhalten und mich auf mein Studium zu konzentrieren, anstatt auf Männer. Und jetzt?

Nun spaziere ich nervös am Strand auf und ab und frage mich, was ich anziehen soll, wenn Jenson gleich vorbeikommt. Ich bin erst acht Tage an der UC und schon habe ich mein erstes Date. Und das noch nicht einmal aus Mitleid oder schlechtem Gewissen. Ich habe mich bei Jenson für mein Verhalten entschuldigt und das hätte gereicht. Trotzdem wollte ich ihn wiedersehen, einfach weil ich ... weil er ...

Im ersten Moment habe ich mich selbst nicht verstanden. Es war eine spontane Entscheidung, ihn einzuladen. Rein impulsiv. Doch je länger ich darüber nachdenke, desto mehr wird mir etwas bewusst: Seine Gesellschaft, seine Nähe, diese Selbstsicherheit gepaart mit dem kleinen Zweifel, der Jenson stets umgibt, haben mir gefallen. Ich habe mich in seiner Gegenwart einfach unglaublich wohl gefühlt. Er ist ein guter Zuhörer und wirkt auf eine anziehende Art erwachsen. Als

Kapitän einer erfolgreichen Eishockey-Mannschaft scheint er es gewohnt zu sein, einen kühlen Kopf zu bewahren. Er wirkt weniger ungestüm als die anderen Studenten und genau das ist es, was ich brauche. Jemanden, der mit sich im Reinen ist.

Ich freue mich auf das Date, auch wenn es vielleicht etwas früh ist, jemand Neues in mein Leben zu lassen. Aber erstens kann man solche Dinge nicht planen und zweitens ist es nur ein Treffen. Wir werden nicht gleich heiraten, sondern uns einfach nur näher kennenlernen. Ich sollte offen sein für alles, was kommen mag und mir diesen Abend nicht von dem Misstrauen kaputt machen lassen, das Ricks Verhalten in mir gesät hat. Er ist Geschichte und hier in Berkeley liegt meine Zukunft.

Eine Zukunft, die ...

Das gibt es doch nicht.

Vor lauter Grübelei bin ich an der Stelle gelandet, an der ich die Flaschenpost ins Wasser geworfen habe. Und als wolle mir das Schicksal mit einem hämischen Lachen mitteilen, dass es mit meinem Neuanfang so einfach nicht werden wird, liegt dort die alte Flasche von meinem Opa im Sand.

»Na toll«, murmle ich und gehe die wenigen Schritte zum Wasser hinunter. »Das hat ja prima geklappt.«

Auch wenn es nur ein blöder Aberglaube ist, eine kleine Geschichte, sie sich ein alter Mann ausgedacht hat, um seiner Enkelin Mut zu machen, fühlt es sich dennoch wie eine Ohrfeige an, dass es nicht geklappt hat.

Meine Sorgen dem Meer anzuvertrauen, sollte ein Symbol für meinen Neustart sein.

Dass die Flasche einfach wieder angespült wurde, wirkt auf mich wie ein schlechtes Omen.

Ernüchtert fische ich sie aus dem Wasser und bin erst versucht, es noch ein zweites Mal zu probieren. Doch ehe ich ausholen kann, fällt mir etwas auf.

Der Zettel, den ich in die Flasche gestopft habe, ist herausgeholt und neu reingesteckt worden. Das erkenne ich daran, dass meine Worte sich jetzt außen befinden.

Das ist wirklich merkwürdig ...

Ich hocke mich in den Sand, lasse den Verschluss aufploppen und ziehe meine Botschaft heraus.

Als ich sie aufrolle, stelle ich fest, dass jemand etwas auf die Rückseite geschrieben hat und mein Herz beginnt schneller zu pochen.

Dem Ozean ein Geheimnis anvertrauen – das klingt ziemlich verrückt und ich bin mir nicht sicher, ob das funktionieren kann. Eigentlich bin ich mir sogar sicher, dass es <u>*NICHT*</u> *funktioniert.*

Trotzdem versuche ich es, weil ich auch nicht weiß, was ich sonst noch machen soll.

Es gab da mal jemanden in meiner Vergangenheit und ich glaube, dass diese Person es mir für immer versaut hat, eine Beziehung zu führen. Eine Zeitlang habe ich mich damit abgefunden, aber mittlerweile glaube ich, niemand sollte allein bleiben.

Wenn man glücklich werden will, muss man die Liebe finden.

Bei mir gibt's da wenig Hoffnung, aber das muss ja nicht bei jedem so sein ;-)

Wenn ich du wäre, würde ich nicht aufgeben. Nicht alle Menschen sind gleich und ich drücke dir die Daumen, dass du den Richtigen für dich findest.

Ich lese die Nachricht und ein Chaos aus Gefühlen bricht über mich herein. Ich kann kaum glauben, was mir hier gerade passiert ist. Nicht nur, dass jemand meine Botschaft gefunden hat, er hat auch noch darauf geantwortet. Und als wäre das nicht Zufall genug, ist die Flasche auch noch genau hier angespült worden.

Mit einem Mal fühle ich mich meinem Grandpa wieder so nah wie damals, als er noch gelebt hat und ein kindlicher Teil von mir glaubt, dass er seine Finger im Spiel hat. Dass er dort oben im Himmel sitzt und die Dinge für mich lenkt.

Mein Opa war immer eine große Stütze für mich und hat stets versucht, mich wieder in die Spur zu bringen, wenn es mir schlecht ging. Dass ich jetzt diese Nachricht bekomme, scheint mir ein Zeichen von ihm zu sein. Ich spüre, dass mir Tränen über die Wangen laufen. Vor Freude und vor Überwältigung.

Ich wische sie weg, um besser sehen zu können und lese den Brief noch ein zweites Mal. Er bezieht sich eindeutig auf meinen vorherigen. Doch der Verfasser der Zeilen hat offenbar Hemmungen. Immer wieder sind Sätze angefangen und durchgestrichen worden, so als würde er sich nicht richtig trauen, seine Gefühle in Worte zu fassen.

Oder als würde er ahnen, dass er sie nicht nur für das Meer schreibt.

Vielleicht fürchtet er sich insgeheim davor, dass jemand die Flasche finden könnte, so wie er sie zuvor gefunden hat, und wissen könnte, was für ein Scherbenhaufen sein Leben ist.

Jemand hat seine Zukunftspläne zerstört, genau wie meine.

Eine Frau, von der er glaubt, dass sie ihm die Chance auf eine glückliche Zukunft verbaut hat. Ich weiß genau, wie sich der Verfasser fühlt.

Nur etwas verstehe ich nicht ...

Eine seiner Zeilen richtet sich eindeutig an mich.

Bei mir gibt's da wenig Hoffnung, aber das muss ja nicht bei jedem so sein ;-)

Wenn wir beide von der Liebe enttäuscht worden sind, warum sollte es dann für mich Hoffnung geben, aber für ihn nicht?

Ich beschließe, ihm auf seinen Brief zu antworten, auch wenn es an ein Wunder grenzen würde, wenn die Flaschenpost ihn noch ein zweites Mal erreicht. Aber wer weiß, was Grandpa noch für Pläne für mich hat ...

Ein bisschen albern komme ich mir schon vor, als ich aufstehe, um zum Haus zu gehen und einen neuen Brief zu verfassen.

Doch wer erfährt schon davon?

Entweder, meine Post erreicht den Richtigen oder meine Nachricht bleibt für immer ein Geheimnis zwischen mir und dem Ozean.

»Und natürlich dir, Grandpa«, flüstere ich mit einem Blick in den Himmel.

Dann beeile ich mich, nach Hause zu kommen. Ich möchte den Brief gerne fertig schreiben und auf die Reise schicken, ehe Jenson bei mir vor der Tür steht.

KAPITEL 3

JENSON

Es ist zehn vor acht, als ich bei Kaylee ankomme. Sie wohnt ganz in meiner Nähe und ich hätte eigentlich auch laufen können, doch ich wollte nicht riskieren, zu spät zu kommen. Ich parke meinen schwarzen Audi – so ziemlich das Einzige, was von meinem alten Leben noch übrig ist – an der Straße und sehe mir das Haus an, in dem sie wohnt.

Es ist klein, hat gerade einmal zwei Stockwerke und einen winzigen Vorgarten. Die Veranda wird halb von einem Baum verdeckt, der so hoch ist, dass seine Äste bis an die Fenster in der oberen Etage reichen. Dort ist alles dunkel, aber im Erdgeschoss brennt warmes, einladendes Licht.

Ich freue mich darauf, Kaylee gleich wiederzusehen. Es ist lange her, dass ich dieses Gefühl vor einem Date hatte. In den letzten Jahren wurden meine Verabredungen mit Frauen mehr und mehr zu Pflichtveranstaltungen, um mir blöde Fragen vom Hals zu halten. Mit meinen Beziehungen war es genauso. Sie endeten nach wenigen Wochen und ich kam mir jedes Mal wie ein Mistkerl vor, weil ich nicht im Ansatz so viele Gefühle investiert hatte wie mein Gegenüber.

Kurz frage ich mich, wie es mit Kaylee sein wird. Nach dem, was sie hinter sich hat, möchte ich sie auf keinen Fall verletzen.

Doch wäre es dann nicht besser, den Motor wieder zu starten, Gas zu geben und zu verschwinden? Ihr eine kurze Nachricht zu schicken, dass es mit dem gemeinsamen Essen doch nichts wird und dieses leichte Knistern zwischen uns im Keim zu ersticken?

Vermutlich wäre es das, aber etwas Entscheidendes spricht dagegen: Ich will nicht gehen. Ich will diese Chance, auch wenn ich noch gar nicht weiß, ob es wirklich eine ist oder ob ich einfach nur ein sturer Idiot bin.

Ich dränge meine Zweifel zurück und steige aus, wobei ich den Text aus der Flaschenpost in meinem Kopf höre wie ein Flüstern aus der Ferne.

Ich möchte mich nicht vor anderen Menschen verschließen, ich möchte nicht unglücklich sein.

Die Worte der Fremden kommen mir in diesem Moment wie meine eigenen Gedanken vor.

Sie hat vollkommen Recht: Sich zu verschließen, ist nie der richtige Weg.

Ich öffne den Kofferraum und nehme die zwei Flaschen raus, die ich auf dem Weg hierher gekauft habe. Cola und Rum – weil mir sowohl Wein als auch Champagner und Bier unpassend vorkamen.

Ich mache den Kofferraum zu, schließe den Wagen ab und nehme den kurzen Weg zum Haus in Angriff. Das Grundstück ist echt winzig, es würde wahrscheinlich zehnmal in das meiner Familie passen. Ich springe die Verandastufen hinauf, werfe einen kurzen Blick in die hell erleuchteten Fenster ...

Und erschrecke.

Auf der rechten Seite kann ich ein altmodisches Wohnzimmer ausmachen, doch links hat sich etwas verändert, seit ich vor wenigen Minuten hier angekommen bin. Weißer Rauch wabert hinter der Scheibe umher, so dicht, dass ich die Küche, die dahinter liegt, kaum noch erkennen kann.

Scheiße, ich glaube, es brennt.

»Hey, Kaylee!« Ich nehme beide Flaschen in eine Hand und suche nach einer Klingel, um Sturm zu schellen, aber es gibt nur einen Klopfer aus Messing. Also hämmere ich mit der Faust gegen die Tür und rufe nochmal: »Kaylee?!«

Keine Antwort.

Ich versuche, die Tür zu öffnen und habe Glück, denn sie ist nicht abgeschlossen. Ich stolpere in eine kleine Diele, von der eine dunkle Holztreppe in den ersten Stock führt.

»Jenson?«

Ich komme zum Stehen und sehe auf.

Am oberen Absatz der Treppe ist Kaylee erschienen.

Eins ihrer Augen ist geschminkt, das andere nicht und ihre Haare sind zu vielen kleinen Zöpfen geflochten. Sie sieht ziemlich schräg, aber auch unheimlich süß aus. Doch das hier ist definitiv der falsche Zeitpunkt, um sie mir erstmal in Ruhe anzusehen.

»Ich glaub, deine Küche brennt!«, begrüße ich sie und deute auf die geschlossene Tür zu meiner Linken.

Unter dem Türspalt dringt schon der erste Rauch hervor und ein beißender Geruch macht sich in der Diele breit.

»Oh mein Gott«, entfährt es Kaylee und sie kommt die Treppe runtergelaufen, wobei sie den Kajalstift, den sie in der Hand hält, einfach fallen lässt.

An mir vorbei eilt sie auf die Küche zu und ich halte sie gerade noch zurück.

»Sei vorsichtig«, sage ich und schiebe mich vor sie, um den Raum als Erster zu betreten.

Ich öffne die Tür – und stehe augenblicklich in dichtem, stinkendem Nebel.

Kaylee hustet. »Meine Muffins!«

Aus tränenden Augen versuche ich, zu erkennen, was in der Küche vor sich geht. Zum Glück brennt es doch noch nicht, zumindest sind nirgends Flammen zu sehen. Der Qualm kommt aus dem Ofen, in dem Kaylee offenbar zu backen versucht hat.

»Mach das Fenster auf«, sage ich heiser und eile mit angehaltenem Atem zu der holzvertäfelten Kochinsel, in die der Backofen eingelassen ist.

Ich stelle ihn ab, öffne die Klappe – und kann einen kurzen Blick auf ein paar Kohlebriketts werfen, ehe mich der Qualm so dicht einhüllt, dass ich gar nichts mehr sehe.

»Zur Seite«, sagt Kaylee und schiebt mich ein Stück weg. Verschwommen erkenne ich, dass sie das Backblech mithilfe von zwei Topflappen aus dem Ofen zieht.

»Wirf sie raus«, bringe ich hervor und deute auf das Fenster.

Kaylee eilt dorthin und schüttet das missglückte Gebäck in den Vorgarten.

Ich mache den Ofen zu.

Der Qualm ist immer noch dicht, aber zumindest nicht mehr so schlimm, dass es aussieht, als würde hier gleich das Feuer des Jahrhunderts ausbrechen.

Durch die dünnen weißen Schlieren sehe ich zu Kaylee, die am Fenster steht und ihrem Backversuch hinterherschaut.

Dann dreht sie sich zu mir um. Zu ihrem halben Make-up und der komischen Frisur sind jetzt auch noch knallrote Wangen gekommen.

»Shit«, sagt sie. »Das war der Nachtisch.«

KAYLEE

Jenson steht in der Nähe des Ofens und sieht aus, als würde er mit aller Macht versuchen, mich nicht auszulachen.

Das fängt ja gut an.

Nicht nur, dass ich gerade schwarze Klumpen anstelle von Schokomuffins gebacken habe, ich sehe auch noch aus wie Marilyn Manson.

Das kommt davon, wenn man sich auf den letzten Drücker fertigmacht, weil man dringend noch eine Flaschenpost verschicken will.

Oh Mann. In Sachen Timing bin ich wirklich eine Niete. Jetzt bleibt mir nur noch, das Beste daraus zu machen, und das wird gar nicht so leicht. Denn im Gegensatz zu mir sieht Jenson unfassbar gut aus.

Sogar noch besser als heute an der Uni.

Anstelle seiner Collegejacke hat er nun eine schwarze, gefütterte Jeansjacke an, darunter ein körperbetontes Shirt. Seine reine Körpergröße lässt die Küche winzig wirken und das amüsierte Glitzern in seinen Augen steht ihm so gut, dass es mir für einen Moment die Sprache verschlägt.

Grinsend mustert er mich und fragt: »Wie lange waren die im Ofen, vier Stunden?«

»Viereinhalb«, erwidere ich scherzhaft und stelle etwas fest, das mir gefällt.

Obwohl er sich gerade ganz eindeutig über meine nicht vorhandenen Kochkünste lustig macht, liegt nichts Spöttisches in seiner Stimme. Ich erinnere mich daran, dass es mir bei Rick oft vorkam, als würde er jedes kleine Missgeschick von mir nutzen, um sich in ein besseres Licht zu rücken. Jenson dagegen scheint das gar nicht nötig zu haben.

»Ich glaube, dreieinhalb hätten gereicht«, sagt er. »Anfängerfehler.«

Ich seufze übertrieben und zwirble einen der Zöpfe um meinen Finger, die ich mir geflochten habe, damit meine Haare wellig liegen. »Tja, weißt du, du kannst eben nur eins haben: Eine Frau, die gut in der Küche ist oder eine Frau, die perfekt gestylt ist.«

Jenson lacht leise, scannt mich von oben bis unten und sein Grinsen wird zu einem überraschten, aber warmen Lächeln, als sein Blick auf mein Outfit fällt.

Erst jetzt wird mir klar, dass ich nicht nur noch nicht fertig mit dem Schminken war, sondern mir auch noch nichts Anständiges angezogen habe.

Ich trage den gemütlichen dicken Onesie in Panda-Optik, in den ich nach meinem Ausflug zum Strand geschlüpft bin.

Blöder wäre es auch nicht gegangen. Aber da ich mir vorgenommen habe, das Beste aus dem missglückten Beginn unseres Dates zu machen, ziehe ich mir kurzerhand die Kapuze über und bin mir darüber im Klaren, dass ich mit den Bärenohren, die daran festgenäht sind, noch ein bisschen beknackter aussehe.

Langsam und verführerisch drehe ich mich um mich selbst. »Gefällt dir mein Outfit? Habe ich extra noch bei Victoria's Secret bes...«

Ich bin am Ende meiner kleinen Drehung angekommen und verstumme, als ich feststelle, dass Jenson die Zeit genutzt hat, um näherzukommen.

Auf einmal steht er genau vor mir und trotz des verbrannten Gestanks nehme ich einen Hauch seines Geruchs wahr, einen männlich-herben Duschgelduft, bei dem ich mir ganz automatisch vorstelle, wie sein nackter Oberkörper wohl aussehen mag.

»Ja«, sagt er und sieht zu mir herunter, immer noch mit diesem Ausdruck in den Augen, der amüsiert und warmherzig zugleich wirkt. »Dein Outfit gefällt mir.«

Ich schlucke. »Hi, erstmal.«

Jensons Mundwinkel zucken. »Hi.«

Bilde ich es mir ein oder genießt er meine Verlegenheit?

Vielleicht sollte ich ihn im Gegenzug auch ein wenig in Verlegenheit bringen.

»Du magst also meinen Onesie.« Ich nicke langsam. »Ist das so eine Art Fetisch? Denn ich habe noch mehr von den Teilen. Eine Giraffe und einen Minion.«

»Zufällig den mit dem einen Auge?«

In dem Moment fällt mir mein halbes Make-up wieder ein.

»Ich geh das mal eben in Ordnung bringen«, sage ich und verziehe den Mund.

Noch eine Sekunde lang sehe ich Jenson an, dann wende ich mich lieber schnell ab und eile zur Tür, denn ihm so nah zu sein, hat mich nervös gemacht, was mir irgendwie komisch vorkommt, nachdem er heute Mittag schon meine Hand gehalten hat.

Aber dort, vor der Mensa, waren wir nicht allein. Jetzt sind wir es und mir wird nur nach und nach klar, was ich hier eigentlich gemacht habe.

Dass ich einen der begehrtesten Typen der Uni zu mir eingeladen habe. Jenson, den Eishockey-Captain, dem keine Frau gut genug zu sein scheint.

Nur um dann im bescheuertsten Outfit aller Zeiten vor ihm zu stehen, nachdem ich fast das Haus abgefackelt habe.

Sollte er jetzt denken, dass ich ein Freak bin, wäre das vollkommen verdient. Aber das Irritierendste ist, dass er das gar nicht zu denken scheint.

Entweder sind die kalifornischen Männer generell völlig anders als die New Yorker oder mein erster Eindruck von Jenson stimmte und *er* ist ganz einfach anders.

Bevor ich die Küche verlasse, drehe ich mich nochmal zu ihm um, um ihm zu sagen, dass er sich ruhig schon mal was zu trinken nehmen oder es sich im Wohnzimmer bequem machen soll. Dabei sehe ich, dass er sich einer Schüssel auf der Anrichte zugewandt hat.

Darin befindet sich mein zweiter Versuch, heute Abend für was Essbares zu sorgen. Also, nicht nur darin, sondern auch drumherum, denn die weißliche Masse, die ich vorhin mühsam zusammengeknetet habe, ist über den Rand der Schüssel gequollen und schon dabei, sich auf der halben Arbeitsfläche auszubreiten.

»Ist das Pizzateig?«, fragt Jenson.

»Das dachte ich, aber wie es aussieht, entwickelt es gerade ein Eigenleben. Vielleicht ist es der Blob.«

Jenson lacht, leise und schnaubend. Dieses Lachen gefällt mir unheimlich gut.

»Ich kümmere mich mal darum, während du dich umziehst«, sagt er. »Und enttäusch mich nicht. Ich erwarte den Minion.«

Damit greift er nach der Schüssel und fängt den flüchtenden Teig problemlos wieder ein. Ich sehe auf seine großen Hände, wobei sich ein angenehmes, wohliges Kribbeln in meiner Magengrube ausbreitet. Ich habe selten die bloße Anwesenheit eines Menschen so genossen wie seine.

Ich glaube, das hier kann noch ein richtig schöner Abend werden.

JENSON

Es dauert nur ein paar Minuten, bis Kaylees Schritte auf der Treppe zu hören sind. Ich bin mittlerweile dabei, den Teig auf dem Backblech auszurollen. Das habe ich zwar noch nie gemacht, aber ich weiß, wie eine fertige Pizza aussehen muss und das ist immerhin ein Anhaltspunkt.

Kaylee erscheint in der Tür, ich blicke auf – und sie verschlägt mir zum zweiten Mal heute Abend die Sprache.

Diesmal nicht, weil sie auf komplett irre Weise süß aussieht. Sondern weil sie es schafft, unheimlich sexy und dabei trotzdem witzig zu sein.

Ihre Beine stecken in hautengen dunkelblauen Jeans, ihr Oberteil ist quietschgelb und ebenfalls so eng, dass es ihre perfekte Figur enthüllt. Ihre Haare sind jetzt offen und liegen ihr wellig bis auf die Schultern, das Augen-Make-up hat sie vollendet und ihre Lippen haben wieder diesen verführerischen Himbeerton.

In den Händen hält sie die beiden Flaschen, die ich mitgebracht habe. Keine Ahnung, wann und wo ich die vorhin abgestellt habe.

»Auf den Schreck«, sagt sie und hebt den Rum in die Höhe.

Damit kommt sie rein und ich schaue ihr bewundernd entgegen. Ich mag die Art, wie sie sich bewegt. Man sieht, dass sie bis vor kurzem Turnerin war. Sie hat ihren Körper vollkommen im Griff.

»Du siehst toll aus«, sage ich.

»Nur wegen der Minion-Farben«, scherzt sie.

»Das ist mein Ernst.«

Ihr Schmunzeln nimmt einen verlegenen Zug an, als sie an mir vorbeigeht und Gläser aus einem der massiven Holzschränke holt. Die Luft ist dank des geöffneten Fensters wieder einigermaßen klar und ich erwarte, dass eine Parfümwolke zu mir herüberweht, wie ich es von anderen Frauen kenne.

Aber Kaylee riecht nach gar nichts. Oder vielleicht nach etwas, das man nur wahrnimmt, wenn man ihr näherkommt. Wenn ...

Sie tritt neben mich und stellt die Gläser ab, wobei ihr Blick auf das Backblech fällt. »Ich dachte, du kannst auch nicht kochen.«

»Das war jetzt nicht so kompliziert.« Ich wische mir die Hände an einem Küchentuch ab und bemerke, dass sie der Bewegung mit den Augen folgt.

»Alles okay?«

Ertappt sieht sie auf. »Ich dachte nur gerade, dass ...« Sie räuspert sich. »Dass du genauso gut Torwart sein könntest. Du kannst bestimmt richtig zupacken mit deinen Händen.«

Unsere Blicke kreuzen sich und mir wird klar, was hier vor sich geht. Ich habe schon öfter von Frauen gehört, dass sie auf meine Hände stehen. Klar, ich bin groß und kräftig und könnte einen schlanken, zierlichen Körper wie Kaylees wahrscheinlich mühelos unter Kontrolle bringen, ihre Handgelenke mit einer Hand auf dem Bett festnageln und sie mit der anderen überall berühren. Aber daran sollte ich jetzt ganz sicher noch nicht denken.

Schnell sehe ich auf das Blech. »Also, was ... kommt als Nächstes?«

»Der Rum«, sagt sie entschlossen.

Anscheinend bin ich nicht der Einzige hier, der sich von Gedanken ablenken muss, die ein bisschen zu heiß sind für ein erstes Date.

»Hier, trink das.« Sie schiebt mir ein Glas rüber und ihr Befehlston bringt mich zum Schmunzeln.

»Aye«, sage ich und greife nach dem Gemisch aus Rum und Cola.

»Auf die Hoffnung, dass wir eine genießbare Pizza hinbekommen«, sagt sie und hält mir ihr Glas hin.

Ich stoße mit ihr an. »Auf die Hoffnung.«

Kurz sehen wir einander in die Augen, dann trinken wir beide einen großen Schluck. Und anschließend probieren wir es mit der Pizza.

»Gar nicht so schwer«, sagt Kaylee, als wir die Tomatensoße auf dem Teig verstrichen haben. »Das könnte selbst für eine Küchenlegasthenikerin wie mich machbar sein.«

»Wie geht's weiter?«

»Sag du es mir doch, du hast dich ja eben schon als Sternekoch erwiesen.«

Ich muss lachen. »Ich habe nur einen Teig ausgerollt.«

»Soll ich die Muffins wieder reinholen, um dir zu verdeutlichen, wie viel begabter als ich du bist?«

»Bloß nicht«, sage ich und stolpere einen überraschten Schritt zur Seite, als sie mir einen Stoß mit der Hüfte versetzt.

Sowieso stehen wir die ganze Zeit dichter zusammen, als es nötig wäre, und daran ändert sich auch nichts, als wir Salami und Käse auf dem Blech verteilen. Kaylees Nähe fühlt sich gut an. Immer, wenn ich zu ihr hinübersehe, fällt mir aufs Neue auf, wie hübsch sie ist. Nicht nur auf offensichtliche Art, sondern es ist auch das Leuchten in ihren Augen, das Lächeln, das die ganze Zeit auf ihren Lippen liegt. Die Art, auf die sie sich alle paar Minuten die welligen Strähnen hinters Ohr streicht und wie sie dasteht, mit überkreuzten Beinen, leicht bauchfrei, immer noch süß und sexy zugleich.

Erst als wir die Pizza in den Ofen schieben, lösen wir uns notgedrungen voneinander.

Ich platziere das Blech auf der mittleren Etage und Kaylee macht die Klappe zu.

»Wie lange braucht die?«, frage ich.

»Laut Rezept zwanzig Minuten.«

Ich stelle den Wecker an meinem Handy und als ich wieder aufschaue, hat Kaylee sich hingesetzt – auf den Boden gegenüber dem Ofen, mit dem Rücken an die Küchenschränke gelehnt.

»Ich werde sie nicht aus den Augen lassen. Ein verkohltes Gericht hat mir für heute Abend gereicht«, bestimmt sie.

Eine Sekunde lang mustere ich sie schmunzelnd. Dann mache ich kurzerhand ein Foto von ihr, einfach, weil ich nie vergessen will, wie sie heute Abend aussieht.

»Hey!«

Ich setze mich neben sie und sehe es mir an. »Das musste ich festhalten.«

»Wehe, du postest es.«

»Klar mach ich das«, ziehe ich sie auf. »Hashtag – erstes Date. Hashtag – Kaylee bewacht die Pizza.«

»Wehe«, wiederholt sie und versucht, mir das Handy abzunehmen.

Mühelos halte ich es außerhalb ihrer Reichweite hoch. »Keine Sorge. Ich habe gar kein Instagram.«

Fragend sieht sie mich an.

Ich zucke mit den Schultern. »Was denn? Ich bin so nicht.«

Kaylee betrachtet mich noch kurz, dann lächelt sie wieder. »Gefällt mir, dass du nicht so bist.«

»Ich will nur eine Erinnerung an heute Abend«, stelle ich klar. »Ist der beste Abend seit langem.«

Ich spreche die Worte aus, ohne vorher darüber nachzudenken. Ohne mir klarzumachen, ob sie daraus irgendwelche Rückschlüsse über mich und die Art ziehen könnte, auf die mein Leben gerade verläuft. Kurz fühle ich mich ertappt, als ich die winzige Irritation in ihren Augen bemerke.

Aber dann sagt sie, etwas leiser als zuvor: »Für mich auch.«

Damit legt sie den Kopf an meine Schulter und es fühlt sich ganz selbstverständlich an.

Ich lasse das Handy sinken und lege meinen Arm um sie.

Schweigend sitzen wir da und blicken auf den Ofen, als würden wir einen romantischen Sonnenuntergang betrachten. Und dabei nehme ich Kaylees Duft doch noch wahr. Sie riecht nach Wildkirsche und Marzipan. Eine Mischung, an die ich mich gewöhnen könnte. Ich glaube, ich könnte mich an die ganze Frau gewöhnen.

Nein. Ich schätze, ich bin schon längst dabei. Weil ich in der kurzen Zeit, die wir miteinander verbracht haben, eines definitiv gemerkt habe: dass es sich gut mit ihr anfühlt. Wie ein erster Schritt hin zu einem Ausweg, auf den ich eigentlich gar nicht gehofft habe.

KAYLEE

Es ist ein toller Abend.

Wir schaffen es, die Pizza rechtzeitig aus dem Ofen zu holen und verdrücken fast das ganze Blech, wobei Jenson natürlich deutlich mehr isst als ich.

Auf die verkohlten Muffins verzichten wir, dafür trinken wir zum Nachtisch noch ein Glas Cola mit Rum. Schon jetzt ist mir klar, dass mich dieser Geschmack für den Rest meines Lebens an mein erstes Date mit Jenson erinnern wird.

Huckepack trägt er mich ins Wohnzimmer. Ich weiß gar nicht so richtig, wie es dazu kam. Aber es gefällt mir, wie mühelos er mich hochhebt und wie seine Hände meine Schenkel dabei umschließen.

Seine Hände. Die haben es mir wirklich angetan.

Jenson setzt mich auf dem großen alten Sofa ab und ich gebe ihm sein Glas zurück, als er sich neben mich sinken lässt. Er nimmt mich wieder in den Arm und ich genieße das Gefühl, seinen kräftigen Körper so dicht an meinem zu spüren.

Wir reden über Gott und die Welt, meine angezogenen Knie landen halb auf seinem Schoß und er streichelt gedankenverloren darüber.

Ich versuche, mich zu erinnern, wie es damals mit Rick war. Haben wir uns einander auch so selbstverständlich angenähert? Als würden unsere Körper Stück für Stück verstehen, dass es sich viel besser anfühlt, wenn wir uns berühren, als wenn wir es nicht tun?

Dann stelle ich fest, dass es mir egal ist. Es ist mir egal, was mit Rick war.

»Was studierst du eigentlich?«, frage ich Jenson.

»Sportwissenschaft und Bio.« Er zuckt mit den Schultern. »Ist nicht wirklich wichtig. Ich hoffe auf einen Profivertrag. Ein paar Jungs aus dem Team haben schon einen und es sind ständig Scouts da, also wird es sicher nicht mehr lange dauern.«

»Es wundert mich, dass du noch keinen hast. Du musst doch gut sein, wenn du der Captain bist.«

Jenson lächelt schief. »Als Captain stehst du nicht im Mittelpunkt. Du lenkst das Spiel, aber du machst weder die meisten Tore noch bist du für die krassesten Abwehraktionen verantwortlich.«

Ich runzle die Stirn. »Stört dich das nicht? Mir hat es beim Turnen immer gefallen, die Aufmerksamkeit der Zuschauer zu haben. Das hat mich angespornt.«

Jenson zieht die Brauen zusammen. »Bei mir ist es was anderes. Wenn wir gewinnen, dann ... Es ist eine Genugtuung, die nichts damit zu tun hat, wer die Tore erzielt hat. Es ist einfach ... Ein Sieg ist ein Sieg.«

Ich sehe ihn an und verstehe genau, was er mir sagen will. Es geht ihm um die Gemeinschaft.

Fasziniert höre ich zu, wie er mir vom Eishockey erzählt, davon, wie schnell und hart das Spiel ist.

»Ich bin gespannt darauf, es live zu sehen«, sage ich.

»Komm doch morgen zum Training, wir sind nach euch dran«, sagt er.

»Du willst wohl, dass ich dich anhimmle«, sage ich aus Spaß. »Komm du doch zu meinem Training und himmel mich zuerst an.«

Ich zwinkere ihm zu und er sieht mir tief in die Augen.

»Ja, vielleicht mach ich das«, erwidert er.

»Ich werde allerdings keinen Onesie tragen, das sage ich dir gleich.«

Jenson seufzt. »Man kann nicht alles haben.«

Dann leeren wir unsere Gläser und stellen dabei fest, dass es schon nach Mitternacht ist. Der Abend ist nur so verflogen und auch jetzt könnte ich noch stundenlang mit ihm hier sitzen. Aber ich fürchte, dann schaffen wir es morgen beide nicht zum Training, geschweige denn zu den Vorlesungen.

Schweren Herzens bringe ich ihn zur Tür.

»Komm gut nach Hause«, sage ich.

Er dreht sich nochmal zu mir um. »Mache ich. Und du lass den Ofen aus.«

Ich lache leise und sehe zu ihm auf.

Wir stehen so dicht voreinander, dass wir uns fast, aber nur fast berühren.

Jenson erwidert meinen Blick und wird ernst. Er beugt sich zu mir runter und ich rechne damit, dass er mich auf die Wange küssen wird ... doch stattdessen gibt er mir einen sanften, beinahe zärtlichen Kuss auf den Mund, der mich von oben bis unten erschauern lässt.

»Schlaf gut«, sagt er leise.

Dann richtet er sich auf und wendet sich ab, um zu gehen.

Ich stehe in der Tür, spüre seinem Abschiedskuss nach und bringe erst, als er schon halb durch den Vorgarten ist, ein heiseres »Du auch« zustande.

Was für ein Abend. Ich bin froh, dass wir uns diese zweite Chance gegeben haben.

JENSON

Am nächsten Tag haben sich alle schon wieder ein Stück weit beruhigt. Zumindest kommt es mir so vor – aber vielleicht bekomme ich ihre blöden Sprüche auch nur nicht mit, weil ich die ganze Zeit an gestern Abend denken muss.

Ich habe von Kaylee geträumt und es war ein guter Traum. Keines der Bilder, die mich sonst so oft nachts heimsuchen, tauchte darin auf. Die meiste Zeit sah ich einfach nur ihr schönes Gesicht vor mir, so als würde sie mit mir im Bett liegen. Es fühlte sich gut an. Jeder Gedanke an sie fühlt sich gut an. Und als ich am Nachmittag in die Eishockeyhalle komme, ein paar Minuten früher als sonst, spüre ich eine Vorfreude in mir, die ich so noch nie empfunden habe.

Weil ich es mir bisher nie gestattet habe.

Aber Kaylee lässt mir keine andere Wahl. Auch wenn der Vergleich ein bisschen blöd ist, ist es bei ihr ganz ähnlich wie beim Eishockey. Wenn ich spiele, dann in dem Wissen, dass das Gefühl, welches einem der Sieg verschafft, jede Anstrengung und jeden Schmerz wert ist.

Und wenn ich an Kaylee denke, daran, wie es war, ihr nahe zu sein, dann denke ich, dass es genauso sein könnte.

Dass ihre Nähe jeden Schmerz wert sein wird.

Aber fürs Erste ist noch alles einfach zwischen uns. Wie versprochen komme ich gleich nach dem Ende meiner letzten Vorlesung in die Halle, um noch was von ihrem Training mitzubekommen.

Als ich, schon in Trainingssachen, die Tribüne betrete, höre ich die Kommandos von Mrs Price, der Cheerleading-Trainerin.

»Du machst einfach nach, was Abigail dir zeigt! Und ihr anderen, konzentriert euch auf die Synchronität!«

Ich laufe durch die Sitzreihen und entdecke die Mädels am Nordende der Eisfläche. Sie haben eine Filzmatte darauf ausgerollt und arbeiten gerade an einer Choreografie.

Kaylee springt mir sofort ins Auge. Sie steht mit Abby ganz vorn, mit dem Rücken zu mir, hat das Haar zu einem Zopf hochgebunden, aus dem sich ein paar Strähnen gelöst haben und ich stelle mir vor, ihren Nacken zu küssen.

Ihre weiche Haut unter meinen Lippen zu spüren.

Dann entdecken mich die übrigen Mädels. Zumindest ein paar von ihnen.

Sherley blickt ebenfalls auf und ich hebe die Hand und sehe sie entschuldigend an, aber sie ignoriert mich, was ich ihr nicht verdenken kann. Schließlich habe ich sie ungewollt mit zum Gespött der Leute gemacht.

Mein Blick fällt wieder auf Kaylee, die sich zu mir umgedreht hat und mich anlächelt, und einen Moment lang scheint es nur noch uns beide in der Halle zu geben. Als wären die anderen ganz einfach verschwunden, als wären wir wieder allein. Ich erwidere ihr Lächeln, nehme wieder dieses elektrische Knistern wahr und frage mich, ob es darauf hinausläuft, dass sich so am Ende richtige Liebe anfühlt.

Mrs Price klatscht in die Hände und bricht so den Bann zwischen uns. »Na schön, Ladys, Schluss für heute, ihr könnt euch ja doch nicht mehr konzentrieren!« Sie dreht sich zu mir um und sieht mich streng an. »So geht das nicht, Mister Lawrence. Sie können nicht hier auftauchen und mein ganzes Team aus dem Konzept bringen.«

Bei der Trainerin der Firebirds weiß ich nie, ob ihre Kommentare ernst gemeint sind oder nicht.

»Tut mir leid, war nicht meine Absicht«, sage ich mit einem Augenzwinkern.

Dann kommt eine der Cheerleaderinnen zu mir auf die Tribüne, doch anders, als erwartet, ist es nicht Kaylee, sondern Sherley.

Ernst blicke ich ihr entgegen, während die anderen sich zum Tuscheln in kleinen Gruppen zusammen tun. Ich schätze, es gibt ein Pro- und ein Contra-Jenson-Lager.

»Hey. Können wir uns kurz unterhalten?«, fragt sie und bleibt mit einem knappen Meter Abstand zu mir stehen.

Ich sehe auf ihre glänzenden Lippen und stelle fest, dass ich bereits vergessen habe, wie sich ihr Kuss anfühlte. Bei Kaylee dagegen weiß ich es noch ganz genau.

»Klar«, sage ich.

Sie hebt kurz die Arme, lässt sie gleich wieder fallen und sagt: »Ich habe nicht gewollt, dass das so die Runde macht. Ich habe es nur Suzan gesagt und sie hat mit Sandra drüber gesprochen und dann ...«

»Ist schon okay.«

Zweifelnd sieht sie mich an. »Ehrlich? Ich will nämlich echt kein böses Blut zwischen unseren Teams, Jenson.«

Ich schüttle den Kopf. »Da gibt es kein böses Blut. Versprochen.«

In dem Moment taucht Kaylee hinter Sherley auf. Sie trägt enge Sportsachen, die mich total aus dem Konzept bringen und auch wenn sie sich im Hintergrund hält, sorgt das Lächeln auf ihren beerenfarbenen Lippen dafür, dass ich mich kaum noch auf Sherley konzentrieren kann.

Die wiederum späht irritiert hinter sich und sagt: »Oh. Wollt ihr ... Ich verstehe schon.«

Kurz und distanziert lächelt sie mich an, dann wendet sie sich ab und in dem Moment fällt meine Mannschaft in die Halle ein, laut und übermütig wie eh und je.

»Go, Eagles, give them Hell!«, skandieren ein paar der Jungs unseren Schlachtruf.

Ein paar andere lachen sich offenbar gerade über irgendwas kaputt, während sie aus dem Spielergang aufs Eis kommen und Slater Thorn fährt sofort los, um seine Freundin Mia stürmisch zu begrüßen.

Ich dagegen mache ein paar Schritte auf Kaylee zu und schon wieder fühlt es sich an, als wären nur noch wir beide hier.

»Hi«, sagt sie und scheint nicht zu wissen, wie sie mich begrüßen soll.

Ich ziehe sie am Handgelenk zu mir. »Hi«, erwidere ich dann und drücke ihr einen Kuss auf die Stirn.

Ihr Körper erbebt leicht und ich stelle fest, dass es mich unheimlich anmacht, wie sie auf mich reagiert.

Sie räuspert sich und streicht sich eine Strähne hinters Ohr, wobei sie ein bisschen fragend zu mir aufsieht. »War schön gestern Abend.«

»Ja, fand ich auch.«

Trotz meiner Worte ist da immer noch diese leichte Irritation in ihrem Blick und ich glaube, ich weiß auch, woher sie stammt.

Obwohl wir gestern Abend weder rumgemacht haben, noch miteinander ins Bett gegangen sind, sind wir uns innerhalb weniger Stunden sehr nahe gekommen. Und jetzt steht zwangsläufig die Frage zwischen uns, wie es weitergehen soll.

»Das war ... mehr als nur ein Date, hab ich Recht?«, fragt sie leise. »Ich meine, ich glaube ...«

»Ich weiß genau, was du meinst«, sage ich, aber auch ich kann es nicht richtig in Worte fassen.

Doch ich will nicht, dass sie zweifelt.

Also lege ich meinen Arm um Kaylees Taille, ziehe sie ein Stück an mich und atme tief ihren süßen Duft ein.

Auch die letzten Eagles haben sich nun auf der Eisfläche versammelt, doch ich nehme sie kaum wahr. Da sind nur Kaylees große blaue Augen, die mich erwartungsvoll ansehen. Und ich zögere nicht länger.

Ich lege ihr eine Hand ins Gesicht und drücke meine Lippen auf ihre.

Sie atmet aus, kurz und stoßweise, dann öffnet sie den Mund ganz leicht, saugt sanft an meiner Unterlippe ... und ich will nichts mehr, als ihren Mund zu erobern und sie voll und ganz zu spüren.

Doch das ist nicht alles.

Ich will auch wissen, wie sich ihre warme Haut unter der Kleidung anfühlt, wie es wäre, wenn sie unter mir liegen würde, wenn ihr Körper voll und ganz mir gehören würde.

Verflucht. Wie kann man sich so zu jemanden hingezogen fühlen?

Unwillig löse ich meine Lippen von ihren, ehe ich die Beherrschung verliere.

Ich sehe atemlos in ihre Augen. Ihr leicht verklärter Blick zeigt mir, dass sie gerade genau dasselbe gespürt hat wie ich.

Verlangen.

Ich lächle sie an und sie erwidert mein Lächeln, und erst in dem Moment fällt mir auf, wie still es um uns ist.

Verwundert lasse ich den Blick durch die Halle schweifen und sehe, dass uns so ungefähr alle anstarren.

Vor allem die Jungs.

Ich habe zuvor noch nie eine Frau in ihrer Gegenwart geküsst und wahrscheinlich müssen sie gerade einsehen, dass alle Gerüchte, die sie über mich gehört oder selbst in die Welt gesetzt haben, nichts als Bullshit waren.

»Du musst jetzt trainieren«, sagt Kaylee leise und schenkt mir ein Lächeln, das es mir umso schwerer macht, sie loszulassen.

»Sehen wir uns nachher?«, frage ich.

»Du weißt ja, wo du mich findest.« Sie zwinkert mir zu.

»Backst du ein paar Muffins? Dann komme ich auf jeden Fall«, ziehe ich sie auf, nur um nochmal ihr Grinsen zu sehen.

»Arsch«, flüstert sie.

»Im Ernst, worauf hast du Lust?«

»Wir könnten uns ja einen Film ansehen«, schlägt sie vor.

»Im Kino?«, hake ich nach und sie verzieht leicht das Gesicht.

»Zu viele Leute.« Dabei streicht sie mir auf eine Art über die Brust, die mir klarmacht, dass sie im Grunde einfach allein mit mir sein will. Das trifft sich gut, mir geht es nämlich genauso.

»Ich lass mir was einfallen.« Ich drücke ihr noch einen Kuss auf die Stirn, dann löse ich mich schweren Herzens von ihr. »Bis später.«

»Bis später, Captain. Ich zieh mich um, dann himmle ich dich wie versprochen an.«

»Nichts dagegen«, sage ich und gehe los, um meine Schlittschuhe anzuziehen und meinen Helm aufzusetzen. Heute steht ein Probespiel an.

Und zum ersten Mal seit Jahren ist die Aussicht darauf, auf dem Eis zu stehen, nur noch das Zweitbeste, was ich mir vorstellen kann.

KAPITEL 4

KAYLEE

Ich spüre Jensons Kuss noch immer auf meinen Lippen. Er hat sich gut angefühlt. Wie ein Versprechen auf mehr. Auch wenn er nur kurz angedauert hat, hatte er etwas Verheißungsvolles an sich.

Die anderen Firebirds haben mich in der Kabine mit Fragen bombardiert, auf die ich keine Antwort hatte und ich war froh, als ich sie schließlich in der Umkleide zurücklassen konnte.

Als ich raus auf die Tribüne komme, läuft das Training der Eagles bereits. Trotz der Schutzkleidung, die die Spieler tragen, erkenne ich Jenson sofort.

Er bewegt sich mit absoluter Sicherheit übers Eis und schafft es dabei noch, die anderen Spieler im Auge zu behalten. Immer wieder ruft er ihnen Befehle zu und gibt ihnen Tipps. Ich bewundere seine ruhige und gleichzeitig dynamische Art. Dieser Mann brennt für seinen Sport, ohne dabei sich selbst aus den Augen zu verlieren.

Ich setze mich in die vorderste Reihe und kann hier die Kälte spüren, die das Eis abstrahlt. Allerdings friere ich nicht. Jensons Kuss hat eine warme Welle durch meinen Körper gejagt und mein Herz dazu gebracht, schneller zu schlagen.

Verstohlen hebe ich die Finger an meinen Mund und denke an den Moment, als er mir in die Augen gesehen hat, bevor er ...

»Hier steckst du.« Abby reißt mich so plötzlich aus meinen Gedanken, dass ich kurz vollkommen orientierungslos bin.

»Hi.« Ich kann den Blick nur schwer von Jenson losreißen.

Abby setzt sich neben mich und sieht mich an wie ein abstraktes Kunstwerk, das sie nicht so genau deuten kann. »Versuchst du, den Unnahbaren zu knacken?«

»Äh ...«

Was soll ich dazu sagen? Für sie muss es wirklich so aussehen, als wäre Jenson nicht mehr als eine Challenge für mich. Kaum sagt sie mir, dass er ein Mysterium ist, mache ich mich an ihn ran.

»Es hat sich so ergeben«, stammle ich.

Irgendwie fühle ich mich plötzlich schuldig, obwohl ich gar nichts gemacht habe.

»So ergeben?« Abby klingt ein bisschen distanziert. Ich kann es nicht genau in Worte fassen, aber irgendwie scheint sie sich für Jenson angegriffen zu fühlen.

»Wir haben uns gestern ausgesprochen und ich habe ihn zum Essen eingeladen«, rechtfertige ich mich. »Um meine Abfuhr von der Party wiedergutzumachen. Es war wirklich schön und ... am Ende hat er mir einen Abschiedskuss gegeben.«

Mir ist es wichtig, dass sie nicht das Gefühl hat, ich würde ihn verarschen. Und sie soll auch nicht glauben, dass ich mich von ihm vorführen lassen werde.

»Er dir?« Abby sieht zu Jenson hinüber.

»Wir verstehen uns wirklich gut.« Ich denke an gestern Abend, an den Spaß, den wir in meiner Küche hatten.

Jensons Gegenwart hat einfach etwas Gutes an sich. Es fühlt sich an, als würden wir uns bereits ewig kennen, dabei spüre ich aber trotzdem dieses aufregende Prickeln von etwas Neuem.

»Ich will nur nicht, dass irgendjemand verletzt wird«, sagt Abby.

Mir fällt auf, dass sie nicht *du* sagt. Sie schließt explizit Jenson mit ein, was bedeutet, dass sie wirklich denkt, ich könnte nur mit ihm spielen.

»Ich werde ihm keine falschen Hoffnungen machen«, verspreche ich. »Sollten meine Gefühle über einen gewissen Punkt nicht hinausgehen, dann rede ich sofort mit ihm.«

»Okay, gut.« Abby lächelt jetzt endlich wieder und ich bin verwundert darüber, dass es sie überhaupt interessiert, was mit Jenson ist.

Anscheinend verbindet die Firebirds und die Eagles eine tiefe Freundschaft. Die Jungs und Mädels passen aufeinander auf, was einen großen Unterschied zu den Cliquen in New York macht.

Und wieder einmal habe ich das Gefühl, dass ich hier glücklich werden könnte. Das Berkeley genau der richtige Platz für mich ist.

»Viel Spaß noch beim Anhimmeln«, zieht mich Abby auf. Dann umarmt sie mich und ist so schnell wieder verschwunden, wie sie gekommen ist.

Sofort richte ich meinen Blick wieder auf Jenson. Ich schaue ihm dabei zu, wie er einen Zweikampf bestreitet und für sich entscheidet. Als er den Puck an sich gebracht hat, sieht er kurz zu mir hoch und ich spüre wieder diese warme Woge in mir.

Und plötzlich bin ich mir sicher, dass die Zukunft etwas Gutes für mich bereithalten wird.

JENSON

Der Coach hat uns in zwei Teams aufgeteilt, die gegeneinander spielen. Schon nach den ersten beiden Dritteln führt meins mit sieben zu zwei.

»Wenn ihr so weitermacht, rammt ihr die Bruins beim nächsten Match in den Boden!«, ruft er in einer der kurzen Trinkpausen.

Wegen der Bruins mache ich mir keine Sorgen. Auch wenn sie eigentlich einer unserer größten Konkurrenten sind, kommen sie diesmal nur zu einem Freundschaftsspiel. Das nächste wichtige Spiel dieses Jahr findet erst in mehr als drei Wochen statt, kurz vor dem President's Day.

Ich bin mir sicher, dass meine Mutter mich auch zu diesem Anlass wieder zum Essen einladen wird, doch genau wie Weihnachten werde ich nicht hingehen. Die Feiertage habe ich letztes Jahr allein im Strandhaus verbracht und ich schätze, dass ich auch am vierten Juli, zu Thanksgiving und allen übrigen Anlässen dieses Jahr nicht in die Uplands fahren werde.

Wer weiß, vielleicht feiere ich ja mit Kaylee. Ich überlege, ob ich ehrlich zu ihr sein soll, was meine Familie betrifft.

Ja, vermutlich, denn belügen will ich sie nicht. Auch wenn es auf gewisse Weise gefährlich sein wird, ihr die Wahrheit zu sagen, denn es gibt Themen, von denen ich nicht glaube, dass ich mit ihr darüber reden kann.

Weil es ihr Bild von mir verändern würde.

Weil sie mich nie mehr so sehen würde, wie sie mich jetzt sieht, und das alles dank eines einzigen Menschen.

Quinn Sawyer.

Ich stelle meine Trinkflasche weg und suche mit den Augen die Tribüne ab.

Kaylee sitzt noch auf ihrem Platz hinter der gläsernen Schutzwand und hat mich genau im Visier. Noch immer trägt sie diesen leicht unordentlichen Zopf, der ihr so gut steht und, wie ich zu erkennen glaube, überhaupt kein Make-up.

Sie ist so hübsch und kommt mir von Minute zu Minute perfekter vor. Ihr Blick ist bewundernd und sehnsüchtig zugleich. Sobald ich sie ansehe, denke ich, dass meine Befürchtungen vielleicht übertrieben sind.

Möglicherweise wird das Thema Sawyer nie zur Sprache kommen. Vielleicht kann ich mit Kaylee wirklich in jeder Hinsicht von vorn anfangen und endlich über meinen Schatten springen.

Aber eins nach dem anderen. Jetzt muss ich erstmal dieses Training beenden, sonst wird das heute nichts mehr mit unserem zweiten Date.

»Okay Männer, genug gefaulenzt!«, rufe ich und greife nach meinem Stock. »Runde drei!«

Kurz schaue ich dabei zu Coach Ridley, der mir zufrieden zunickt. Er und ich arbeiten eng zusammen und es ist okay für ihn, wenn ich von Zeit zu Zeit die Kommandos gebe. Er meint, ich wäre ungewöhnlich gut im Motivieren; darin, die anderen dazu zu bringen, weiterzukämpfen, auch wenn ein Spiel manchmal aussichtslos scheint.

Ich setze meinen Helm wieder auf, klappe das Visier runter und fahre auf meine Position am linken Flügel.

Der Puck wird aufs Feld gebracht. Und los geht's.

***

Ich nutze den Nachmittag, um eine Runde am Strand zu joggen, unten an der Wasserlinie, wo die Luft besonders klar und frisch ist. Auch wenn das Training heute hart war, powere ich mich voll aus, um für heute Abend den Kopf freizukriegen. Kaylee und ich haben uns für sieben verabredet und ich kann es kaum erwarten, sie abzuholen.

Es ist heute kalt, aber sonnig. Rechts von mir glitzert das aufgewühlte Meer und der Sand wirkt an ein paar Stellen fast sommerlich hell. Möwen hocken in kleinen Gruppen zusammen und flattern auf, immer wenn ich an ihnen vorbeigerannt komme.

Eine gute Meile habe ich schon. Eine weitere schaffe ich auch noch. Und wenn ich nachher zu Kaylee fahre, werde ich mich so ausgeglichen fühlen wie immer nach einem –

Auf einmal trete ich auf etwas Hartes, Glattes und verliere das Gleichgewicht. Ich gerate ins Straucheln und kann mich bei der hohen Geschwindigkeit, mit der ich laufe, nicht mehr abfangen. Ich falle und rutsche noch ein Stück weiter, ehe ich auf dem feuchten Grund zum Liegen komme.

»Fuck«, stoße ich hervor und betaste die rechte Schulter, mit der ich zuerst aufgekommen bin.

Alles okay. Verletzt scheine ich nicht zu sein. Das könnte ich mir auch nicht erlauben. Es stimmte, was ich zu Kaylee gesagt habe: Ich brauche dringend einen Vertrag, und darum muss ich diese Saison absolut alles geben.

Ich setze mich auf und klopfe den Sand von meiner grauen Trainingshose, dann sehe ich mich um. Ich muss über einen Stein gefallen sein, der ...

Nein. Es war kein Stein.

Mein Herz setzt einen Schlag lang aus, als ich den Gegenstand erkenne, auf dem ich ausgerutscht bin.

Es ist eine Glasflasche mit Bügelverschluss.

Offenbar wurde sie schon vor einer Weile wieder angespült, denn um sie herum haben sich bereits kleine Sandhaufen abgelagert.

Wäre ich nur ein paar Stunden später gekommen, hätte ich sie vielleicht gar nicht mehr gefunden.

Ich strecke die Hand aus und hebe die Flasche auf. Und ich weiß absolut nicht, was ich denken soll.

Zuerst glaubte ich, ich hätte einfach nicht weit genug geworfen und sie wäre deshalb zurückgekommen. Jetzt jedoch sehe ich, dass ein neuer Zettel darin steckt.

Das heißt, jemand muss geantwortet haben.

Vielleicht sie ...?

Nein, das kann überhaupt nicht sein. Und doch spüre ich eine seltsame Nervosität in mir, als ich den Bügelverschluss öffne und die Botschaft herausziehe. Ich rolle sie auf und erkenne die Schrift sofort wieder.

Die gleichen weichen, geschwungenen Buchstaben wie am Samstag. Schnell lese ich über die wenigen Sätze:

Hallo Fremder ;-)
Unglaublich, dass meine Worte jemanden erreicht habe – und deine Antwort wiederum mich. Jedenfalls: Danke. Was du mir geschrieben hast, hat mich berührt und mir geholfen, die Dinge anders zu sehen. Denn du hast Recht. Ohne Liebe werden wir nicht glücklich.
Darum hoffe ich, dass ich dir auch ein bisschen Mut machen kann.
Ich weiß nicht, was diese Person dir angetan hat. Ob sie dich betrogen, belogen oder auf andere Weise so sehr verletzt hat, dass du glaubst, es gibt keine Hoffnung mehr für dich. Aber was immer es war, du darfst dich davon nicht unterkriegen lassen. Es wäre falsch, den Rest deines Lebens ohne Liebe zu verbringen. Deshalb hoffe ich, dass du bei allem Schmerz eine Sache nicht vergisst: Nicht alle Menschen sind gleich.
Manchmal gibt es Überraschungen, und zwar nicht nur böse, sondern auch gute.
Aber gerade die guten kann man nur erleben, wenn man seine Angst überwindet und sich offen darauf einlässt. Wenn man den Sprung ins kalte Wasser wagt.
Genau das wünsche ich dir: Dass du den Mut findest, der Liebe noch eine Chance zu geben.

Ich lese die Botschaft schnell bis zum Ende, und kann es nicht glauben. Sie stammt tatsächlich von derselben Person wie die letzte.

Wie zur Hölle kann das sein?

Ich stehe auf und lasse meinen Blick über das Meer schweifen. Sie muss irgendwo in der Bay Area leben, der langgezogenen Bucht, die sich von Palo Alto bis hoch nach Napa erstreckt. Mehrere kleine und größere Städte liegen an ihren Ufern. Vielleicht wohnt sie in Oakland oder San Francisco?

Aber egal, wo sie sich gerade befindet – ich bin mir sicher, dass das Schicksal seine Hände im Spiel hat. Sonst wäre es mehr als unwahrscheinlich, dass sie nicht nur meine Antwort bekommen hat, sondern ich auch ihre.

Schicksal.

Eigentlich glaube ich nicht daran.

Aber vielleicht sollte ich das und möglicherweise sollte ich mir ihre Worte zu Herzen nehmen, denn was Kaylee und mich angeht, will ich die Sache auf keinen Fall versauen. Das heißt, dass ich auf die Worte aus der Botschaft hören muss, dass ich Mut fassen muss. Der Liebe eine Chance geben.

Ich beschließe, zum Haus zurückzukehren und der Fremden eine Antwort zu schreiben. Dann mache ich mich für heute Abend fertig. Ich kann es kaum erwarten, Kaylee wiederzusehen.

KAYLEE

Jenson war nicht nur pünktlich, er hat mir auch direkt bewiesen, wie aufmerksam er mir zuhört. Anstatt mit mir in eines der überfüllten Multiplex-Kinos zu gehen, haben wir ein kleines Autokino am Rande von Berkeley angesteuert. Die riesige Leinwand ist zwischen zwei

Bäumen aufgespannt worden, auf dem Parkplatz davor haben sich bereits ein Dutzend Wagen versammelt.

Wir stehen mit Jensons Audi in der letzten Reihe und ich bin froh darüber. Zum einen, weil wir hier ungestört sind und uns ganz auf uns konzentrieren können. Doch das ist nicht alles. Seit ich aus New York weg bin, habe ich erst gemerkt, wie sehr mich Gedränge und Menschenmengen gestresst haben und wie sehr ich immer unter Strom stand. Doch hier lerne ich so langsam, das Leben zu genießen und mich nicht von der Hektik mitreißen zu lassen.

Während ich darauf warte, dass Jenson mit Popcorn und Getränken zurückkommt, lehne ich mich in seinem bequemen Beifahrersitz ein Stück zurück und stelle schon mal das Radio auf die Frequenz ein, die uns bei der Einfahrt mitgeteilt worden ist.

Ich bin aufgeregt, denn ich war noch nie in einem Autokino und stelle es mir ziemlich romantisch vor. Zwar befinden wir uns zwischen anderen Zuschauern, trotzdem sind wir von ihnen abgeschieden und können uns ein bisschen näherkommen. Ich bin selbst überrascht von meinem Wunsch.

Insgeheim habe ich gedacht, dass mich die Sache mit Rick vorsichtig werden lassen hat, aber das Gegenteil ist der Fall. Ich habe dadurch einfach nur verstanden, dass alles viel zu vergänglich ist und dass man sein Leben nicht mit Grübeln verschwenden, sondern den Augenblick auskosten sollte.

Jeden einzelnen.

Man sollte sich ganz auf sein Gefühl verlassen und sich nicht darum kümmern, was andere über einen denken könnten.

Genau das tue ich. Ich genieße die Momente mit Jenson, ohne dabei zu viel an die Zukunft, mein Image oder das Gerede der anderen zu denken. Ohne zu überlegen, ob er mir vielleicht das Herz brechen könnte. Ich lasse einfach alles auf mich zukommen und versuche, jede Sekunde so intensiv wie nur möglich zu spüren.

So konzentriere ich mich auch voll und ganz auf das Herzklopfen, das ich empfinde, als Jenson vollbepackt mit Snacks und Getränken zwischen zwei anderen Autos her auf den Audi zukommt. Als sich unsere Blicke treffen, vermute ich aufgrund des Ausdrucks in seinen Augen, dass er ebenfalls probiert, nicht so viel nachzudenken. Und das gefällt mir.

Wir lassen uns hier beide auf ein Abenteuer ein, ohne sicher sagen zu können, wohin es uns am Ende führen wird.

Ich beuge mich über den Fahrersitz und stoße seine Tür auf. Dann nehme ich ihm zwei Colabecher ab und stelle sie in die Halterungen.

»Was hast du da Schönes?«

Jenson setzt sich ins Auto und präsentiert mir neben einem rot-weißen Becher mit gezuckertem Popcorn noch zwei Hot Dogs, eine Tüte gesalzene Nüsse und Gummibärchen.

»Ich wusste nicht, was du magst.« Jenson stellt alles vor uns auf dem Armaturenbrett ab und ich mache mich gleich über einen der Hot Dogs her. Er ist noch warm und die Soße so lecker, dass ich ihn ziemlich unelegant hinunterschlinge.

Jenson beobachtet mich amüsiert, dann schiebt er mir auch den zweiten herüber und ich lächle ihn dankbar an. Ich liebe Hot Dogs einfach.

»Okay, jetzt weiß ich schon mal, was du magst«, schmunzelt er.

»Und du?«, frage ich mit vollem Mund. »Was isst du am liebsten?«

»Nudeln.« Jenson zuckt mit den Schultern. »Aber die hatten sie komischerweise nicht.«

»Skandal.« Ich beiße nochmal in den Hot Dog und grinse zu ihm rüber. »Keine Nudeln im Kino, was ist das denn?«

Wir scherzen noch eine Weile über die Einführung von Pasta-Gerichten in Kinos, dabei mache ich mir eine Notiz im Kopf, dass ich unbedingt lernen muss, wie man eine gute Pasta macht. Ich würde für Jenson gerne mal etwas kochen – so schwer kann das ja eigentlich gar nicht sein.

Dann frage ich ihn nach seiner Lieblingsfarbe, seinen Hobbys außer Eishockey und potenziellen Haustieren, um ihn ein bisschen besser kennenzulernen.

»Blau. Und ...« Jenson lehnt sich entspannt zurück und dreht den Kopf zu mir. »Außer Sport mache ich eigentlich nichts. Manchmal versage ich bei Computerspielen, aber das würde ich nicht als Hobby bezeichnen.«

»Und was ist mit Haustieren?«

Jensons Blick zuckt kurz zur Seite, dann fängt er sich wieder und sieht weiter zu mir herüber. »Ich habe einen Hund. Beziehungsweise hatte ich einen. Er lebt bei meinen Eltern.«

Ich lege Jenson eine Hand aufs Bein, weil ich spüre, dass ihm die Trennung von dem Tier zu schaffen macht. »Wie heißt er denn?«

»Mad Max.« Jenson verzieht das Gesicht, als wäre das nicht gerade der ideale Name für einen Hund, aber ich finde ihn süß. Außerdem wette ich, dass ich das noch überbieten kann.

»Ich hatte mal einen Hamster namens Cinderella.«

Wir lachen beide, dann fordert Jenson mich auf, dass ich ihm meine Hobbys und meine Lieblingsfarbe verraten soll.

»Ich mag Blau auch. Aber nicht wegen der Eagles, sondern wegen dem Meer und dem Himmel. So sieht für mich Freiheit aus.«

Jenson nickt ohne die geringste Spur von Spott in den Augen. Obwohl das ziemlich kitschig ist, scheint er mich zu verstehen. Dass mein liebster Farbton von allen so langsam, aber sicher das Dunkelblau seiner Augen wird, verrate ich ihm nicht.

»Und Hobbys ...« Ich überlege. In New York habe ich neben dem Turnen und der Uni nichts Außergewöhnliches gemacht. Ich habe Rick auf Partys begleitet und wenn er mit seinen Jungs unterwegs war, habe ich mich mit meinen Freundinnen getroffen. »Ich würde gerne mal etwas Aufregendes machen«, gestehe ich schließlich.

»Sowas wie einen Fallschirmsprung?«

Ich überlege, wie es wäre, aus einem Flugzeug zu springen, ohne Sicherung, nur mit einem Fallschirm, von dem man nicht weiß, ob er sich auch öffnen wird. Das wäre für den Anfang wohl etwas viel.

»Vielleicht doch eher Bungeejumping.«

Jenson lacht leise. »Ist notiert.«

»Hey, nein, bloß nicht! Ich will nicht kopfüber irgendwo –«

Ich verstumme, als das Radio die ersten Töne der Trailershow empfängt. Wir blicken beide zur Leinwand und ich bin überrascht, dass es schon losgeht. Vor lauter Quatschen habe ich gar nicht mitbekommen, wie die Zeit vergangen ist.

Wie selbstverständlich legt Jenson einen Arm um mich und ich schmiege mich an ihn. Genau so habe ich mir einen Abend im Autokino vorgestellt. Mit einem Becher Coke, einem leckeren Hot Dog und im Arm eines Mannes, der eine ungezwungene Stimmung verbreitet.

»Ich möchte nicht von einem Hochhaus springen«, flüstere ich nah an seinem Hals.

»Das klang gerade aber noch anders.«

Da war meine Klappe wohl mal wieder zu groß. »Aber nur, wenn du mitmachst.«

»Verlass dich drauf.« Jenson zieht mich dichter an sich und ich lege eine Hand auf seine Brust.

Ich glaube, mit ihm zusammen würde ich sogar aus einem Flugzeug springen, auch wenn ich gerade noch etwas anderes gedacht habe ...

Aber das muss er nicht wissen, sonst kommt er womöglich noch auf blöde Ideen.

JENSON

Es fällt mir schwer, mich auf den Film zu konzentrieren. Kaylees Hand auf meiner Brust und ihr Körper in meinem Arm machen mich vollkommen verrückt. Sie fühlt sich so gut an, dass ich mir wünsche, wir könnten ewig so sitzen bleiben. Als es auf der Leinwand anfängt, heiß herzugehen, schiebt sich Kaylees Hand unter mein Shirt und mein Herz schlägt schneller. Ihre Berührung fühlt sich gut an, trotzdem überkommt mich kurz ein mieses Gefühl wegen der Sache mit Sherley.

Was, wenn wieder dasselbe passiert?

Das wird es nicht, mache ich mir klar. Das mit Kaylee ist anders.

Ich drehe den Kopf und schaue ganz bewusst zu ihr hinunter. Ihre Hand streichelt meinen Bauch und es fühlt sich gut an. Ich blende das, was auf der Leinwand passiert, aus und konzentriere mich voll und ganz auf Kaylee. Auf ihren Duft, der keine schlechten Erinnerungen in mir hervorruft. Auf ihre weichen Hände und ihre gleichmäßigen Atemzüge.

Nichts daran fühlt sich schlecht oder bedrohlich an und sobald ich mir das klar gemacht habe, kann ich mich wieder ein bisschen mehr entspannen.

»Alles gut?«, fragt Kaylee leise und hebt den Kopf.

Ich mustere ihren roten Mund, ihre kleine Nase und die klugen blauen Augen. Ich will sie am liebsten nie wieder loslassen, ich will sie beschützen und ich möchte, dass sie glücklich ist.

Das Beste, was ich mir vorstellen kann, ist, sie an meiner Seite zu wissen, als meine Freundin. Und ich bin fest entschlossen, dass es diesmal klappt.

Was zwischen mir und Quinn Sawyer passiert ist, ist lange her. Es wird Zeit, dass ich endlich damit abschließe.

»Ja«, sage ich und lege meine Lippen auf Kaylees weichen Mund.

Dieses Mal wird es nicht bei einem harmlosen Kuss bleiben – das spüre ich gleich. Und tatsächlich öffnet Kaylee ihren Mund für mich und ich schiebe meine Zunge sanft zwischen ihre Lippen.

Sie empfängt sie mit ihrer, umkreist sie spielerisch und ich beuge mich ein Stück vor, um den Kuss zu vertiefen. Ich wüsste nicht, wann es sich zuletzt so gut angefühlt hätte, eine Frau zu küssen.

Während unsere Zungen miteinander spielen, streichelt Kaylees Hand weiter meinen Bauch und ich lasse meine Hand ebenfalls unter ihr Shirt gleiten. Schon wieder rast mein Herz, aber diesmal nicht aus Panik, sondern vor Aufregung.

Langsam fahren meine Finger an ihrem Rücken hinauf. Ich schließe die Augen und konzentriere mich wieder nur auf Kaylee und das Gefühl, das ihre Nähe in mir hervorruft.

Ich will sie.

Aber das hat Zeit.

Ein Schritt nach dem anderen.

Meine Finger ertasten den Verschluss ihres BHs und ich merke, dass ich beim Gedanken an ihre Brüste hart werde. Mein Puls beschleunigt sich noch stärker, als ich meine Hand nach vorne wandern lasse und um das Körbchen ihres BHs lege.

Kaylee keucht auf. Ich spüre die Wärme ihrer Haut und ihren Nippel durch den dünnen Spitzenstoff. Als ich leicht zudrücke und Kaylee ein leises Stöhnen entfährt, fängt mein Schwanz so stark an zu pochen, dass es fast wehtut.

Kaylee und ich küssen uns immer noch, sanft, fast forschend, und ich streichle weiter ihre Brust.

Das ist alles, was heute Abend zwischen uns passiert.

Wir genießen die Nähe und den Körperkontakt, aber keiner von uns versucht, einen Schritt weiter zu gehen.

Ich fange langsam an, Hoffnung zu schöpfen, dass diesmal alles anders wird.

KAYLEE

Nach unserem Date im Kino hat Jenson mich nach Hause gebracht. Ein Teil von mir wollte nichts lieber, als ihn noch hereinzubitten, aber ich habe mich gezwungen, nicht die Selbstbeherrschung zu verlieren. Was gerade mit Jenson und mir geschieht, ist wunderschön und ich will es nicht ruinieren, indem ich etwas überstürze.

Von der Tür aus blicke ich seinem Audi nach, dessen Rücklichter immer kleiner werden. Im Leben hätte ich nicht damit gerechnet, dass mir in Berkeley jemand begegnet, dem ich mich fast vom ersten Moment an so nahe fühle. Doch irgendwie ist alles ein bisschen magisch, seit ich hier bin.

Magisch – so erscheint es mir auch nach wie vor, dass ich auf meine Flaschenpost eine Antwort erhalten habe. Im Nachhinein denke ich, dass es auch die Worte des Fremden waren, die mir halfen, mich auf Jenson einzulassen. Er riet mir, nicht aufzugeben, sondern mein Glück zu suchen.

Ich frage mich, ob er auf meinen zweiten Brief an ihn vielleicht auch geantwortet hat.

Nein. Sicher nicht. Es ist sogar unwahrscheinlich, dass er ihn überhaupt bekommen hat, sowas funktioniert nicht zweimal.

Aber wer weiß? Vielleicht hat das Schicksal erneut seine Finger im Spiel gehabt. Oder Grandpa.

Weil ich nach dem Date mit Jenson sowieso noch viel zu aufgeregt und erhitzt bin, um schlafen zu gehen, beschließe ich, einen kleinen Spaziergang zum Strand zu machen. Warum nicht? Ich liebe es, so dicht am Meer zu wohnen und möchte es auskosten, die San Francisco Bay vor der Haustür zu haben. Im besten Fall finde ich eine weitere Flaschenpost und wenn nicht, lausche ich einfach für ein paar Minuten dem Meeresrauschen, während ich die Erinnerungen an Jensons Küsse und Berührungen genieße.

Ich trete ins Freie, ziehe die Tür hinter mir zu und schließe den Reißverschluss meiner Jacke bis unters Kinn. Es ist echt kalt, aber überall, wo seine Finger meine Haut liebkost haben, ist mir warm, so als hätte er ein Fieber in mir entfacht. Sein Geschmack auf meinen Lippen fühlt sich an wie ein Versprechen und wenn ich daran denke, wie er mich ansieht, wann immer unsere Blicke sich begegnen, muss ich ganz automatisch lächeln.

Mir ist klar, dass es ihm nicht anders geht als mir. Auch er wundert sich mit Sicherheit über dieses unerwartete Gefühl der Nähe zwischen uns. Jenson, dem keine je gut genug war ...

Jetzt, wo ich ihn etwas besser kenne, glaube ich auf keinen Fall, dass er das so sieht. Auch wenn er ein extrem erfolgreicher Sportler ist, ist er kein bisschen arrogant. Vielleicht hatte ich Recht mit dem, was ich zu

Abby gesagt habe und er hat einfach nur auf die Richtige gewartet. Nur hätte ich in dem Moment nicht gedacht, dass das möglicherweise ich sein könnte.

Ich erreiche den weichen Sand und sehe das aufgewühlte Meer vor mir tosen. Strahlend weiß, vom Mondlicht erhellt, schäumt die Gischt an Land. Ich liebe das laute Rauschen der Brandung, nichts auf der Welt kommt mir verheißungsvoller vor.

Doch, etwas schon. Jensons Nähe.

Ich lache leise und streiche mir ein paar wirre Haarsträhnen aus dem Gesicht, als mir klar wird, dass ich nur noch an ihn denken kann.

So ist das also, wenn man sich Hals über Kopf verliebt.

Ob es ihm genauso geht? Ob er mich schon vermisst, während er nach Hause fährt? Vielleicht ist er sogar schon da. Er hat mir gesagt, dass er aus den Uplands stammt, aber von wo genau und ob er überhaupt noch da wohnt, weiß ich nicht.

Ich frage mich, wie genau er lebt, wie sein bisheriges Leben so war, abseits von seiner Eishockeykarriere. Es gibt noch so viel, das ich über ihn erfahren möchte. Ich kann es kaum erwarten, ihn morgen wiederzusehen.

Vielleicht kann ...

Ich höre etwas klimpern und sehe mich um. Das Geräusch erscheint mir auffallend laut hier am Strand, wahrscheinlich, weil es ansonsten bis auf das Wellenrauschen total still ist. Es hört sich an, als würde man mit den Fingernägeln hektisch gegen eine Glasflasche tickern.

Sofort schlägt mein Herz ein bisschen schneller und ich stapfe durch den Sand in die Richtung, aus der ich das Klimpern auszumachen glaube. Unweit von hier türmen sich ein paar Felsen und größere Steinbrocken zwischen der Böschung und dem Ufer auf. Eindeutig kommt das Geräusch von da.

Ich laufe schneller, feiner Sand spritzt von meinen Füßen auf und ich hoffe, dass ich nicht stolpere. Dann sehe ich sie. Die Flaschenpost. Sie wurde tatsächlich wieder an meinen Strand gespült und klackert nun immer wieder gegen einen Stein.

Sie soll bloß nicht kaputtgehen! Irgendwie glaube ich, dass es den Zauber zerstören würde, sie zu zerbrechen, und auf eine Art wundere ich mich selbst über meine Gedanken. In New York war ich anders. Hier jedoch kommt das Mädchen wieder zum Vorschein, das an die Magie des Meeres glaubt.

Ich erreiche die Flasche, gehe daneben in die Knie und klaube sie vom Boden. Sofort sehe ich, dass ein neuer Zettel darin steckt. Diesmal hat der Fremde nicht auf meine Rückseite geschrieben, sondern ein eigenes Blatt benutzt, es ist dünn liniert und hat einen perforierten Rand, wie eine Seite aus einem Collegeblock.

Schmunzelnd darüber, dass ich so fest davon ausgehe, dass die Botschaft von demselben Fremden stammt wie letztes Mal, angle ich das Blatt aus der Flasche, falte es auf und nehme mein Handy zur Hilfe, um den Brief lesen zu können.

Dabei sehe ich, dass ich eine Nachricht von Jenson habe. Ich habe sie nicht gehört, weil mein Handy seit dem Kino lautlos gestellt war.

Es war ein schöner Abend heute :-) Schon der zweite in Folge. Schlaf gut.

Mein Herz macht einen erfreuten Hüpfer und ich schreibe zurück:

Wir sind gut in schönen Abenden ;-) schlaf du auch gut.

Dann widme ich mich der Flaschenpost und stelle fest, dass sie tatsächlich in derselben Handschrift verfasst ist wie die letzte. Ich bin gespannt, was mir der Fremde diesmal zu sagen hat. Vielleicht habe ich ihm ja genauso helfen können wie er mir und auch er hat es gewagt, der Hoffnung auf die Liebe noch eine Chance zu geben.

Hallo Fremde ;-)
Gut zu hören, wie schnell sich die Dinge bei dir geändert haben. In deiner ersten Botschaft sprichst du noch von der Angst, allein zu bleiben und in der zweiten sieht alles ganz anders aus. Anscheinend gelingt es dir, deine Vergangenheit hinter dir zu lassen, und das bewundere ich.
Ich habe mir vorgenommen, es genauso zu machen und hoffe, das gelingt mir, ohne Schaden anzurichten. Das ist das Komplizierte an der Sache: Sobald ein anderer Mensch mit im Spiel ist, geht es um so viel mehr als vorher. Nicht mehr nur um die eigenen Gefühle, sondern auch um die eines anderen.
Aber das beinhaltet ein Sprung ins kalte Wasser, oder?
Ich habe jedenfalls beschlossen, es darauf ankommen zu lassen, genau wie du. Deine Briefe haben mir gezeigt, dass man manchmal vielleicht wirklich nur den nötigen Mut braucht, und ich schätze, den habe ich.
Also werde ich ebenfalls springen.

Lächelnd lese ich den Brief zu Ende. Die Worte darin entfachen ein wohliges Gefühl in mir, vor allem der letzte Satz. Es fühlt sich toll an, dass ich mit meinem Neuanfang nicht allein dastehe. Dass dieser Fremde, mit dem es mir auf mysteriöse Weise gelingt, mir zu schreiben, an einem ähnlichen Punkt seines Lebens zu stehen scheint wie ich.

Ich falte den Brief zusammen, stecke ihn in meine Tasche und beschließe, zu Hause in Ruhe eine Antwort zu schreiben, bevor ich ins Bett gehe.

Bei einer großen Tasse Tee mit einem kleinen Schluck Rum, der mir helfen wird, Jensons Küsse noch ein bisschen länger festzuhalten.

KAPITEL 5

JENSON

Am nächsten Morgen laufe ich mit Malcolm durch die Flure der UC. Ich habe ihn zur Uni mitgenommen und er hat es sich nicht nehmen lassen, mich über mein Date mit Kaylee auszuhorchen.

»Wenn du mich fragst, dann sind die Beziehungen am besten, die sich schnell entwickeln«, sagt er und ich weiß genau, dass er auf Abby und sich anspielt.

Die beiden sind monatelang umeinander herumgeschlichen, aber als sie sich dann mal getraut haben, miteinander zu reden, ging alles ganz schnell. Der erste Kuss, der erste Sex und jetzt sind die beiden bereits verlobt und erwarten Zwillinge.

Ganz so schnell muss es bei Kaylee und mir nun wirklich nicht gehen, aber ich weiß schon, was er mir damit sagen will.

»Wenn die Gefühle da sind, wenn man sich sicher ist, warum soll man sich dann lange zieren?« Malcolm sieht mich fachmännisch an und ich muss lachen.

Es ist schon komisch, dass mir ausgerechnet der größte Nerd der UC Tipps in Beziehungsdingen gibt.

»Es sind doch Gefühle da, oder?« Malcolm bleibt vor dem Hörsaal stehen, vor dem ich mit Kaylee verabredet bin.

Ich brauche gar nicht lange darüber nachzudenken. Es sind eine Menge Gefühle im Spiel. Stärker, als ich es jemals erwartet hätte. Zuerst war es nur Kaylees Aussehen, das mich wie ein Blitz getroffen hat. Kaum stand ich ihr gegenüber, habe ich kein Wort mehr rausbekommen. Ein gutes Zeichen dafür, dass sie mich einfach umgehauen hat. Jetzt, wo ich Zeit mit ihr verbracht habe, wird es von Stunde zu Stunde klarer. Mir gefällt ihre offene Art, ich liebe ihren Humor und dass sie sich selbst nicht so ernst nimmt. Ich vermisse sie, wenn sie nicht da ist. Und in mir hat sich ein Optimismus breitgemacht, den ich so von mir gar nicht kenne. Es stimmt, was ich in meiner letzten Flaschenpost geschrieben habe: Ich will der Sache zwischen uns unbedingt eine Chance geben und ich will tun, was immer ich kann, damit es funktioniert.

»Es sind Gefühle im Spiel«, bestätige ich. »Ich meine es absolut ernst mit ihr, nur ...«

Am liebsten würde ich Malcolm einfach erzählen, was mein Problem ist, denn er würde es verstehen, da bin ich mir sicher. Aber erstens fehlt mir dazu der Mut und zweitens taucht in diesem Moment Kaylee auf.

»Wir reden später.« Malcolm klopft mir auf die Schulter und ich sehe ihm nur flüchtig nach, denn meine Aufmerksamkeit gilt bereits voll und ganz Kaylee.

Sie wirft sich in meine Arme und ich hebe sie kurzerhand hoch und küsse sie.

»Na, wie hast du geschlafen?«, fragt sie. »Musstest du an mich denken?«

»Ich habe mir die ganze Nacht vorgestellt, wie du heute Nachmittag beim Bungee kreischen wirst.« Bei diesem Satz behalte ich Kaylee ganz genau im Auge.

Zuerst hält sie meine Worte für einen Scherz, dann kommen sie richtig bei ihr an und ihre Augen weiten sich. »Aber ... das war doch nur ...«

Ich grinse. »Gestern hattest du noch eine große Klappe.«

»Gestern war das ... Das war ...« Kaylee ist bleich geworden, gleichzeitig strahlt sie aber übers ganze Gesicht. »Das ist nicht dein Ernst, oder?«

»Doch. Wenn du möchtest, dann machen wir es gleich nach der Uni.«

Kaylee sieht mich an, immer noch schwankt sie zwischen Unsicherheit und Vorfreude. Dann entscheidet sie sich offenbar dafür, sich auf das Abenteuer zu freuen.

Sie umarmt mich wieder und ich bin gespannt, was der Nachmittag noch so bringen wird.

KAYLEE

Oh mein Gott, oh mein Gott.

Die ganze Fahrt nach Sacramento über zittern meine Hände und mir ist eiskalt. Ich glaube, so nervös wie jetzt gerade war ich noch nie. Ich frage mich, wie Jenson so ruhig bleiben kann. Er sitzt vollkommen entspannt hinterm Steuer, als würde er gleich ein paar Einkäufe erledigen und nicht im freien Fall durch die Luft fliegen.

»Aber du musst zuerst springen und mich mitreißen, okay?«

Jenson greift beim Fahren nach meiner Hand und drückt sie. »Keiner von uns springt.«

»Nicht?« Kurz macht sich Erleichterung in mir breit, gepaart mit einem kleinen bisschen Enttäuschung.

Sollte das alles nur ein Scherz sein?

»Nein. Du hast doch gesagt, dass du nicht kopfüber irgendwo runterspringen willst.«

»Ja, schon ...

Aber ich habe auch gesagt, dass ich gerne mal Bungee springen würde und darum geht es hier doch gerade, oder?

»Wir machen Rocket Bungee. Dabei musst du nicht springen.«

Rocket Bungee? Das habe ich noch nie gehört. Wie soll das funktionieren?

»Was ist das?« Ich sehe aus dem Fenster, aber bis auf dichten, herbstlich verfärbten Wald ist um uns herum noch nichts zu sehen. Ich kann bisher weder einen Sprungturm noch einen Kran oder eine hohe Brücke ausmachen. Und erst recht entdecke ich keine Rakete.

»Wir befinden uns dabei auf dem Boden und sind über ein Seil mit einem Kran verbunden. Das Seil wird gespannt, irgendwann wird unsere Verbindung zum Boden gelöst und wir fliegen nach oben.«

Ich schüttle ungläubig den Kopf. Zum einen, weil ich noch nie davon gehört habe und zum anderen, weil Jenson schon wieder so aufmerksam ist.

Ich möchte einen Kinofilm schauen, aber ohne Menschenmassen? Er fährt mit mir ins Autokino.

Ich will gerne einen Bungeesprung machen, traue mich aber nicht, mich kopfüber in die Tiefe zu stürzen? Kein Problem, auch dafür hält er eine Lösung bereit.

»Danke.« Ich hebe seine Hand an meine Lippen und gebe ihm einen Kuss darauf.

Er drückt wieder meine Finger und signalisiert mir so, dass er da ist. Egal, was gleich passiert.

Ich lehne mich in meinem Sitz zurück und bin ein bisschen beruhigter. Dann kommt endlich der Bungee Park in Sicht und als ich den Kran vor mir sehe, ist die Nervosität praktisch verflogen und ich freue mich nur noch auf das Abenteuer mit Jenson.

Zumindest im Augenblick habe ich überhaupt keine Angst mehr.

JENSON

Ich halte Kaylee fest in den Armen, während drei Mann um uns herumlaufen und Seile und Gurte an uns befestigen. Kaylee sieht die ganze Zeit über nicht hin, sondern hat den Blick starr auf meine Brust gerichtet. Ich hoffe, sie hat keine allzu große Angst und kann sich auch ein bisschen auf den Sprung freuen.

»Ist alles in Ordnung?«, frage ich leise, denn die Mitarbeiter vom Bungee Park müssen es ja nicht unbedingt hören.

Kaylee nickt, aber ich glaube, dass sie etwas zittert.

»Hast du Angst?«

Kaylee sieht mich jetzt an und nickt wieder. »Total. Aber ich freue mich auch. Lass mich bloß nicht los, versprochen?«

»Versprochen.« Selbst wenn ich könnte, was dank der Gurte gar nicht möglich ist, denn wir wurden fest zusammengezurrt, würde ich sie nicht loslassen.

»Hast du gar keine Angst?«

»Nein.« Ich hoffe, das klingt nicht zu großkotzig, aber es ist einfach die Wahrheit.

In meinem Leben gibt es eigentlich nur eine Sache, die mir Angst macht und die hat mit einem Bungeesprung überhaupt nichts zu tun. Ich liebe es, wenn Adrenalin durch meine Venen strömt. Egal, ob auf dem Eishockeyfeld oder bei einer Extremsportart. Sobald mein Herz rast und meine Sinne geschärft sind, kann ich alles andere um mich herum komplett vergessen.

»Hier, die fehlen noch.« Ein Mitarbeiter reicht uns zwei Helme und ich helfe Kaylee mit ihrem, bevor ich meinen aufsetze.

Ihre Finger zittern jetzt so stark, dass ich glaube, sie hätte den Verschluss gar nicht allein zubekommen.

»Geht es jetzt los?«, fragt sie mich und ich ziehe sie näher an meine Brust.

»Gleich.«

Die Einweisung haben wir bereits hinter uns und ich denke, dass es sich nur noch um Minuten handeln wird.

Während einer der Mitarbeiter nochmal alle Gurte und Sicherungen checkt, streichle ich Kaylee beruhigend über den Rücken. »Du wirst sehen, es wird dir gefallen.«

»Bereit?«, ruft der Mitarbeiter.

»Bereit?«, frage ich Kaylee.

»Ich glaube schon.« Ihre großen blauen Augen starren mich an, als könnte sie noch nicht fassen, was wir gleich tun werden.

»Wenn du einen Rückzieher machen willst, dann ist das okay.«

»Nein.« Kaylee umklammert mich jetzt fester und macht die Augen zu. »Keinen Rückzieher.«

»Wir sind bereit«, sage ich und dann werden wir auch schon ein Stück in die Luft gezogen.

Wir hängen jetzt einen guten Meter über dem Boden und werden nur noch von einem Seil gehalten.

»Geht es jetzt los?«, fragt Kaylee wieder. »Oh Gott, sag mir bloß nicht Bescheid, bevor wir abgeschossen werden.«

Abgeschossen. Wie das klingt.

»Ich bin bei dir.« Ich ziehe Kaylee jetzt so nah an mich, wie es geht und nicke dem Mitarbeiter kurz zu.

Er nickt ebenfalls, dann löst er die Fixierung und wir werden in die Höhe katapultiert. Mit rasender Geschwindigkeit zischen wir durch die kalte Luft und es fühlt sich an, als wären wir in einen eisigen See gesprungen. Verrückt, aber gut.

Kaylee kreischt wie erwartet los und hält sich mit erstaunlicher Kraft an mir fest.

Es ist ein unbeschreibliches Gefühl, mit ihr Richtung Januarhimmel zu fliegen.

Der Wald um uns herum verschwimmt zu einem Gewirr aus Zweigen und der Boden entfernt sich immer weiter von uns. Während wir fliegen, scheint die Zeit stillzustehen. Die Sekunden kommen mir endlos vor.

Wir schießen dem Kran entgegen und für einen Moment denke ich, dass wir einfach dagegen knallen. Aber man hat uns erklärt, dass der Kran so ausgerichtet ist, dass wir daran vorbei rauschen und tatsächlich passiert auch nichts.

Für ein paar Sekunden fliegen wir weiter auf ihn zu, dann werden wir langsamer und es fühlt sich kurz so an, als würden wir schwerelos in der Luft schweben.

Dann fallen wir nahezu ungebremst wieder in Richtung Boden.

Diesmal lacht Kaylee, anstatt zu kreischen und ich spüre, dass auch ich grinse wie ein Idiot.

Dieser Moment ist einfach unbezahlbar.

»Geht es dir gut?«, frage ich, als das Seil auf Widerstand stößt und wir ein zweites Mal in die Höhe fliegen. Diesmal allerdings viel langsamer als beim ersten Mal.

»Es ist der Wahnsinn!«, ruft Kaylee und ich bin froh, dass sie sich zu diesem Schritt überwunden hat.

Wenn man einen Traum hat, sollte man ihn sich direkt erfüllen.

Wenn man zu lange wartet, verpasst man eine Chance – und wer weiß, ob man jemals eine zweite bekommt.

KAYLEE

Das Rocket Bungee war der absolute Wahnsinn! Danach fühle ich mich so aufgekratzt und voller Energie, dass ich mich am liebsten gleich ein zweites Mal mit Jenson in die Höhe katapultieren lassen würde. Auf dem Weg zurück nach Berkeley kann ich gar nicht mit dem Strahlen aufhören.

»Danke, dass du mich dazu gebracht hast«, sage ich und greife nach Jensons Hand. »Allein hätte ich mich das nie getraut!«

»Weißt du, manchmal braucht man einfach nur einen kleinen Anstoß«, sagt er und drückt meine Finger.

Ich lege seine Hand auf mein Bein, streichle sie sanft und genieße die Schmetterlinge in meinem Bauch. Mit Jenson an meiner Seite kann ich mir noch viel mehr verrückte Dinge vorstellen. Aber auch ganz normale Dinge. Seine Nähe fühlt sich von Minute zu Minute besser an und genau wie in der Eishalle oder gestern Abend, als ich am Strand meinen Gedanken nachhing, frage ich mich, ob es ihm genauso geht. Kurz spüre ich den Impuls, ihn danach zu fragen. Dann nimmt er meine Hand in seine und mir wird klar, dass ich das nicht muss. Auch wenn wir gern und viel reden, braucht es für die Gefühle, die sich zwischen uns entwickeln, keine Worte. Sie sind einfach da, so greifbar wie unsere Körper, so warm wie unsere Haut.

Jenson und ich beschließen, noch etwas zu trinken und überlegen zuerst, ins *U GOOD* zu gehen, eine Art Bistro mitten auf dem Campus. Dann denken wir über eine Bar abseits der Uni nach. Und schließlich landen wir in meinem Viertel, wo wir kurzerhand zu mir gehen und ich eine Thermoskanne mit Tee fülle, die wir mit runter an den Strand nehmen.

Hier sind wir allein, um diese Jahreszeit verschlägt es so gut wie niemanden hierher. Wir setzen uns auf die flachen Felsen und ich muss an den letzten Brief des

Fremden denken. Nachher werde ich ihm darauf antworten, ich werde ihm vom wunderbaren heutigen Tag berichten und davon, dass ich nichts bereue.

Nicht mal die Trauer und die Einsamkeit nach meiner Trennung von Rick, denn ohne diese Erfahrung wäre ich jetzt nicht hier.

Ich schaue hinüber zu Jenson, der aufs Meer sieht und genauso nachdenklich wirkt, wie ich mich gerade fühle. Jedoch liegt dabei die Andeutung eines Lächelns auf seinen Lippen.

Als er meinen Blick bemerkt, schaut er zu mir herüber, mustert mich kurz und fragt: »Worüber denkst du nach?«

»Neuanfänge«, gebe ich zu und sein Lächeln wird noch deutlicher.

»Vermisst du New York?«, fragt er.

»Meine Familie ein bisschen«, gebe ich zu.

»Ja, das verstehe ich.«

»Hast du ein gutes Verhältnis zu deinen Eltern?«, will ich wissen.

»Ohne sie wäre ich nicht, wer ich heute bin«, erwidert er und blickt wieder aufs Meer. Wolken ziehen vorbei und lassen seinen Blick etwas dunkler wirken. »Vor allem mein Vater hat meine Eishockeykarriere immer unterstützt.«

»Das ist gut, oder?«

Jenson schaut noch einen Moment aufs Wasser, dann sieht er mich wieder an und lächelt erneut. »Ja, sicher. Und, wie sieht es bei dir aus? Sind sie traurig, dass du mit dem Turnen aufgehört hast?«

Ich schüttle den Kopf. »Ihnen ist nicht wichtig, was ich mache. Für sie zählt nur, dass ich glücklich bin. Das

Turnen hatte seine Zeit in meinem Leben. Jetzt bin ich Cheerleaderin und das ist für meine Eltern auch okay. Wenn hier jemand den Schwebebalken vermisst, dann bin ich das.« Ich schmunzle. »Manchmal zumindest.«

»Ihr könntet ihn ja in die nächste Firebirds-Choreografie einbauen«, scherzt Jenson und ich stelle fest, dass ich mich schon richtig auf den Auftritt mit den Mädels beim nächsten großen Spiel der Eagles freue.

Dann werde ich nicht nur die Mannschaft anfeuern, sondern vor allem den Mann, der sich gerade so unerwartet in mein Herz schleicht.

Ich betrachte sein männliches Gesicht, seine attraktiven Züge und bin unheimlich froh, ihn hier bei mir zu haben. Ich erwidere sein Lächeln kurz, dann beuge ich mich zu ihm vor und drücke ihm einen Kuss auf den Mund, nicht leidenschaftlich, nicht ungestüm, sondern auf eine Art, die ihm hoffentlich zeigt, was ich fühle. Ein unheimliches Glück darüber, ihn getroffen zu haben.

»Wofür war der denn?«, fragt er leise.

»Der war für dich«, gebe ich zu und wische ihm den leichten Lippenstiftglanz vom Mund, den ich dort hinterlassen habe.

»Ist angekommen«, sagt Jenson, dann zieht er mich an sich und ich kuschle mich an seine starke Schulter.

Gemeinsam blicken wir auf die Bay, wärmen uns am Tee und ich glaube irgendwie, dass wir beide stürmische Zeiten hinter uns haben.

»Lust, reinzugehen?«, fragt Jenson irgendwann.

Ungläubig sehe ich ihn an. »Ich bin heute schon mit dir durch die Luft geflogen, ich werde nicht auch noch mit dir ins eisige Meer gehen!«

Er grinst mich leicht an, als würde er ahnen, dass ich sowieso keinen kompletten Rückzieher machen werde.

»Mit den Füßen«, ringe ich ihm ab.

»Deal.«

Wir schlagen ein und entledigen uns beide unserer Schuhe und Socken. Hand in Hand, mit hochgekrempelten Hosen, laufen wir danach zum Wasser, bleiben an der Uferlinie stehen und ich kann nicht anders, als ein Quietschen von mir zu geben, als die kalten Fluten nach meinen Füßen lecken.

Jenson wendet sich mir zu und betrachtet mich amüsiert. »Du machst ein Gesicht, als wärst du in Scherben getreten!«

»F-fühlt sich auch so an«, bibbere ich.

»Komm her«, sagt er und ich lasse mir das nicht zweimal sagen. Ich lege die Arme um seinen Hals, springe auf seine Hüften … und ein kleines Kribbeln fährt durch meinen Körper, als ich spüre, was für ein besonderer Moment das hier ist.

Jenson und ich, hier unten am Strand, mitten im Januar, im Wind, in der sprudelnden Gischt. Unsere Körper, dicht aneinandergeschmiegt und unsere Blicke, die immer wieder ineinander versinken.

In diesem Augenblick passt einfach alles und ich weiß, dass wir das beide Spüren.

»Hey«, sagt Jenson und streicht mir die blonden Strähnen von der Wange.

»Hey«, erwidere ich. Dann beuge ich mich zu ihm vor und küsse ihn, diesmal richtig. Ich schließe die Augen und gebe mich diesem Kuss voll und ganz hin. Dabei freue ich mich unendlich auf das, was vor uns liegt. Auf den Rest des Tages, auf morgen, auf alles, was zwischen uns noch geschehen wird.

Besser kann es eigentlich kaum werden. Und doch bin ich mir sicher, dass es das wird.

JENSON

Am Tag darauf komme ich wieder früher in die Halle und sehe den Firebirds beim Training zu. Die Mädels arbeiten an ihrer neuen Choreografie, wobei Kaylee im Prinzip Abbys persönliche Schülerin ist.

Ich stehe im Durchgang von der Tribüne zum Eis und sehe fasziniert zu, wie Kaylee eins ihrer langen Beine mühelos in die Höhe reckt. Wieder trägt sie hautenge Sportkleidung und mir wird von Sekunde zu Sekunde bewusster, wie sexy ich sie finde. Nicht nur ihr Aussehen, ihre ganze Art. Ich hätte echt Lust, mit ihr einen Schritt weiterzugehen.

»Hey Jenson, willst du eigentlich zu den Firebirds wechseln? So oft, wie du uns in letzter Zeit beim Training zusiehst, könnte man das fast meinen!«, ruft Abby und ich reiße mich mühevoll von Kaylees Anblick los.

»Ich würde euch die Show stehlen, aber wenn ihr es drauf anlegt!«, erwidere ich.

In Kaylees Augen blitzt es amüsiert und sie kommt über die große Filzmatte, auf der die Cheerleaderinnen trainieren, zu mir rüber. »Bleib du mal lieber, wo du bist.«

»Ich bleibe genau, wo ich bin«, gebe ich etwas leiser zurück, als sie sich auf die Zehenspitzen stellt und sich ihr verführerischer Mund dadurch meinem nähert.

Dann überbrücke ich das letzte bisschen Abstand zwischen uns, indem ich mich zu ihr hinunterbeuge und drücke einen Kuss auf ihre weichen Lippen. Mit der Zunge teile ich ihren Mund und sie wiederum saugt an meinen Lippen und lässt ihre Zunge um meine kreisen.

Dabei spüre ich es umso deutlicher: Ich will sie, genauso, wie sie mich will. Und so langsam bin ich mir nicht mehr sicher, wie lange wir noch warten können. Zwar ermahnt mich meine innere Stimme, nichts zu überstürzen, aber wenn ich mir vorstelle, Kaylee überall zu küssen, jeden Zentimeter ihres Körpers zu erobern, fällt es mir schwer, die leise Warnung aus meinem Inneren nicht einfach zu ignorieren.

»Ich muss weitermachen«, sagt Kaylee mit leicht heiserer Stimme, als sich unsere Lippen schließlich voneinander lösen, weil wir beide Luft holen müssen.

»Wir machen später weiter«, verspreche ich ihr.

»Wann?« Sie küsst mich nochmal kurz und ich erwidere ihren Kuss.

»Heute Abend«, sage ich. »Ich habe eine kleine Überraschung. Vorausgesetzt, du hast nichts anderes vor.«

»Solange es kein Fallschirmsprung ist ...« Ihre blauen Augen blinzeln mir zu, dann löst sie sich von mir, um sich mit den anderen Cheerleaderinnen in Position zu begeben.

Mit einem Lächeln auf den Lippen sehe ich ihr nach und bin verblüfft darüber, wie schnell sich die Dinge manchmal ändern können. Noch vor gut einer Woche bin ich den Firebirds so weit wie möglich aus dem Weg gegangen, jetzt bin ich mit einer von ihnen zusammen.

Nicht, dass wir es ausgesprochen hätten. Aber ich schätze, das, was sich gerade zwischen uns entwickelt, nicht als Beziehung zu bezeichnen, wäre ziemlich ignorant.

Ich schaue Kaylee dabei zu, wie sie gemeinsam mit Abby an die Spitze der Formation tritt. Dann macht Trainerin Price die Musik an – und *Cheerleader* beginnt. Es war klar, dass die Mädels irgendwann zu dem Song tanzen würden.

Sie fangen an, die Hüften im Takt zu dem sommerlichen Lied zu wiegen und ich bin wie hypnotisiert von Kaylees schmaler Taille.

Immer wieder blickt sie hinüber zu Abby und schafft es, sich vollkommen synchron mit ihr zu bewegen. Als der Refrain kommt, schleudern die Mädels ihre Pompons in die Luft und wechseln tanzend die Positionen, wobei jeweils eine die Pompons auffängt, die eine andere von ihnen zuvor nach oben geworfen hat.

Kaylee schlägt sich dabei ziemlich gut, ihre Bewegungen wirken spielerisch und sie krönt das Ganze mit einem akrobatischen Sprung, bei dem sie die Beine zum Spagat ausstreckt.

Dann ändert sich plötzlich die Musik.

Aus dem Sommerlied wird ein romantischer Song, den ich nicht kenne, der mich aber gleich an gestern Abend denken lässt, als eine Frauenstimme singt: *Wenn die Wellen an den Strand fluten und ich meinen Weg nicht mehr finde, denke ich an dich.*

Kaylee sieht mich an, während sie sich lasziv zur Melodie bewegt und wirft mir ein leichtes Augenzwinkern zu, das sie noch anziehender für mich macht.

Verheißungsvoll lächelt sie mich an, dreht sich dann weg und stolziert auf die anderen zu, wobei ich den Blick nicht von ihrem Hintern nehmen kann, der in engen blauen Leggings steckt.

Über die Schulter sieht sie zu mir und schmunzelt, als sie den Ausdruck in meinen Augen bemerkt.

Ich lächle ihr zu und als ich anschließend beobachte, wie die Mädels scheinbar mühelos eine Pyramide bilden, bei der Kaylee geschickt wie eine Katze an die Spitze klettert, überkommt mich ein Gefühl, das ich so noch nie hatte.

Das ist meine Freundin, denke ich. Das ist mein Mädchen und ich bin verflucht stolz auf das, was sie draufhat.

Ganz oben auf den Schultern von Sandra und Sherley richtet sie sich auf, hebt das Bein in die Höhe, wie Abigail es ihr gezeigt hat, hält ihren Fuß mit der Hand fest und streckt den freien Arm zu einer eleganten Endpose aus.

Ich zeige ihr die erhobenen Daumen. Sie ist einfach der Wahnsinn, was auch Coach Price zu finden scheint.

Sie stellt die Musik ab und ruft: »Fantastisch, Mädchen! Wenn ihr das so beim nächsten Match macht, können die Eagles nur gewinnen, oder, Jenson?«

»Wir können so oder so nur gewinnen!«, rufe ich, was dazu führt, dass mich die Firebirds, kaum dass sie ihre Formation aufgelöst haben, mit ihren Pompons bewerfen.

Ich fange einen davon auf und werfe ihn Kaylee zu, die mit roten Wangen wieder zur Bande kommt.

»Das war der Hammer«, sage ich und drücke ihr einen Kuss auf die Stirn.

»Jetzt bist du dran«, erwidert sie leise und streichelt wie beiläufig über meine Brust, was schon wieder ein leichtes Zucken in meinen Lenden auslöst.

»Bis später dann«, sage ich. »Wir treffen uns um acht vor der Halle.«

»Vor dieser Halle hier?«, fragt sie skeptisch. »Was hast du vor?«

»Lass dich überraschen«, sage ich und kann es kaum erwarten, später Kaylees Reaktion zu sehen.

Ich bin mir sicher, meine Überraschung wird ihr gefallen.

KAYLEE

Wie versprochen wartet Jenson um acht vor der Halle auf mich.

Wir begrüßen uns mit einem Kuss, der sich anfühlt, als hätten wir uns tagelang nicht gesehen; dabei waren es in Wahrheit kaum drei Stunden.

Ich war kurz zu Hause, habe geduscht und dann die Botschaft, die ich gestern Abend geschrieben habe, ins Meer geworfen.

Langsam, aber sicher macht sich ein Gedanke in mir breit. Sollte ich Jenson von meinen Briefen mit dem Fremden erzählen? Immerhin bin ich mir sehr sicher, dass es sich bei ihm um einen anderen Mann handelt.

Doch irgendwie fühlt es sich trotzdem nicht an, als würde ich Jenson hintergehen, indem ich mir mit ihm schreibe. Vielleicht liegt das daran, dass wir uns gar nicht persönlich kennen und ich auch nichts von ihm will. Wir geben einander nur Liebestipps, aber wie soll ich das meinem neuen Freund erklären?

Wer weiß, ob der Fremde meine neueste Antwort überhaupt findet. Falls ja, kann ich immer noch sehen, ob ich mit Jenson darüber spreche und wie ich es ihm beibringe, ohne dass er es in den falschen Hals bekommt.

Fürs Erste jedoch mache ich mir darüber keine Gedanken, denn ich bin viel zu gespannt, woraus die Überraschung besteht, die Jenson mir vorhin schon angekündigt hat.

»Dreh dich um«, bittet er mich nach unserem Begrüßungskuss.

Mit einem schwarzen Bandana verbindet er mir die Augen, dann legt er eine Hand auf meine Schulter und führt mich über den Campus. Wir sind einige Minuten unterwegs und ich habe nicht die geringste Ahnung, wohin. Nach einer Weile glaube ich, dass wir ein Gebäude betreten, weil es deutlich wärmer wird. Mehr Anhaltspunkte habe ich jedoch nicht.

»Weiter, weiter, weiter geradeaus, noch ein Stück. Jetzt stehenbleiben ...« Jenson zieht mich sanft an der Schulter zurück und ich spüre einen Luftzug, vermischt mit dem herben Duft seines Duschgels, als er an mir vorbei greift.

Er öffnet eine Tür. Ich höre sie quietschen, doch ich habe keine Ahnung, wohin sie führt. Es riecht nach

Holz und Linoleum, wie überall an der Uni und es ist total still, aber das ist um die Zeit wohl kein Wunder.

»Darf ich jetzt gucken?«

Jenson lacht schnaubend. »Du bist ganz schön neugierig. Noch nicht.« Er schiebt mich weiter voran und ich setze vorsichtig einen Fuß vor den anderen.

Der Geruch, der in der Luft liegt, verändert sich leicht. Magnesium und … Wachs? Der Duft kommt mir auf eine Art vertraut vor, aber irgendwie auch nicht. Etwas passt hier nicht ganz zusammen und ich kann es kaum noch erwarten, dass Jenson das Geheimnis endlich lüftet. Ich liebe Überraschungen, das war schon immer so. Doch in der letzten Zeit hatte ich das irgendwie vergessen – vielleicht, weil die letzte Überraschung, mit der ich konfrontiert wurde, alles andere als schön war.

»Okay.« Die Tür wird hinter uns geschlossen, dann lässt Jenson meine Schulter los und ich glaube, anhand seiner Körperwärme zu spüren, wie er neben mich tritt. »Du darfst jetzt.«

Mein Herz macht einen aufgeregten Hüpfer, als ich die Hände an meine Augen hebe und mir das Tuch, mit dem Jenson sie mir verbunden hat, auf die Stirn schiebe.

Ich öffne die Lider und bin im ersten Moment total sprachlos, als die verschiedensten Eindrücke auf mich einprasseln. Ich entdecke einen weichen, leicht aufgerauten Mattenboden, ein Reck, einen Barren und mein absolutes Lieblingsgerät, den Schwebebalken. Dann entdecke ich die Kerzen, die überall um die Turnfläche herum verteilt sind. Ein paar stehen auf den Plätzen der Zuschauerränge, ein paar weitere vor den bodentiefen Fenstern am anderen Ende des großen Raums.

Verblüfft sehe ich Jenson an und weiß nicht, was ich sagen soll.

Er steht neben mir, mit den Händen in den Hosentaschen, und hebt die Schultern, als wäre das hier gar nichts Besonderes. Aber das ist es.

Nochmal sehe ich mich um und blinzle, weil meine Augen ein kleines bisschen feucht werden. »Das ist ... Du bist ja verrückt«, sage ich gerührt, dann wende ich mich ihm zu und schlinge die Arme um seine Hüften. »Danke«, sage ich. »Das ist echt wahnsinnig toll.«

Ich stelle mich auf die Zehenspitzen und drücke Jenson einen Kuss auf die Lippen, den er erwidert, ehe er mich auffordert: »Dann lass mal sehen, was du draufhast.«

»Na schön«, grinse ich, ziehe meine Jacke sowie meine Schuhe aus und dehne mich kurz und geübt.

»Bereit?«, frage ich dabei.

Jenson lehnt sich lässig an die Wand der Turnhalle. Er sieht heute Abend wieder zum Anbeißen aus. Wie bei unserem ersten Date trägt er die dunkle Jeansjacke, die ihm so gut steht und darunter einen dünnen Pullover, unter dem sich seine Brustmuskeln abmalen. Ich könnte diesen Anblick stundenlang genießen, genau wie den seiner Oberarme, über denen sich der Stoff der Jacke spannt. Bevor ich Jenson kannte, wusste ich gar nicht, dass ich so sehr auf muskulöse Körper abfahre.

»Sowas von«, erwidert er und ich beiße mir auf die Unterlippe, während ich mir überlege, wie ich ihn jetzt am besten beeindrucken kann.

»Dann pass mal auf«, sage ich, betrete den Mattenboden und schreite mit geschmeidigen Bewegungen auf den Balken zu. Ich weiß, welche Aussicht Jenson dabei hat. Mir ist schon ein paarmal aufgefallen, dass meine schmale Taille und mein Po es ihm angetan haben, nicht nur durch seine Blicke, sondern auch aufgrund seiner Berührungen. Ich stelle mir vor, wie er meine Hüften mit seinen starken Armen umfängt, während ich Schritt für Schritt von ihm weggehe.

Dann lege ich die Hände auf den Balken, schwinge mich mühelos hinauf und beschließe, mit einer meiner kompliziertesten Übungen zu beginnen, damit Jenson erstmal die Luft wegbleibt. Ich strecke die Arme in die Höhe und mache einen fließenden Flick Flack rückwärts, bei dem ich die Beine gekonnt durch die Luft wirbeln lasse. Anschließend gehe ich langsam, mit voller Körperspannung, in den Spagat.

Ich sehe zu Jenson und die Faszination in seinen Augen gefällt mir.

Sein Blick wandert über meine Beine, die in dieser Position ellenlang wirken dürften.

Ich beuge mich weit vor und streiche mit den Fingern verführerisch über mein linkes Bein, während ich mich ganz langsam wieder aufrichte.

So lasziv waren meine Küren früher nie, aber das hier ist schließlich eine Privatvorstellung.

Ich ziehe das hintere Bein nach vorn. Meine Füße stelle ich auf den Balken, die Arme strecke ich nach hinten, anschließend hebe ich ganz langsam meinen Unterleib an. Eine einfache Brücke, aber als ich erneut zu Jenson schaue, sehe ich ihm an, wie sexy er meinen Körper in dieser Position findet.

Ich lasse mich langsam wieder hinuntersinken, bis ich auf dem Schwebebalken liege.

Währenddessen stößt sich Jenson von der Wand ab und kommt näher.

Abermals wechsle ich in eine andere Position, drehe mich herum, bis ich auf allen vieren bin. Katzenhaft, mit einem angedeuteten Lächeln auf den Lippen, krabble ich Jenson entgegen. Dann erreicht er mich, ich setze mich auf und schwinge die Beine vom Balken.

Keiner von uns sagt ein Wort.

Jenson kommt zu mir, ganz nah und ich ziehe ihn am Kragen die letzten Zentimeter an mich. Das Dunkelblau seiner Augen wirkt im Schein der Kerzen, als würde es von innen heraus glühen.

Seine Hände legen sich an meine Taille, ich streiche über seine Unterarme, bis meine Finger in den Ärmeln seiner Jacke verschwinden. Seine Hände packen meine Schenkel und ich lege die Beine um ihn, während seine Lippen bereits meine finden und wir uns leidenschaftlich küssen.

In meiner Mitte pocht es, weil sein Kuss mich spüren lässt, wie sehr ihn meine kleine Show angemacht hat.

Er zieht mich enger an sich, ich fühle die Erektion in seiner Hose und stelle fest, dass ich nicht mehr länger warten möchte. Ich will ihn so sehr.

Ihm geht es genauso, das spüre ich an der Art, wie er mich in diesem Moment berührt, wie seine Hände in den Saum meiner Hose fahren und meinen Po streicheln, ehe sie zurück nach oben wandern, um mir ungestüm das Shirt auszuziehen.

Erneut küssen wir uns kurz, dann helfe ich ihm aus seiner Jacke, und nach einem weiteren Kuss lasse ich sein Shirt folgen. Am liebsten will ich meine Lippen gleich wieder mit seinen vereinen – aber sein Anblick verschlägt mir für einen Augenblick die Sprache.

Endlich steht er oben ohne vor mir und sieht genauso gut aus, wie ich es mir vorgestellt habe. Seine Brustmuskeln sind ausgeprägt, seinen Bauch ziert ein perfektes Sixpack und sogar seine Lenden sind muskulös, wie mich seine tiefsitzenden Jeans erkennen lassen.

Kurz lässt er mich die Aussicht genießen, wobei sein eigener Blick in mein Dekolleté taucht. Dann beugt er sich zu mir hinunter, küsst meine Halsbeuge und ich erschauere vor Lust, als seine Hände nach meinem BH-Verschluss greifen.

Nie hätte ich gedacht, dass unser erstes Mal an einem Ort wie diesem stattfinden würde.

Ich öffne die Augen, als er mir den BH aufmacht und beobachte ihn, während er mir das dünne Stück Stoff abstreift, um einen Blick auf meine nackten Brüste zu werfen.

»Du bist wunderschön«, flüstert er atemlos, dann küsst er mich wieder, wilder als zuvor und ich greife mit den Fingern nach seiner Hose. Ich mache sie auf und lasse das wilde Pochen in meinem Unterleib ohne Gegenwehr zu. Es wird wunderschön sein, seinen kräftigen Körper auf mir zu spüren, zu fühlen, wie er mich vereinnahmt, wie er mich in seinem Rhythmus ...

»Warte«, sagt Jenson plötzlich.

Er hört auf, mich zu küssen und sieht mich alarmiert an.

»Was ist?«, frage ich atemlos.

»Hast ... hast du das auch gehört? Ich glaube, da waren Schritte.«

Ich reiße die Augen auf. »Gibt es hier einen Hausmeister?«

Blöde Frage, natürlich gibt es den.

Jenson nickt und sein Gesichtsausdruck ist fast panisch. Ich kann mir auch vorstellen, warum. Er hat noch keinen Profivertrag und ein abendlicher Einbruch auf dem Campus wird seine Chancen darauf sicher nicht unbedingt erhöhen.

»Verschwinden wir«, sage ich und drücke ihn schnell zurück, um von dem Balken klettern zu können.

Jenson zögert einen winzigen Moment, aber dann lässt er mich los und wir sammeln beide in Windeseile unsere Sachen auf.

Dabei muss ich lachen, auch wenn mein Herz wie wild klopft. So habe ich mir das nicht vorgestellt!

»Mach die Kerzen aus«, flüstere ich und ziehe schnell mein T-Shirt an.

Dann helfe ich ihm, unsere Spuren weitestgehend zu beseitigen und wenig später flüchten wir Hand in Hand aus der Halle.

Das ist verrückt. Nicht nur das Date, das er arrangiert hat und die Tatsache, dass wir dort in der Halle fast übereinander hergefallen wären, sondern auch unsere Flucht.

Erst auf dem Parkplatz bleiben wir stehen und ich sehe völlig außer Atem hinter uns.

»Nochmal Glück gehabt!«

»Ja«, brummt Jenson, blickt mit zusammengekniffenen Brauen in die Richtung, aus der wir gekommen sind und ich schätze, er ärgert sich über die verpasste Gelegenheit.

»Hey«, sage ich.

Er wendet sich mir zu und erwidert mein Lächeln nach einem Augenblick. »Wie wäre es, wenn ich morgen Abend mit zu dir komme und wir da weitermachen, wo wir gerade aufgehört haben?«

Sein Vorschlag gefällt mir, lässt mich aber auch schlucken. Bei mir zu Hause wird es sicher noch schöner sein. Dort werden wir alle Zeit der Welt haben, unsere Körper Zentimeter für Zentimeter zu erkunden.

»Einverstanden«, sage ich leise und als Jenson mich leidenschaftlich zum Abschied küsst, spüre ich Aufregung in mir hochsteigen.

Fast wie vor meinem ersten Mal. Nur hundert Mal schöner.

KAPITEL 6

JENSON

Was bin ich doch für ein Feigling. Während ich nach Hause fahre, könnte ich mich selbst ohrfeigen. Ich hätte sie haben können, hätte es mit ihr tun können, doch je näher wir uns kamen, desto größer wurde meine altbekannte Furcht.

Dann hörte ich etwas, von dem ich im Nachhinein ziemlich sicher bin, dass es keine Schritte waren, sondern wohl eher ein klappernder Fensterladen. Aber ich habe mich an dieses Geräusch geklammert wie an einen blöden Strohhalm und wieder mal einen Rückzieher gemacht.

Das kann doch nicht wahr sein. Ich schrecke vor keinem Zweikampf zurück, aber wenn es um ein bisschen Sex geht, bringe ich es einfach nicht.

Als ich den Wagen vor dem Strandhaus parke, muss ich aufpassen, dass ich nicht vor lauter Frust die Handbremse aus ihrer Halterung reiße. Ich sollte mich beruhigen. Im Grunde weiß ich ja, dass das Problem nichts mit meiner Statur und meinem sonstigen Verhalten zu tun hat.

Es liegt woanders. Aber ich dachte in der letzten Zeit ehrlich, dass ich es mit Kaylee überwinden könnte oder nein, besser gesagt, dass meine starken Gefühle für sie es einfach fortwischen würden.

Da habe ich mich wohl getäuscht.

Ich steige aus dem Wagen, bemühe mich, die Tür nicht zuzuknallen und gehe runter an den Strand. Was morgen Abend angeht, bin ich nervös und ratlos zugleich und ich hoffe auf eine neue Nachricht der Fremden, die mir vielleicht hilft, dieses Chaos in mir zu beseitigen.

Schon gestern Abend war ich hier, habe aber keine Flaschenpost gefunden. Wer weiß, vielleicht hat sich der Wind gedreht und die Strömung hat meine letzte Botschaft nicht zu ihr getragen. Oder ihre Antwort nicht zu mir.

Ich ramme die Hände in die Jackentaschen, stemme mich gegen den Januarwind und versuche, nicht an Kaylees straffe Schenkel zu denken. An den Anblick ihrer perfekt geformten Brüste, an ihre leidenschaftlichen Küsse.

Wir könnten jetzt noch dort sein, gemeinsam auf dem Boden liegen und einander in den Wahnsinn treiben.

Es ist schon erstaunlich, wie sehr man etwas wollen und es zugleich nicht wollen kann.

Aber wenn ich mit ihr zusammen sein will, muss ich es tun, es führt gar kein Weg daran vorbei. Kaylee ist wunderschön, sie könnte jeden Mann an der Uni haben und gibt sich sicher nicht mit einem zufrieden, der nicht mit ihr schläft.

Angestrengt sehe ich in den Sand, während ich nachdenke, um nicht wieder wortwörtlich über die Flaschenpost zu stolpern. Und ich habe Glück: Ich bin noch keine zehn Minuten gelaufen, als ich sie vor mir im feuchten Sand glitzern sehe. Mit klopfendem Herzen hebe ich sie auf, öffne sie und merke selbst, wie lächerlich ich mich verhalte.

Nur weil es die Fremde war, die mich durch ihre Worte dazu motivierte, es mit Kaylee zu versuchen, heißt das nicht, dass sie jetzt für alles eine Lösung hat.

Trotzdem kann ich mit dem Lesen nicht bis zu Hause warten.

Ich rolle das dicke Briefpapier auf, auf das schon die erste Nachricht geschrieben war und erkenne gleich ihre geschwungene Schrift.

Nochmal Hallo :-)
Fragst du dich eigentlich auch, wie lange das hier funktionieren wird? Schon lustig, dass unsere Briefe einander erreichen. Fast, als wäre es genauso gedacht.
Glaubst du an Schicksal?
Ich eigentlich nicht, aber in der letzten Zeit ändert sich meine Sicht auf die Dinge. Nach und nach scheint sich in meinem Leben alles zusammenzufügen und ich glaube, wenn das passiert, macht man sich auch nicht mehr so viele Gedanken. Wen auch immer du getroffen hast: Wenn sie die Richtige für dich ist, musst du dir keine Sorgen machen. Selbst wenn ihr einander mal verletzt, wird euch das hinterher nur stärker zusammenschweißen.
Langsam glaube ich, dass man mit der Liebe nicht zu vorsichtig sein darf. Man muss sich hineinfallen lassen und einfach zulassen, was dann passiert. Aus Hoffnung wird

Vertrauen – und ich wünsche dir zumindest, dass deine Hoffnung groß genug ist, um zu Vertrauen zu werden.
Mach's gut,
deine Fremde

Ich weiß nicht, wie oft ich den Brief lese, bevor ich mich von ihren Zeilen losreißen kann. Oft genug auf jeden Fall, um ihre Worte danach in meinem Kopf widerhallen zu hören.

Aus Hoffnung wird Vertrauen. Das Vertrauen, Liebe einfach zuzulassen.

Ist das die Lösung, nach der ich gesucht habe? Muss ich meinen Worten vielleicht wirklich einfach nur Taten folgen lassen, es nochmal mit Kaylee probieren und diesmal nicht kneifen, auch wenn die altbekannte Panik wieder in mir hochsteigt? Sollte ich einfach Vertrauen in uns und unsere Gefühle haben?

Ich stecke den Brief ein und nehme es mir fest vor. Denn eines steht fest: Ich bin ziemlich verliebt in sie und ich will das, was gerade zwischen uns entsteht, nicht wegwerfen, weil ich zu feige bin.

Also. Vielleicht ist es einfach an der Zeit, Vertrauen zu haben.

***

Immer wenn wir uns sehen, knistert die Luft zwischen Kaylee und mir. Als wir uns morgens auf dem Parkplatz treffen, um uns wenigstens kurz zu begrüßen. Als ich mittags in die Mensa komme und sie mit den Firebirds in der Schlange entdecke.

Ich nähere mich ihr, umarme sie von hinten und sie strahlt mich über die Schulter an, während ich ihre Rundungen dicht an meinem Körper fühle.

»Na, Captain«, sagt sie leise unter dem Gejohle ihrer Mädels.

Noch nie hat es mich so angemacht, so genannt zu werden.

»Na, wie war dein Vormittag?«

»Anstrengend«, sagt sie. »Und deiner?«

Ich schüttle den Kopf. »Ruhig, aber die Pause fällt flach. Muss zum Maßnehmen für die neuen Trikots. Treffen wir uns um sieben auf dem Parkplatz? Ich würde dich gern nach Hause fahren.«

Ihr Blick verändert sich leicht, wird ein bisschen fiebrig, und mir ist klar, dass sie an das denkt, was wir gestern vereinbart haben.

Lächelnd bejaht sie und ich drücke ihr einen Kuss auf den Hals, ehe ich sie unwillig loslasse, um zu gehen.

Am Abend warte ich auf Kaylee und als sie mir über den Parkplatz entgegenkommt, zweifellos die schönste Frau der ganzen Uni, mischt sich Vorfreude in meine Nervosität. Wenn ich es heute schaffe, kann ich eine ganz normale Beziehung mit ihr führen, ohne Hindernisse, die zwischen uns stehen.

»Hey«, sagt sie leise, als sie mich erreicht und wir küssen uns zur Begrüßung.

Wieder duftet sie nach dieser Mischung aus Kirsche und Marzipan und ich kann es gar nicht erwarten, sie überall zu schmecken.

»Fahren wir«, sage ich und halte ihr die Tür auf.

Mit einem vielsagenden Lächeln steigt sie ein und die Strecke bis zu ihrem Haus vergeht wie im Flug. Mein Herz hämmert dabei in meiner Brust und die verschiedensten Gefühle toben in mir. Aber mit jedem Meter überwiegt die Gewissheit, dass ich das hier unbedingt will, ein Stück mehr. Es ist verrückt, die Stimmung zwischen uns ist wie elektrisch aufgeladen. Kaylees Duft, ihr Lächeln, die Art, wie sie mein Bein streichelt, während ich zu ihr fahre, all das macht mich wahnsinnig.

Und ich weiß, dass es nur eine Art gibt, dem Fieber, das sich in mir ausbreitet, zu geben, was es will.

Ich parke vor Kaylees Haus, wir steigen schweigend aus und gehen Arm in Arm zum Eingang.

Kaylee schließt auf, lässt mich rein und kaum ist die Tür hinter uns zugefallen, springt sie mich förmlich an. Ich halte sie an den Schenkeln fest, trage sie ins Wohnzimmer. Dort lassen wir uns aufs Sofa sinken, sehen uns für eine Sekunde an.

Dann küssen wir uns wieder und ich ziehe sie auf meinen Schoß. Meine Hände streichen unter ihrem Top über ihren Rücken, über ihre weiche Haut und ich will nur eins: Sie endlich richtig spüren.

Ich hebe den Saum ihres Shirts an. Sie hört sogar einen Moment auf, mich zu küssen und sieht mich erwartungsvoll an. Ich erkenne, dass sie vor Erregung schneller atmet und kann es ebenfalls kaum erwarten, die letzten Zentimeter ihres Körpers zu erkunden.

Ich streife ihr das Oberteil über den Kopf und werfe es achtlos neben die Couch.

Kaylee sitzt jetzt in einem dunklen Spitzen-BH vor mir und ich nehme mir, anders als gestern, einen Augenblick, um sie genauer zu betrachten. Im orangefarbenen Licht der Straßenlaternen, das von draußen zu uns hereindringt, sieht ihre Haut fast gebräunt aus. Ihre Lippen sind feucht und leicht geöffnet und ihr

Blick hat etwas so Verführerisches an sich, dass es in meiner Hose zu pochen beginnt.

»Ich liebe deine Augen ...«, sage ich und streiche Kaylee ein paar Strähnen aus dem Gesicht, die ihr frech in die Stirn fallen.

Kaylee lächelt und ich würde ihr am liebsten auch noch sagen, wie sehr mir ihr Lächeln gefällt. Dann beschließe ich, ihr stattdessen besser zu *zeigen*, wie sehr mich ihr roter Mund anmacht. Ich lege ihr eine Hand in den Nacken und ziehe sie zu mir herunter, um sie zu küssen.

Sofort schmiegt Kaylee sich an mich und erwidert meinen Kuss leidenschaftlich.

Mit meinen Händen streichle ich über die nackte Haut an ihrem Rücken, dann erwische ich den Verschluss ihres BHs und halte kurz inne. Wenn ich ihn öffne, ist das ein eindeutiges Zeichen, ganz genau wie gestern. Doch diesmal gibt es keine Ausrede.

Bin ich dafür bereit?

Mein Schwanz drückt so stark gegen meine Jeans, dass es fast wehtut. Das ist Antwort genug.

Mit beiden Händen fummle ich den Verschluss von Kaylees BH auf. Kaum springt er auseinander, greifen meine Finger fast von selbst nach ihren Brüsten.

Kaylee stöhnt leise auf, als ich anfange, sie zu kneten. Sie fühlen sich so gut an, dass es in meiner Hose immer enger wird.

Ich dränge Kaylee aufs Sofa und sie zieht ihren BH aus, bevor sie sich bereitwillig hinlegt. Noch einmal betrachte ich ihren Körper eingehend. Die ebenmäßige Haut, ihre runden Brüste, ihre Taille ... Mein Blick wandert tiefer.

Kaylees Finger nesteln am Knopf ihrer Jeans herum und ich weiß, dass ich ihr helfen sollte. Dass ich sie schnellstmöglich von den lästigen Klamotten befreien sollte. Doch sie kriegt das auch ganz gut allein hin und ich nehme mir einen Moment, um zuzusehen, wie sie ihre Jeans nach unten schiebt und mir den Anblick des winzigen Spitzenhöschens ermöglicht, unter dem ich die Konturen ihrer Mitte schon erahne.

Ich schlucke. Jetzt fehlt nicht mehr viel und meine steinharte Erektion schreit mich förmlich an, sie zu nehmen.

Doch ich rühre mich nicht.

Kaylee dagegen scheint es nichts auszumachen, die Initiative zu ergreifen. Sie langt nach meinem Gürtel, öffnet ihn und ich lasse es geschehen.

Dann schiebt sie die Hand ganz unvermittelt in meine Hose und ich fühle ihre kühlen Fingerspitzen an meinem Schwanz, als sie in meine Shorts greift – aber anstatt meine Lust weiter zu entfachen, lässt diese Berührung alles über mir zusammenbrechen, was ich mir in der letzten Zeit so mühsam aufgebaut habe.

Ich stelle mir vor, wie sie meinen Schaft voller Begierde umfasst und Quinn Sawyers Gesicht taucht auf.

Es scheint mich mit einem Mal von überall her anzustarren.

Ich sehe nur noch Sawyer, höre das altbekannte Stöhnen und spüre diese fordernden Hände, fiebrig warm und rau wie Schmirgelpapier.

Schlagartig ist es mit meiner Erregung vorbei und ich setze mich auf. Doch die Bilder bleiben dieselben. Ich bin nicht mehr in Kaylees Haus. Ich sehe nicht mehr Kaylees Gesicht.

Fest presse ich mir die Hände vor die Augen, als könnte ich die Bilder so zwingen, zu verschwinden, als könnte ich mir die Erinnerungen ganz einfach aus dem Blick wischen.

»Jenson?« Kaylees Stimme klingt besorgt und dringt nur wie durch Nebel zu mir vor.

Ich muss hier weg. Ich muss raus, fort von der Erinnerung.

Ruckartig stehe ich auf, als mich eine Welle der Übelkeit überrollt.

Scheiße. Mir darf bei Kaylee nicht das Gleiche passieren wie bei Sherley.

»Jenson?«

»Ich muss gehen«, bringe ich gepresst hervor. Nur diesen einen Satz. Für Erklärungen fehlt mir gerade einfach die Kraft.

Fahrig ziehe ich mich wieder an. In meinen Ohren ist ein hohes Fiepen zu hören und ich stolpere aus dem Wohnzimmer, als bestünde der Boden aus unebenen Kieselsteinen.

»Geht es dir gut?«

Ich ignoriere die Frage und reiße die Tür auf.

Kalter Herbstwind bläst mir entgegen, doch anstatt mir den Kopf zurechtzurücken, scheint er Quinn Sawyers Stimme mit sich zu tragen.

»Jenson?«

»Lass mich in Ruhe!«, keuche ich atemlos und werfe die Tür hinter mir zu.

Dann renne ich los.

Weg von Sawyer.

Und damit auch fort von Kaylee.

KAYLEE

»Jenson!« Ich stehe in meiner Haustür, presse mir mein Shirt gegen den nackten Oberkörper und schreie gegen den tobenden Wind an. Doch entweder hört er mich nicht oder er will mich nicht hören.

Was hat er nur?

Habe ich irgendetwas Falsches gemacht oder gesagt?

Schnell ziehe ich mein Shirt und meine Schuhe über und schnappe mir meinen Schlüssel. Ich laufe nach draußen und eisiger Januarwind begrüßt mich.

»Jenson!«, rufe ich wieder, aber der Abend hat ihn bereits verschluckt. Seinen Wagen hat er einfach stehenlassen.

Ich blicke mich in alle Richtungen um, habe aber keine Ahnung, in welche er gelaufen sein kann. Wenn ich wüsste, wo er wohnt, könnte ich zu ihm gehen, um mit ihm zu reden, aber leider habe ich keinen blassen Schimmer.

Warum hat er mich auch nie zu sich eingeladen?

So bleibt mir nur eine Möglichkeit. Ich rufe noch einmal nach ihm, doch er antwortet wieder nicht, also gehe ich zurück ins warme Haus und suche hektisch nach meinem Handy.

Ich finde, dass er mir eine Erklärung schuldet. Wir können doch über alles reden.

Ich wähle Jensons Nummer und bin nicht überrascht, dass nach kurzem Klingeln die Mailbox dran geht. Er möchte einfach nicht mit mir sprechen, aber ich verstehe nicht, wieso nicht.

»Jenson, ruf mich bitte zurück. Was auch immer gerade vorgefallen ist – wir können darüber reden. Ruf mich bitte an.«

Ich lege auf und lasse mich resigniert aufs Sofa sinken. Dann rufe ich mir die Situation von gerade nochmal vor Augen. Es war alles total schön und Jensons Küsse waren wie immer der Wahnsinn. Als er den ersten Schritt gemacht und mir das Shirt ausgezogen hat, hat sich freudige Erregung in mir breitgemacht.

Schon oft habe ich mir ausgemalt, wie es wäre, mit ihm zu schlafen. Ich glaube, dass er ein guter Liebhaber ist. Er ist so aufmerksam, dass er sicher auch beim Sex ganz instinktiv das Richtige tut.

Nur, dass er mit mir heute Abend offenbar keinen Sex haben wollte.

Aber wieso nicht?

Meine Meinung, dass er ein Aufreißer ist, der jede Nacht eine andere abschleppt, habe ich, nachdem ich ihn kennengelernt habe, schnell revidiert. Ich war überzeugt, dass er nur auf die Richtige gewartet hat. Und dass ich diese Richtige bin.

Vielleicht war es ihm noch zu früh? Das glaube ich eigentlich nicht, immerhin kam der Vorschlag, es heute zu tun, von ihm. Doch selbst, wenn er es sich anders überlegt hat: Das wäre doch kein Grund gewesen, einfach wegzulaufen. Er hätte es mir ganz einfach sagen können. Seine Nähe ist auch so wunderschön, da kann ich gerne noch eine Weile auf mehr verzichten.

Ich lehne mich zurück, bin aber noch nicht ganz zufrieden mit meiner Theorie.

Er schien mit mir schlafen zu wollen, zumindest anfangs. Aber dann ...

Seufzend fahre ich mir mit beiden Händen durchs Gesicht.

Ich kann nur hoffen, dass ich ihn morgen an der Uni erwische und er mir seinen plötzlichen Aufbruch erklärt.

JENSON

Ich kann mich gerade noch so davon abhalten, meine Faust vor lauter Wut gegen die Wand in meinem Zimmer zu schlagen. Wenn ich mir jetzt die Finger breche, habe ich auch nichts davon.

»Wieso bist du nur so ein verdammter Loser?!«, fahre ich mein Spiegelbild an und kann meinen Anblick dabei kaum ertragen.

Es ist lächerlich, das weiß ich selbst, denn aus dem Spiegel blickt mir alles andere als ein Verlierer entgegen. Ich bin Elite-Student im Abschlussjahr, ich bin der Captain der Eishockeymannschaft, ich habe eine Wahnsinnsfrau an meiner Seite ...

Aber trotz alldem habe ich Angst davor, mit meiner Freundin zu schlafen!

Warum kann ich nicht einfach über das hinweg kommen, was mir passiert ist? Mich wie ein Mann verhalten?

Kopfschüttelnd mache ich ein paar Schritte durchs Zimmer und versuche, einen klaren Kopf zu bekommen. Dabei verschleiern mir Tränen die Sicht.

Fuck.

Ich wische sie fort, versuche zu ignorieren, wie sich mir Sekunde für Sekunde die Kehle weiter zuschnürt, aber so einfach ist das nicht. Ich kann es nicht wegschieben, nicht so tun, als würde es keine Rolle spielen. Die Erinnerungen lähmen mich und machen mich zugleich so zornig, dass ich glaube, ich werde jeden Moment explodieren. Ich brauche dringend ein Ventil, aber ich habe keines.

Rastlos mache ich die wenigen Schritte durch das kleine Zimmer wieder zurück, komme erneut an dem Spiegel vorbei, und diesmal tue ich es. Ich reiße ihn von der Wand und schleudere ihn zu Boden, es scheppert und Glas splittert auf, als er in tausend Teile zerbricht. Aber das reicht mir nicht. Meine Wut, der ganze Frust ist immer noch da. Ich greife nach dem Stuhl an meinem Schreibtisch, werfe ihn gegen die Wand und erst, als er ebenfalls zu Boden poltert, lichtet sich mein Geist und ein klarer Gedanke dringt zu mir durch.

Ich habe es versaut.

Kaylee bedeutet mir eine Menge, aber offenbar nicht genug, um einfach mit ihr zu schlafen. Egal mit wem ich es probiere, immer macht mir mein Körper einen Strich durch die Rechnung. Dabei war ich so sicher, dass es bei Kaylee anders sein würde.

»Impotenter Verlierer!«, knurre ich, lasse mich aufs Bett sinken und schließe die Augen. Doch als Sawyers Gesicht vor mir auftaucht, reiße ich sie schnell wieder auf.

Nicht das schon wieder.

Mein Magen krampft sich schmerzhaft zusammen und ich tue das, was ich normalerweise immer tue, wenn mich die Vergangenheit einholt.

Anstatt noch mehr kaputtzumachen und damit die Aufmerksamkeit der anderen zu erregen, ziehe ich mir meinen Kapuzenpullover über und laufe nach unten, raus in die Nacht. Keiner folgt mir, worüber ich froh bin. Das Joggen wird die düsteren Gedanken aus meinem Kopf vertreiben.

Also renne ich los, runter zum Strand.

Wie immer laufe ich dicht an der Wasserlinie. Das Rauschen der Brandung ist hier so gewaltig, dass es die Erinnerung übertüncht. Und nach einigen Meilen verblasst sie vollkommen.

Instinktiv steuere ich auf die Stelle zu, an der ich immer die Flaschenpost finde. Doch heute scheint mein Pechtag zu sein, denn mich erwartet keine Nachricht. Dabei hätte ich ein paar aufmunternde Worte jetzt gut gebrauchen können.

Wahrscheinlich hat das Meer meine letzte Botschaft, die ich noch gestern Abend geschrieben habe, einfach komplett verschluckt und der Kontakt zu der Fremden ist somit für immer abgebrochen.

Der Gedanke tut mir ein bisschen leid. Ihre Botschaften schienen stets eine tiefere Bedeutung zu enthalten, als würde sie mich auf gewisse Weise kennen. Auf eine eigentümliche Art war sie wie ein Kompass für mich.

Aber hätten ihre Worte mir heute Abend helfen können?

Meine Probleme mit Kaylee sind verzwickt. Im Endeffekt ist es, wie es ist – da hilft auch keine geheimnisvolle Flaschenpost. Ich habe mich überschätzt. Ich werde niemals eine normale Beziehung führen können, und das lässt leider nur einen Schluss zu: Ich muss die Sache mit Kaylee schnellstmöglich beenden, bevor wir beide noch mehr Gefühle investieren. Aber geht das überhaupt noch?

Der Gedanke, sie nicht mehr zu sehen und nicht mehr in ihrer Nähe sein zu können, fühlt sich schrecklich an. Doch was habe ich für eine Wahl?

Ich kann ihr nicht die Wahrheit sagen, weil ich noch nicht mal mir selbst gegenüber ehrlich aussprechen kann, was passiert ist.

Nicht einmal in meinen Gedanken lasse ich das einzig richtige Wort zu, das die Geschehnisse von früher beschreibt.

Ich kann es einfach nicht.

Und so bleibt mir nur eins. Ich muss Kaylee und mir das Herz brechen.

KAYLEE

Hallo Fremde.
Ob ich an Schicksal glaube, ist eine gute Frage. Eigentlich nicht, aber ausgerechnet deine Briefe bringen mich dazu. Irgendwie findest du immer genau die richtigen Worte, dabei weißt du gar nichts über mein Leben. Trotzdem hast du schon wieder ins Schwarze getroffen. Ich glaube auch, dass Vertrauen der nächste wichtige Schritt ist und ich denke, darauf folgt dann das, wonach wir beide suchen. Liebe.
Was mich angeht, werde ich jetzt den letzten entscheidenden Schritt machen und ich hoffe, den wagst du auch. Aber eigentlich habe ich keine Zweifel. Du bist mutig, das weiß ich, ohne dich zu kennen.

Weiterhin viel Glück,
dein Fremder

Der Brief, den ich heute im Morgengrauen am Strand gefunden habe, geht mir nicht aus dem Kopf und so bekomme ich von meiner ersten Vorlesung am Morgen kaum etwas mit. Ich konnte letzte Nacht nicht schlafen, fühle mich wie gerädert und meine Gedanken kreisen immer wieder um Jensons seltsames Verhalten. Er hat sich nicht mehr gemeldet, hat nur irgendwann während der Nacht sein Auto geholt.

Der letzte entscheidende Schritt, von dem der Fremde spricht – für Jenson und mich wäre das wohl gewesen, miteinander zu schlafen. Offensichtlich wollte er das nicht. Aber aus welchem Grund?

Selten habe ich mich so unsicher gefühlt. Ich muss echt dringend mit ihm sprechen. Ganz bestimmt gibt es eine harmlose Erklärung, aber irgendwie habe ich ein mieses Gefühl. Irgendetwas, das in der letzten Zeit da war und mich ständig umgab, ist weg. Ich glaube, es ist die Gewissheit, dass zwischen Jenson und mir gerade etwas Gutes entsteht, eine Sicherheit, die ich jetzt einfach nicht mehr habe.

Ich hoffe, er kann sie mir zurückgeben, denn ich spüre ganz deutlich, wie sehr ich sie brauche.

Die Vorlesung endet und ich habe kein Wort mitgeschrieben. Ich verlasse den Raum und gehe zu dem Hörsaal, wo Jenson gerade Sporttheorie hat. Angespannt warte ich und bin so nervös wie ein Schulmädchen vor dem ersten Date.

Die ersten Studenten kommen aus dem Saal und ich recke den Hals, um über sie hinweg zu sehen. Ich entdecke Jenson sofort. Er trägt dunkle Jeans und seine Eagles-Jacke und hat wieder diesen verschlossenen, nachdenklichen Blick, den er bei unserer ersten Begegnung schon hatte.

Nur ohne Lächeln.

Neben ihm geht Malcolm und redet auf ihn ein, doch Jenson scheint gar nicht richtig zuzuhören. Überhaupt habe ich das Gefühl, dass er um sich herum nicht viel wahrnimmt. Anders als in den letzten Wochen sucht er nicht die Menge nach mir ab, sieht mir nicht voller Vorfreude entgegen. Und als er dann an mir vorbeigeht, als wäre ich Luft, glaube ich nicht, dass es böse Absicht ist. Er hat einfach wieder seinen Tunnelblick, der so typisch für ihn ist.

»Jenson?« Ich fasse ihm von hinten an den Arm und er fährt zusammen, als hätte ich ihn aus dem Tiefschlaf geweckt.

Er dreht sich zu mir um und ich erkenne Überraschung und Freude in seinen Augen, dann werden die beiden Emotionen durch etwas Dunkles abgelöst. Etwas, das mir Angst macht.

»Was willst du?« Jenson verschränkt die muskulösen Arme vor der Brust und ich bin einfach nur perplex.

Was soll diese abweisende Art plötzlich?

Wenn hier jemand einen Grund hätte, sauer zu sein, dann ja wohl ich. Schließlich war er derjenige, der einfach ohne eine Entschuldigung verschwunden ist.

»Mit dir reden, was sonst?«, frage ich und bemühe mich, dabei ähnlich unterkühlt zu klingen wie er.

Zu meiner absoluten Verwunderung kommt Jenson nicht mit, damit wir uns unter vier Augen unterhalten können. Stattdessen schüttelt er den Kopf und sagt: »Da gibt es nichts mehr zu reden.«

Damit lässt er mich einfach stehen und wendet sich wieder Malcolm zu, der nicht weniger schockiert aussieht, als ich mich gerade fühle.

»Was war das denn jetzt?«, raunt er Jenson zu.

Wie in Trance setze ich mich in Bewegung und folge den beiden, denn die Antwort möchte ich ebenfalls gerne hören.

»Was meinst du?«

»Ich dachte, sie ist deine Freundin!«

Das dachte ich allerdings auch.

»Nicht mehr. Sie ist einfach nicht mein Typ, das ist mir gestern Abend klar geworden.«

Wie bitte?

Wie vom Donner gerührt bleibe ich stehen und starre Jensons breiten Schultern hinterher.

Ich bin einfach nicht sein Typ?

Und das soll ihm erst gestern Abend klar geworden sein, als ich halbnackt vor ihm auf dem Sofa lag? Wem will er das erzählen?

Etwas an seiner Geschichte stimmt ganz gewaltig nicht.

Ich habe mich vielleicht von Rick täuschen lassen, aber Jenson ist ganz anders als er. Seine Art ist wärmer und auch wenn er in mancher Hinsicht verschlossen auf mich gewirkt hat, hatte ich dennoch stets das Gefühl, dass er wirklich etwas für mich empfindet. Nein, ich war mir absolut sicher, dass da echte Gefühle zwischen uns sind – eine Menge sogar, und das praktisch vom ersten Moment an.

Was er da gerade gesagt hat, ist totaler Quatsch. Doch warum kann er nicht ehrlich zu mir sein?

Ich beschließe, der Sache auf den Grund zu gehen, auch wenn ich noch nicht so wirklich weiß, wie ich das anstellen soll.

JENSON

Malcolm hat mich den ganzen Tag über in Ruhe gelassen. An der Uni hat er sich mit Fragen zurückgehalten und danach war er mit seiner Freundin Abby beschäftigt. Doch als es gegen acht Uhr abends an meiner Zimmertür klopft, weiß ich, dass ich jetzt fällig bin.

»Komm rein«, sage ich und meine Stimme klingt dabei so tonlos, dass ich mir vornehme, mich etwas mehr zusammenzureißen. Ich bin immer noch Kapitän der Eagles und kann es mir nicht leisten, mich hängenzulassen. Morgen steht noch ein wichtiger Termin an, bevor bald die Winterpause beginnt. Wir bekommen die neuen Trikots und dabei muss ich für die Presse lächeln. Der Gewinnertyp sein, als den mich alle kennen. Blöd nur, dass ich mich gerade so gar nicht danach fühle.

Malcolm tritt ein. Er trägt einen roten Onesie, der über und über mit Marvel-Logos bedruckt ist. Wo kriegt der Typ nur immer diese schrecklichen Klamotten her? An Kaylee war so ein Ding wirklich süß, aber bei einem Mann finde ich es komplett albern.

»Hey.« Malcolm lehnt sich an die Tür – nicht, weil, er nicht weiß, wo er sich hinsetzen soll, sondern damit ich nicht weglaufe. Zumindest kommt es mir so vor.

»Hey.« Ich blicke vom Bett auf und muss einen ziemlich jämmerlichen Anblick bieten, zumindest lässt mich das Mitleid in Malcolms Augen das vermuten. Dabei kann er doch gar nicht sehen, dass ich durch meine Galerie scrolle und der kurzen Zeit mit Kaylee hinterher trauere.

»Redest du jetzt mit mir?«

Ich schüttle den Kopf und senke den Blick wieder aufs Display. »Da gibt es nichts zu reden. Es ist einfach aus.«

»Wir wissen beide, dass es eine Menge zu reden gibt. Und dass es dir helfen wird. Also?«

Ich lache humorlos auf.

Wir wissen beide, dass es etwas zu bequatschen gibt und deswegen kann ich einfach loslegen und meine ganze Lebensgeschichte vor ihm ausbreiten?

Schön wär's, wenn es so einfach ginge.

»Was sollte die Nummer vorhin? So bist du doch nicht. Du hast die Kleine wirklich verletzt.«

Und genau das war auch meine Absicht. Sie soll mich lieber für einen Mistkerl halten und ganz schnell vergessen.

»Gut so«, knurre ich.

Malcolm schüttelt den Kopf und kommt jetzt näher. »Diese Arschloch-Tour passt nicht zu dir.«

»Das ist keine Arschloch-Tour, ich will nur, dass sie ...« Ich fahre mir mit beiden Händen durchs Haar und sehe Malcolm ratlos an. »Ich weiß nicht, wie ich das erklären soll.«

»Versuch es einfach.« Malcolm setzt sich auf meine Bettkante. »So wie ich, als ich dir von meiner Familie erzählt habe. Leg einfach los.«

Familie ist ein gutes Stichwort, aber nicht der richtige Ansatz. Denn Malcolms Familiengeschichte ist richtig übel, meine nur enttäuschend.

Nein, mein Problem begann woanders.

»Ich wüsste nicht mal, wo ich anfangen soll.«

»Vielleicht dabei, warum du mit Kaylee auf so beschissene Art Schluss gemacht hast?«

»Ich kann ...« Wie sage ich das jetzt, ohne, dass es total theatralisch klingt? »Ich kann ihr nicht das geben, was sie will.«

»Okay und was will sie? Irgendwas Abgedrehtes? Etwas, dass du dir nicht leisten kannst? Will sie, dass du den Sport aufgibst? Was ist es, dass du ihr nicht geben kannst?«

»Sex«, sage ich und würde das Wort am liebsten sofort wieder zurücknehmen, es einfach aus der Luft schnappen, bevor Malcolm es hört.

Doch dafür ist es natürlich schon zu spät.

Überrascht sieht er mich an.

Scheiße, warum kann ich nicht meine Klappe halten? Jetzt wird er es Abby erzählen und sie es Kaylee und dann erfährt es die ganze Uni. Kaum vorstellbar, was passiert, wenn Matt diese Info erreicht.

»Alter, das soll aber nicht die Runde machen. Ich ...«

Malcolm hebt eine Hand und schüttelt den Kopf. »Keine Sorge. Von mir erfährt niemand auch nur ein Wort.«

Ich sehe ihn kurz prüfend an, dann nicke ich. Zumindest für den Moment bin ich erleichtert, denn ich glaube ihm.

»Sie will also mit dir ins Bett, du findest es zu früh und weil du dein Gesicht wahren willst, schießt du sie lieber ab, anstatt ihr die Wahrheit zu sagen?«, fasst Malcolm seine Version der Geschichte zusammen.

»Nicht wirklich.«

So ein Mist. Warum bringe ich es nicht einfach über mich und sage Malcolm die ganze Wahrheit? Jetzt habe ich einmal den Anfang gemacht und er wird sowieso nicht eher Ruhe geben, bevor er alles erfahren hat.

Warum zur Hölle fällt es mir so verdammt schwer?

Eigentlich ist die Antwort simpel: Weil ich mich sogar vor ihm, dem größten Nerd unserer Uni, schäme. Ich habe Angst, dass er mich danach mit anderen Augen sieht. Ich fürchte mich davor, mein Gesicht zu verlieren. Wer weiß, was die Wahrheit für Konsequenzen nach sich zieht, wenn die Jungs aus dem Team davon erfahren. Vielleicht nehmen sie mich dann nicht mehr ernst, vielleicht nimmt mir Ridley sogar meine Stellung als Kapitän weg!

»Was heißt das?« Malcolm bleibt so ruhig und gelassen, als würden wir im Wohnzimmer zusammen an der Playstation spielen. »Bist du noch Jungfrau?«

Fuck.

Wie klingt denn das, wenn ich jetzt ja sage?

Es ist ja nicht so, dass ich nie mit einer Frau intim geworden wäre. Sie zu verwöhnen, habe ich oft genug mühelos geschafft, nur wenn es mir an die Hose ging, war die Sache immer relativ schnell gelaufen.

Weil ich einfach jedes Mal an die Sache mit Quinn Sawyer denken musste.

»Früher, als ich mit dem Eishockey angefangen habe. Als ich noch ein Kind war. Da gab es diesen Trainer ...« Mein Herz beginnt zu rasen und meine Kehle fühlt sich an, als hätte sich eine Schlinge darum gelegt, die sich jetzt ganz langsam zuzieht.

Malcolm sieht mich nur an und wartet ab, bis ich so weit bin.

Aber werde ich jemals so weit sein?

Wie kann man das, was mir passiert ist, in Worte fassen?

»Als ich noch jünger war ...«

Ein großer Teil in mir schreit *Stopp!* Ich will nicht weiterreden. Irgendwie befürchte ich, dass ich dann alles noch mal durchleben muss, ganz so, als würde es ein weiteres Mal passieren.

Gleichzeitig will ich es doch. Weil ich mir von Malcolm eine Lösung erhoffe.

»Quinn Sawyer. Er hat ... Mein Vater wusste ... Scheiße ...« Kopfschüttelnd breche ich ab.

Malcolm atmet durch, er scheint meine Anspannung zu spüren, denn er drängt mich nicht dazu, weiterzusprechen. Stattdessen steht er auf. »Wir wär's mit was Starkem?«

Ich nicke. Das klingt gut. Vielleicht kann ich mir Mut antrinken.

Malcolm nickt ebenfalls, dann verlässt er mein Zimmer und ich höre ihn in seinem Zimmer mit Gläsern hantieren.

Ich sehe ihm nach und spüre diese innere Blockade, die mich davon abhält, ihm alles zu sagen. Ich habe mit niemandem darüber geredet, nicht einmal mit meinem Vater, nachdem er meinen Coach dabei erwischt hatte, wie er mich ...

Seinen Monolog habe ich über mich ergehen lassen, ohne auch nur ein einziges Wort dazu zu sagen.

Jungs passiert so etwas nicht.

Männern passiert so etwas nicht.

Sie sind keine klassischen Opfer und sie sollen sich gefälligst nicht so anstellen!

Ich sollte an meine Ziele denken, an alles, was ich mit Sawyers Hilfe schon erreicht hatte und noch erreichen könnte.

Was war dagegen schon so ein kleiner Vorfall?

Ich habe es versucht. Jahrelang habe ich versucht, es so zu sehen. Aber es hat nichts geholfen. Schließlich habe ich mir sogar eine Mitschuld an der ganzen Sache gegeben.

»Echter norwegischer Whisky.« Malcolm kommt mit zwei gut gefüllten Gläsern wieder und setzt sich zu mir.

»In Norwegen gibt es Whisky?« Ich nehme ihm ein Glas ab und sehe in die goldbraune Flüssigkeit.

»Na klar. Das gute Zeug stammt sogar aus Nordnorwegen. Es wird direkt unter den Polarlichtern gebrannt, sozusagen.«

»Wow.« Ich trinke einen Schluck und stelle fest, dass der Alkohol weniger stark ist, als ich gedacht hätte. »Ziemlich gut.«

Malcolm trinkt ebenfalls. »Perfekt bei dem Wetter.«

Ich stimme ihm zu, dann schweigen wir beide und ich weiß, dass ich an der Reihe bin, etwas zu sagen.

Augen zu und durch.

»Er hat mich ... missbraucht.«

»Dein Coach.« Malcolm wirkt nicht sonderlich überrascht. Er lacht auch nicht und er tut vor allen Dingen nicht so, als könnte das gar nicht sein.

Und das wiederum überrascht mich. Ich hätte damit gerechnet, dass er sich – egal, wie tolerant er wirkt –

von mir abwenden wird. Dass er mich jetzt als Verlierer sieht, genau wie ich es tue, immer wenn ich daran denke.

»Das dachte ich mir«, gibt er zu und sieht mich an.

Der Ausdruck in seinen Augen hat sich nicht verändert.

Ich scheine für ihn immer noch Jenson zu sein. Der Kapitän der Eagles.

»Du wusstest es?«

»Ich habe es vermutet. Ich bin ein ziemlich guter Beobachter und die Zeichen sprechen bei dir alle dafür. Wie du dich in deinen Sport stürzt, wie du zu allem und jedem eine gewisse Distanz wahrst. Und natürlich, was auf der Party passiert ist. Ich habe dich mit Sherley hochgehen sehen. Ich weiß, dass du nicht betrunken warst, also musste etwas anderes dahinter stecken.«

Damit hätte ich jetzt nicht gerechnet. Und auch nicht damit, dass es sich weniger schlimm anfühlt, die Wahrheit auszusprechen, als ich gedacht hätte.

»Männer haben es fast schwerer als Frauen, wenn ihnen sowas passiert.« Malcolm trinkt einen Schluck, dann sieht er mich an. »Das ist ziemlich unfair, dabei leiden sie genau so unter dem Vorfall. Dazu kommt, dass sie sich wegen unserer Gesellschaft nicht trauen, sich anderen anzuvertrauen und das alles allein durchmachen müssen.«

Er trifft es ziemlich auf dem Punkt.

Zwar hat meine Mutter anders reagiert als mein Vater. Sie hat sich wegen seiner beschissenen Ansichten sogar von ihm getrennt. Aber das waren auch die einzigen Konsequenzen. Um mir eine Aussage zu ersparen, hat sie keine Anzeige erstattet. Sawyer ist mit einem blauen Auge davon gekommen und ich habe dank meines Vaters verinnerlicht, dass eine Vergewaltigung etwas ist, worüber man als Junge oder als Mann nicht zu sprechen hat.

Es ist peinlich und beschämend und versaut einem nur das Ansehen.

Frauen sind die klassischen Vergewaltigungsopfer, Männer die klassischen Täter.

Darüber, dass die Dunkelziffer männlicher Opfer extrem hoch ist, spricht niemand.

Es ist ein Tabuthema, auch wenn es gar nicht so selten passiert.

»Denk mal an die Sache mit Slater. Ein paar haben sich das Maul über ihn zerrissen, als er angefangen hat, darüber zu reden und das war bestimmt nicht einfach für ihn.«

Das weiß ich noch zu gut. Bei Slater gab es im vergangenen Jahr einen Vorfall mit K. o.-Tropfen und einem Blowjob, den er gar nicht wollte.

Ein paar Jungs haben behauptet, dass er nicht von einer Vergewaltigung reden könnte, weil er erregt war. Dass das eine überhaupt nichts mit dem anderen zu tun hat, scheinen diese Schwachköpfe nicht zu kapieren.

»Ich kann mir auch vorstellen, wie schwer es für dich ist, darüber zu sprechen. Aber du musst mit Kaylee reden.«

»Auf keinen Fall!«, widerspreche ich schnell.

Das ist ganz bestimmt das Letzte, was ich tun werde.

Schlimm genug, dass Malcolm jetzt die Wahrheit kennt. Aber er ist ein Freak mit einer ebenfalls beschissenen Vergangenheit, da ist es leichter.

Kaylee ist perfekt. Sie verdient jemanden, der mit beiden Beinen fest im Leben steht und niemanden, der nicht mal in der Lage ist, mit ihr ins Bett zu gehen.

»Du verlierst sie sonst, Jenson.«

»Gut so.« Meine Worte klingen ziemlich trotzig, aber im Grunde meine ich sie ernst. Alles ist besser als mich vor ihr noch weiter zum Idioten zu machen.

»Das meinst du nicht so.«

»Eigentlich ...« Ich wende mich Malcolm zu und leere mein Glas. »Ich bin einfach zu feige. Ich habe Angst vor Kaylees Reaktion und deshalb werde ich es ihr auch nicht erzählen. Egal, was du jetzt sagst, du kannst mich nicht umstimmen. Sie würde mich dann ganz anders sehen und sowieso Schluss machen. Das erspare ich uns beiden.«

»Du hast ein falsches Bild von ihr.«

»Ich habe ein Gehirn im Kopf, Malcolm. Und ich kann im Internet lesen.«

»Im Internet steht nur Scheiße.«

Das sagt ausgerechnet er? »In diesem Fall nicht. Frauen sehen Männer, die vergewaltigt wurden mit anderen Augen. Es gibt da einen Artikel ...«

»Es gibt zu allem einen Artikel, doch das heißt noch lange nicht, dass es zwischen dir und Kaylee auch so enden muss.«

Ich sehe Malcolm fest an. »Aber es ist ziemlich wahrscheinlich.«

In dem Artikel ging es um eine Frau, die ihren Partner nicht mehr attraktiv fand, nachdem er ihr gestanden hatte, dass er als Kind missbraucht worden war. Sie hätte ihren großen, muskulösen Macho-Freund plötzlich mit anderen Augen gesehen und es nicht länger an seiner Seite ausgehalten.

Die Demütigung will ich mir ersparen.

»Hast du mal über eine Therapie nachgedacht?«

»Alter.« Ich hebe die Hände. »Es reicht jetzt, okay?«

Malcolm sieht ein, dass wir uns jetzt nur noch im Kreis drehen und steht auf. »Wenn du reden willst, jederzeit. Und falls du es dir anders überlegst und doch noch mit ihr sprechen möchtest, dann steh ich dir zur Seite, wenn du Hilfe brauchst.«

»Hm«, mache ich unbestimmt und trinke noch einen Schluck. Zumindest ist das der Plan, aber mein Glas ist leer. Auch das noch.

»Ich stell dir die Flasche vor die Tür.«

»Nein, bloß nicht.« Ich will nicht zu jemandem werden, der seine Probleme in Alkohol ertränkt.

Aber auf eine andere Idee hat Malcolm mich gebracht.

Ich werde runter zum Strand gehen und nach der Flaschenpost suchen.

Wer weiß, vielleicht kann die Fremde meine Stimmung zumindest ein bisschen anheben.

KAPITEL 7

JENSON

Wenn man verletzt wird und sein Vertrauen verliert, dann neigt man dazu, zu fliehen. Ich bin schon einmal geflohen, anstatt mich zu stellen. Und ich glaube, dass das ein Fehler war.

Jetzt bin ich schon wieder verletzt worden.

Jemand hat mein Vertrauen missbraucht, aber diesmal ist es anders.

Diesmal bleibe ich und kämpfe.

Ich will es machen wie du und endlich auf den richtigen Weg finden.

Bleiben und kämpfen – bei ihr klingt es so leicht. Dabei ist Weglaufen viel einfacher.

Vor allem in einer Situation wie meiner.

Ich habe die Flaschenpost mit in mein Zimmer genommen, um mir in Ruhe eine Antwort zu überlegen. Die geheimnisvolle Fremde scheint ein Problem zu haben und ich möchte ihr irgendetwas schreiben, damit sie nicht doch noch den Mut verliert.

Es reicht, wenn ich mich in den Dreck geritten habe. Sie soll wenigstens ihr Glück finden ...

Wer sie wohl ist?

Ich wüsste zu gerne, wie sie aussieht und wo sie herkommt. Und wie sie es sich erklärt, dass unsere Botschaften immer wieder zueinanderfinden.

Eigentlich sollte sie mich gar nicht interessieren. Gerade noch habe ich über Kaylee nachgedacht, da kann ich nicht schon wieder mit den Gedanken bei einer anderen Frau sein. Es ist ja nicht so, dass ich nicht mehr in Kaylee verliebt wäre.

Im Gegenteil. Ich bin es ein bisschen zu sehr und deshalb habe ich auch so große Angst davor, mit ihr über alles zu reden. Sie soll mich lieber für Jenson, den arroganten Mistkerl halten, als für Jenson, den missbrauchten Liebesloser.

Doch auch wenn mir die Sache mit Kaylee zusetzt, geht mir die Fremde nicht aus dem Kopf. Auch wenn wir uns nicht kennen, erschien sie mir in der letzten Zeit wie meine Stütze im Hintergrund. Vielleicht, weil wir beide verloren umhertreiben. Wie eine Flaschenpost im offenen Meer. Nur, dass wir beieinander eine Anlaufstelle gefunden haben.

Wir sind unser gegenseitiger Rettungsanker.

Ich stehe von meinem Bett auf und hole ein neues Blatt Papier hervor. Damit setze ich mich an den Schreibtisch und überlege mir die nächsten Sätze ganz genau.

Hallo Fremde,
ich bewundere dich dafür, dass du nicht aufgibst.
Bei mir gab es einen Rückschlag und ich schaffe es einfach nicht, aufzustehen und zu kämpfen. Wahrscheinlich bin ich einfach ein zu großer Feigling.

Aber du bist das Gegenteil von mir und du machst es genau richtig.
Egal, wie viele Menschen dich enttäuschen, du darfst niemals wieder aufhören, zu vertrauen. Denn wenn du das tust, dann stehst du irgendwann ganz allein da.
Und das möchtest du nicht, glaub mir. Denn es ist verdammt einsam.
Ich würde mich freuen, wieder von dir zu hören!

Zuerst überlege ich, ob ich mit meinem Namen unterschreiben soll, aber dann entscheide ich mich dagegen. Bisher ist die Post immer bei der richtigen Frau gelandet, aber wer weiß, ob das auch so bleibt.

Außerdem ist es leichter, mit jemandem zu sprechen, den man überhaupt nicht kennt. Ihr geht es sicher genauso und mein Name unter diesem Brief würde bestimmt einiges zwischen uns zerstören.

Also lasse ich es, rolle die Nachricht ein und stopfe sie zurück in die Flasche.

Gleich morgen vor der Trikotvergabe werde ich sie zurück ins Meer werfen.

***

Ivy Turner, die Mutter von Tom Turner aus meinem Team, spendiert den Eagles neue Trikots. Sie ist Teilhaberin eines Immobilienbüros und hat unsere Mannschaft inklusive Presse heute Morgen zu sich eingeladen.

Ich hasse solche Termine. Vor allem nach dem Mist zwischen mir und Kaylee bin ich nicht in der Stimmung, mich von irgendeinem städtischen Pressearschloch fotografieren zu lassen.

Außerdem war ich viel zu früh hier. Ich konnte überhaupt nicht schlafen und habe deshalb bereits im Morgengrauen die Flasche ins Meer geworfen. Danach war ich eine Runde joggen, duschen und bin dann zu Ivys Büro gefahren.

Die letzte halbe Stunde habe ich grübelnd an meinem Wagen gelehnt, doch langsam raucht mir der Kopf und als ein blitzsauberer Dodge Charger auf den Parkplatz rollt, bin ich froh, nicht mehr länger nachdenken zu müssen.

»Morgen, Captain.« Tom ist aus seinem Wagen gestiegen und kommt zu mir rüber. »Du siehst scheiße aus.«

Das Gleiche würde ich von ihm auch gerne behaupten, aber es stimmt nicht. Seit er mit Chelsea zusammen ist, scheint er mehr Schlaf und weniger von den Partys seiner Mutter mitzukriegen.

»Harte Nacht gehabt?«

Ich nicke. »Wo ist dein Schatten?«

»Kann sich nicht von seiner Freundin losreißen, schätze ich.«

Seit Tom mit Chelsea und Slater mit Mia zusammen ist, kleben die beiden nicht mehr so stark aneinander wie früher. Das wirkt sich aber glücklicherweise nicht auf ihr Spiel aus. Auf dem Eis sind sie immer noch ein unschlagbares Team und das ist alles, was für mich als Kapitän zählt.

»Wie läuft's im Strandhaus?«

War ja klar, dass das Thema irgendwann darauf fallen würde, schließlich habe ich Chelseas früheres Zimmer übernommen. Mir bleibt nur zu hoffen, dass Tom nicht auch noch wissen will, warum ich dort eingezogen bin.

»Ich jogge jeden Morgen am Strand«, weiche ich aus.

»Praktisch.« Tom sieht sich beiläufig um. »Warum bist du aus den Uplands weg?«

Das fragt gerade der Richtige. Tom hat es dort doch selbst nicht mehr ausgehalten, weil seine Mom ständig irgendwelche Partys bis spät in die Nacht in seiner Villa gefeiert hat. Und das ist die perfekte Vorlage für mich.

»Rate doch mal«, sage ich.

Tom lacht. »Deine Mutter.«

»Genau.« Das sollte als Antwort reichen und auch wenn es stimmt, ist es gleichzeitig schön irreführend. Er wird jetzt denken, dass Sue, meine Mom, sich ähnlich verhält wie Ivy. Dass sie es mit Alkohol und Feiern übertreibt und ich die Schnauze voll davon habe, weil ich mich aufs Eishockeytraining und die Uni konzentrieren will. Dass ich in Wahrheit sofort ausgezogen bin, nachdem sie meinen Vater Anfang Herbst wieder hat einziehen lassen, erkläre ich ihm nicht. Er würde Fragen stellen, auf die ich ihm keine Antwort geben kann.

Nach und nach trudelt auch der Rest der Mannschaft ein und ich bin froh, nicht länger mit Tom über das fragwürdige Verhalten unserer Mütter reden zu müssen.

Als schließlich Coach Ridley an der Seite von Ivy Turner und zwei Reportern der Tageszeitung ankommt, werden wir endlich in das Immobilienbüro gelassen.

Es sieht neu aus und riecht nach Farbe und Holz.

In einer Ecke stehen zwei Bistrotische mit Champagnergläsern und vor einer Wand ist ein Banner ausgerollt worden, auf dem ungefähr hundert Mal das Logo von Ivys Maklerfirma zu erkennen ist. Kein Zweifel, dass wir vor dieser Wand gleich die Bilder mit unseren neuen Trikots machen werden. Ivy weiß ziemlich gut, wie man sich ins perfekte Licht rückt.

»So, Jungs, ich freue mich, dass ihr hier seid«, begrüßt uns Ivy, als wir uns schließlich alle in einem Halbkreis um sie versammelt haben. Auch wenn es noch nichts zu sehen gibt, schießen die Fotografen bereits fleißig Bilder. »Und über Sie freue ich mich natürlich ebenfalls, Mister Ridley. Die Trikots für die nächste Saisonhälfte werden euch von Withers and Turner Real Estate gestiftet und ich hoffe, dass sie euch Glück bringen werden.«

Glück brauchen wir eigentlich nicht, denn wir haben unser Können. Wir haben so viele gute Spieler, dass es an ein Wunder grenzen würde, wenn wir die Meisterschaft in dieser Saison nicht für uns entscheiden könnten.

Ivy greift neben sich in einen Pappkarton und holt ein in Folie verpacktes Shirt heraus. Sie faltet es auseinander und präsentiert uns unsere neuen Trikots.

Das Blau ist etwas heller als normalerweise und am Kragen sowie unten am Saum sind die Oberteile schwarz abgesetzt. Unser Logo prangt auf der Vorderseite und als sie es umdreht, erkenne ich eine große schwarze Drei und den Namen von Eric.

Die Trikots sind nicht schlecht geworden, auch wenn sie sich von unseren früheren unterscheiden. Ich hätte gedacht, dass Ivy irgendwo ihren Firmennamen mit aufs Shirt schmuggeln würde, aber anscheinend reicht es ihr, offiziell als unser Sponsor genannt zu werden.

Ich bin zufrieden und an den Kommentaren der anderen merke ich, dass sie es ebenfalls sind.

»Eric Garner?«, fragt Ivy.

Eric kommt zu ihr und ich bin froh, dass es als Kapitän nicht mich getroffen hat.

»Würdest du das Trikot einmal für mich anprobieren?«

Während Eric sich vor versammelter Mannschaft das T-Shirt auszieht, tritt Matt Lewis an mich heran.

»He«, zischt er. »Stimmt es, dass du mit deiner Kleinen auseinander bist?«

Soll ich ihm eine Antwort geben oder ihn einfach ignorieren?

Ich bin mir nicht sicher, wie ich diesem Penner den Wind aus den Segeln nehmen kann, ohne Unruhe in unserem Team zu stiften. Vielleicht sollte ich ihn mal beiseitenehmen und unter vier Augen mit ihm reden. Jetzt jedenfalls ignoriere ich ihn erstmal und sehe wieder nach vorne zu Ivy, die sich ziemlich ungeniert an Eric heranmacht, der immer noch oben ohne vor uns allen herum steht. Ich kann Tom von meinem Platz aus nicht sehen, aber ich weiß, wie wütend es ihn macht, wenn seine Mutter seine Freunde und Teamkollegen angräbt. Es geht das Gerücht um, dass mindestens die halbe Mannschaft schon mal mit Ivy Turner in der Kiste war.

»Schon scharf, die gute Mrs Turner, oder?« Matt gibt einfach keine Ruhe und ich wende mich ihm genervt zu.

»Nicht mein Typ«, erwidere ich eine Spur zu scharf.

»Was ist los mit dir? Orientierst du dich jetzt, wo du die kleine Kaylee abgeschossen hast, doch wieder um? Wusste ich doch, dass ich Recht hatte. Unser Cap kommt vom anderen Ufer.«

Mit einem blöden Grinsen lässt Matt seine Hand vorschnellen, als ob er mir an den Schwanz fassen wollte – und mit einem Mal sehe ich nur noch rot.

Ich stürze mich auf Matt und gemeinsam taumeln wir gegen ein paar Jungs aus dem Team, die ziemlich überraschte Geräusche von sich geben.

Matt geht unter mir zu Boden. Ich werfe mich auf ihn und platziere meine Faust mit voller Wucht in seinem Gesicht.

Ihm wird das dämliche Grinsen schon noch vergehen!

»Jenson, hey!«

»Lawrence, hör sofort auf!«

»Schütz dein Gesicht, Matt!«

Die Jungs und Coach Ridley brüllen alle durcheinander. Arme zerren an mir, aber ich kann einfach nicht aufhören, auf Matt einzuprügeln. Er soll ein für alle Mal verstehen, dass mit seinen blöden Kommentaren Schluss sein muss!

»Lawrence, hör auf!« Ridleys Stimme klingt viel zu weit weg, dafür, dass er direkt hinter mir steht. Ich kann nicht auf ihn hören, auch wenn ich am liebsten würde.

Blitzlicht zuckt und ich weiß, dass meine Prügelei mit Matt morgen in den Zeitungen erscheinen wird, wenn ich mich jetzt nicht zusammenreiße und irgendwie dagegen ansteuere.

Aber ich schaffe es nicht.

Matt grinst immer noch, mittlerweile zwar blutig, aber er scheint überhaupt nicht einzusehen, dass er Scheiße gebaut hat.

Also hole ich nochmal aus, doch diesmal streift meine Faust nur seine Wange, denn Tom, Slater und Dexter zerren wieder an mir und reißen mich in die Höhe.

»Beruhig dich, beruhig dich!« Slater drängt mich gegen die nächste Wand.

»Durchatmen, Mann.« Toms Gesicht taucht neben Slaters auf und ich schließe die Augen, um mich zu beruhigen.

Sowas darf mir nicht passieren.

Ich bin unser Captain und darf mich nicht von Arschlöchern wie Matt provozieren lassen. Er hat keine Ahnung. Er reißt nur blöde Witze. Mehr nicht.

So war er doch schon immer. Warum muss ich ausgerechnet jetzt so durchdrehen?

»Was sollte das denn?«, höre ich irgendwen aus dem Hintergrund fragen.

»Ich glaube, Matts Nase ist hin«, sagt ein anderer.

Scheiße, das darf nicht sein. Ich kann meinem Teamkollegen nicht die Nase gebrochen haben, wie soll ich das denn erklären?

»Lawrence?« Ridleys Stimme klingt ernst und streng.

Ich öffne langsam die Augen. Slater tritt einen Schritt zurück und hört auf, mich an der Wand zu fixieren.

»Tut mir leid, ich ...« Ich habe keine vernünftige Erklärung für meine Ausraster, also breche ich ab und schweige.

»Du bist fürs Freundschaftsspiel suspendiert. Fahr nach Hause, ich will dich heute nicht mehr sehen. Wir bringen den Fototermin ohne dich über die Bühne.« Damit wendet er sich ab und ich sehe ihm sprachlos hinterher.

»Coach!«

Ridley schüttelt den Kopf und widmet sich Matt, der sich mittlerweile aufgesetzt hat.

»Scheiße ...« Ich wische mir durchs Gesicht und weiß einfach nicht, was ich jetzt tun soll.

»Fahr wirklich besser nach Hause«, rät mir Slater und Tom nickt.

Auch wenn sich alles in mir dagegen sträubt, weiß ich, dass sie recht haben.

Ohne ein weiteres Wort wende ich mich ab und verlasse Ivys Büro.

KAYLEE

»Go, Eagles, give them Hell! Go, Eagles, give them Hell!«, wiederholen die anderen Firebirds immer wieder auf dem Weg von der Eisfläche zu den Umkleiden.

Auch heute trainieren die Eagles nach uns und freuen sich über die Anfeuerungsrufe ihrer Cheerleaderinnen.

Ich bewege zwar den Mund und folge den anderen, dabei bin ich mit den Gedanken allerdings woanders und halte nach Jenson Ausschau. Ich kann ihn nirgendwo entdecken, was ich merkwürdig finde, denn eigentlich ist er dank seiner kräftigen Statur so auffällig, dass ich ihn immer sofort ausfindig mache.

Einerseits hatte ich gehofft, ihn heute zu sehen. Ich vermisse ihn einfach und male mir aus, dass er mir irgendwie zu verstehen gibt, dass es ihm ähnlich geht. Andererseits finde ich diesen Wunsch selbst ein bisschen armselig und bin daher ganz froh, ihm nicht zu begegnen.

Bevor ich noch einmal das Gespräch mit ihm suche, möchte ich erstmal herausfinden, was bei ihm los ist. Denn ich bin mir immer noch sicher, dass er einfach nicht die Wahrheit gesagt hat, als er meinte, ich wäre nicht sein Typ.

Gerade, beim Training auf dem Eis, kam mir die Idee, ihn einfach mal zu googeln. Ich bin eigentlich kein Fan von Online-Stalking und lerne Menschen lieber persönlich kennen, aber in seinem Fall scheint es mir die einzige Möglichkeit zu sein, mehr über ihn zu erfahren.

In der Umkleidekabine hole ich direkt mein Handy aus dem Spind und gebe Jensons Namen in die Suchmaschine ein.

»Geht es dir nicht gut?« Abby hockt sich vor mich und ich sehe ein bisschen widerwillig vom Bildschirm auf. »Ist es wegen Jenson?«

Es war klar, dass Abby bereits von unserer Trennung weiß, schließlich war ihr Freund Malcolm live dabei.

»Ja. Ich werde aus ihm einfach nicht schlau. Ich hatte gehofft, ihn heute zu sehen und dass er vielleicht eine Erklärung hat ...« Ich verziehe das Gesicht, weil ich selbst weiß, wie erbärmlich das klingt. »Aber er scheint mir aus dem Weg zu gehen und das tut ziemlich weh.«

Abby legt mir eine Hand aufs Knie und sieht sich kurz um. Die anderen Mädchen sind mit Herumalbern beschäftigt und achten nicht auf uns. »Wenn es dich tröstet: Er ist für das Freundschaftsspiel heute Abend suspendiert worden und deshalb nicht beim Training.«

Jenson ist was?

Wie konnte das denn passieren?

Eishockey ist sein Leben und ich kann mir nicht vorstellen, dass er auch nur im Ansatz etwas tun könnte, was eine Sperre nach sich zieht.

»Wie kommt das denn?«

»Ich habe es nur von Malcolm gehört, der es von Turner gehört hat.« Sie verdreht die Augen. »Stille Post, du kennst das ja. Jedenfalls soll Matt Lewis Jenson irgendwie provoziert haben und da ist er ausgetickt und hat Matt die Nase gebrochen.«

Das soll Jenson gemacht haben?

So aggressiv kenne ich ihn gar nicht. Natürlich ist Eishockey nicht gerade der friedlichste Sport und Jenson gibt dabei alles, aber dass er einfach jemanden aus seiner Mannschaft verprügelt, kann ich mir beim besten Willen nicht vorstellen.

»Ihm scheint eure Trennung auch nicht so gut zu bekommen«, mutmaßt Abby.

»Der arme Jenson, was?« Ich sehe sie vielsagend an, um ihr klarzumachen, dass er mir kein Stück leidtut. »Es hat ihn doch keiner dazu gezwungen, Schluss zu machen!«

Abby seufzt langgezogen und ich drücke ihre Hand.

»Entschuldige. Ich bin nur so …«

Ratlos? Wütend? Vor den Kopf gestoßen?

»Redet doch nochmal«, bittet mich Abby. »Ihr wart so ein schönes Paar.«

Ich zögere, dann zeige ich ihr mein Handydisplay, auf dem Jensons Name noch immer in der Suchmaske steht.

»Ich würde ja gerne. Aber er geht nicht an sein Handy. Zum Training kommt er auch nicht und ich weiß nicht, wo er wohnt. Deswegen werde ich ihn jetzt googeln.«

»Oh, ähm …«

Ich runzle die Stirn und sehe Abby fragend an. »Was ist? Kennst du seine Adresse?«

»Ich? Nein.« Die Antwort kommt mir ein bisschen zu schnell und anhand von Abbys roten Wangen erkenne ich, dass sie mich anflunkert.

»Abby?«

Sie schüttelt den Kopf. »Tut mir leid, aber ich kann dir seine Adresse nicht sagen. Ich habe es versprochen.«

Das wird ja immer seltsamer.

»Das hat aber nichts mit dir zu tun«, versichert sie mir schnell. »Das war schon vor dir, dass ich ihm das versprechen musste. Er will nicht, dass …« Sie verstummt und sieht mich entschuldigend an.

Na toll.

Jenson macht also ein großes Geheimnis aus seiner Wohnsituation und ich habe keinen blassen Schimmer, wie ich jetzt an ihn herankommen soll.

»Versuch es doch mal bei seinen Eltern«, schlägt mir Abby vor.

»Glaub mir, das würde ich. Aber ich weiß auch nicht, wo die wohnen.«

»Das ist kein Problem. *Die* Adresse kann ich dir geben.« Abbys Gesicht hellt sich auf und sie nimmt mir mein Handy weg, um den Straßennamen zu notieren.

Immerhin etwas.

Vielleicht sind Jensons Eltern ja weniger große Geheimniskrämer und verraten mir, wo ihr Sohn abgestiegen ist.

***

Das Haus von Jensons Familie ähnelt dem, in dem meine erste Uni-Party hier in Berkeley stattgefunden hat. Ein großes Eingangstor, dahinter ein noch größerer Garten und ein Gebäude, für das die Bezeichnung Villa eigentlich noch untertrieben ist.

Ich gehe den Weg zum Eingang hinauf und kicke kleine Kieselsteine vor mir her. Meine Hände sind eiskalt, so nervös bin ich, gleich auf Jensons Eltern zu treffen. Wer weiß, vielleicht ist er ja auch dort. Dann kann er mir nicht entkommen.

Gleichzeitig habe ich aber auch etwas Angst vor seiner Reaktion, sollte er irgendwann erfahren, dass ich einfach zu ihm nach Hause gefahren bin. Wahrscheinlich wird er mich dann für verdammt anhänglich und neugierig halten.

Wenn er denn überhaupt irgendwann nochmal mit mir redet.

Ich straffe die Schultern und blicke der Eingangstür entgegen. Sie ist zu meinem Erstaunen noch geschlossen. Zwar hat man mir das Tor unten automatisch geöffnet, aber so weit gedacht, dass ich auch zum Eingang kommen würde, haben Jensons Eltern wohl nicht. Also muss ich noch einmal klingeln.

Es dauert nicht lange, bis mir eine hübsche Brünette öffnet. Sie hat die gleichen dunkelblauen Augen wie Jenson, sieht aber viel weniger nachdenklich aus als er.

Trotzdem ist es nur schwer zu verleugnen, dass es sich bei ihr um seine Mutter handeln muss.

»Guten Tag?« Jensons Mutter sieht mich auf die gleiche distanzierte Art an wie Jenson bei unserem ersten Zusammentreffen.

»Hallo. Ich bin Kaylee Brennan. Ich bin eine ... die Freundin von Jenson.«

Mrs Lawrences Gesichtsausdruck wird freundlicher, gleichzeitig erkenne ich in ihrem Blick aber auch eine dunkle, melancholische Nuance, die ich nicht deuten kann. »Ich wusste gar nicht, dass mein Sohn eine Freundin hat.« Sie blinzelt und der düstere Ausdruck verschwindet. »Kommen Sie doch rein!«

Ich schüttle den Kopf. »Danke, aber eigentlich habe ich nur eine Frage. Ich bin erst vor kurzem in das Haus an der Seventh Street gezogen und kenne Jenson noch nicht so lange. Er und ich ...«

»Das Haus an der Seventh Street?«, hakt Mrs Lawrence nach und mich wundert es, dass sie ausgerechnet dieser Punkt zu interessieren scheint.

»Ich bin die Enkelin von Samuel Brennan.«

Mrs Lawrence sieht mich betrübt an. »Mein Beileid. Samuel war sehr beliebt in unserer Stadt.«

»Das freut mich zu hören.«

Jensons Mutter lächelt. »Wann immer wir am Strand spazieren gegangen sind, haben wir ihn getroffen, und immer hatte er was zu erzählen. Über die Gezeiten, die Meerestiere in der Bay, aufkommende Unwetter ...«

Oh ja. Mein Großvater war immer ein sehr geselliger Mensch und zeit seines Lebens fasziniert vom Ozean. Damit hat er auch mich jedes Mal eingefangen, wenn wir uns gesehen haben. Ich bin froh, dass ihn die Leute aus Berkeley gemocht haben. Ich war nicht oft bei ihm zu Besuch, was ich im Nachhinein etwas bereue. Aber so ist das nun einmal, wenn man an unterschiedlichen Orten lebt und verschiedene Leben führt.

»Jedenfalls habe ich mich mit Jenson gestritten und wollte fragen, ob Sie mir seine derzeitige Adresse geben können.«

»Bedaure«. Mrs Lawrence lächelt mich traurig an und diesmal verstehe ich die Düsternis in ihrem Blick. »Mein Sohn ist ausgezogen, nachdem mein Mann und ich wieder zusammengekommen sind. Er hat uns seine neue Adresse nicht verraten. Dabei hatten wir beide ein so gutes Verhältnis.« Ich sehe die Liebe in Mrs Lawrences Augen und freue mich für Jenson, dass er eine glückliche Kindheit hatte. »Aber ich glaube, dass er nach der Scheidung damals nicht damit gerechnet hat, dass ich seinem Vater vergeben würde.«

Jenson ist ein Scheidungskind?

Kann es sein, dass er deshalb ein Problem mit engen Bindungen hat?

Am liebsten würde ich weiter nachhaken. Aber das würde mich vor seiner Mom auch ziemlich dreist und neugierig dastehen lassen, was ich auf keinen Fall möchte.

»Das ist schade«, sage ich daher nur.

»Es ist leider nicht zu ändern«, seufzt Mrs Lawrence. »Vielleicht kommt er irgendwann wieder zur Vernunft und lässt zumindest mit sich reden. Würdest du mich wissen lassen, wenn du ihn gefunden hast?«

Ich verspreche es ihr und verabschiede mich.

Während ich den Kieselweg wieder hinunter stapfe, geht mir die Tatsache, dass seine Eltern sich getrennt haben, als Jenson noch jünger war, nicht mehr aus dem Kopf.

Soll das wirklich die Erklärung dafür sein, dass er mit mir Schluss gemacht hat?

Hat er Angst vor Beziehungen, weil er denkt, dass sie sowieso nicht halten?

Aber weshalb sollte es ihn dann wütend machen, dass sich seine Eltern wieder versöhnt haben?

Jenson wird für mich immer rätselhafter.

Je mehr ich über ihn herausfinde, desto weniger werde ich schlau aus ihm.

JENSON

Auch dieses Freundschaftsspiel ist gut besucht und auch vor diesem Match heizen die Firebirds den Eagles und ihren Fans ein. Kein Wunder, denn die Gegner sind die Bruins – praktisch die Erzfeinde der Eagles. Ich würde ihnen so gerne zeigen, was wir draufhaben, aber leider bin ich nach wie vor suspendiert. Auch wenn ich Coach Ridley gerade in der Kabine aufgesucht und um eine zweite Chance gebeten habe, ist er bei seiner Meinung geblieben. Das Spiel fällt heute für mich flach.

Immerhin kann Matt antreten, wenn auch mit geschienter Nase. Es hätte mir auch noch gefehlt, wenn ich ihn für dieses Spiel außer Gefecht gesetzt hätte.

Eigentlich sollte ich mich bei ihm entschuldigen, aber ich habe es bewusst nicht getan. Wenn ich jetzt einknicke, dann ist das für ihn nur ein Freifahrtsschein, um sich weiterhin respektlos zu verhalten und das will ich nicht. Es ist Strafe genug, dass ich nicht mitspielen darf, da werde ich vor Matt Lewis nicht auch noch um Verzeihung betteln.

Ich kann nur hoffen, dass er gleich vernünftig spielt. Aber noch sind er und die anderen in der Kabine und haben den Firebirds die Eisfläche überlassen.

Seufzend lehne ich mich gegen die Wand und sehe vom Kabinengang verstohlen zu Kaylee hinüber, die gerade durch die Luft gewirbelt wird. Sie scheint mehr zu fliegen, als den Boden zu berühren und ich bin beeindruckt, wie schnell sie in ihre neue Rolle hineingefunden hat.

Das mit uns hätte so gut gepasst, wenn ich nicht so ein Feigling wäre.

Und ein Mistkerl noch dazu, denn ob ich es will oder nicht, geht mir die Frau von der Flaschenpost einfach nicht aus dem Kopf.

Letzte Nacht habe ich davon geträumt, wie unsere Nachrichten intimer werden. Ich frage mich immerzu, wie sie wohl aussieht und das, obwohl ich eigentlich an niemand anderen als an Kaylee denken sollte, denn sie ist es doch schließlich, für die ich Gefühle habe.

Warum also kreisen meine Gedanken neuerdings ständig um die Fremde?

Wahrscheinlich ist das einfach eine Schutzfunktion, denn der geheimnisvollen Fremden werde ich niemals so nah kommen, dass es kritisch wird. Auch wenn ich wirklich neugierig bin, wer hinter diesen Briefen steckt.

Schon wieder! Während mein Blick fest auf Kaylee haftet, denke ich an eine andere.

Was ist nur los mit mir?

Ich schüttle jeden Gedanken an die Fremde ab und konzentriere mich voll und ganz auf Kaylee, um mich innerlich zumindest von ihr zu verabschieden, bevor mein Kopf sich schon wieder in die nächste Frauengeschichte stürzen will.

Das goldene Haar, ihr schlanker Köper und ihre Art, sich zu bewegen, rufen immer noch ein schmerzhaftes Verlangen in mir hervor. Und wenn ich daran denke, wie sich ihre Brüste anfühlen, wie ihre Atmung schneller geht, wenn ich sie streichle und wie sich ihre Hände überall auf meiner Haut anfühlen, dann kann ich nicht vermeiden, dass es schon wieder in meiner Hose zu pochen beginnt.

Es ist paradox, wie sehr ich sie will und wie viel Angst sie mir gleichzeitig macht.

»Hey, Captain.«

Ich erkenne Slaters Stimme sofort und muss mich dafür nicht von Kaylee abwenden. Die Kür erreicht gerade ihren Höhepunkt und den will ich nicht verpassen.

»Siehst du deiner Freundin zu?« Slater lehnt sich neben mich und sieht wahrscheinlich gerade *seiner* Freundin zu, die zwar nicht sonderlich begabt zu sein scheint, aber immerhin gute Stimmung versprüht.

»Sie ist nicht mehr meine Freundin, hast du das noch nicht gehört?«

»Ich dachte, es wären Gerüchte.«

Ich schüttle den Kopf und halte kurz den Atem an, als Kaylee unter Anfeuerungsrufen in die Luft geworfen wird und ich das Gefühl habe, die anderen würden sie nicht richtig auffangen. Doch ich habe mich geirrt und sie landet sicher in den Armen ihrer Kolleginnen.

»Was war das für eine Sache mit Matt?«

Jetzt sehe ich Slater doch an. »Er hatte es verdient, dass ihm mal einer das Maul stopft.«

»So kurz vor einem Spiel?«

Ich zucke mit den Schultern und wende mich wieder Kaylee zu. Ich weiß ja selbst, dass das nicht ideal war. Slater hakt nicht weiter nach, was ich ihm hoch anrechne, und wechselt das Thema.

»Kommst du heute Abend zur Party?«

»Party?«

»Unsere Siegesfeier.« Ich kann hören, dass Slater grinst, denn dass wir gewinnen, steht ja eigentlich noch nicht fest. Aber was Eishockey angeht, ist er genauso vernarrt wie ich und für ihn kommt Verlieren deshalb auch nicht infrage.

Unter Jubelrufen beenden die Firebirds ihren Auftritt und ich löse mich langsam von der Wand.

»Ich weiß nicht«, sage ich und könnte mir sogleich die Zunge abbeißen. Wenn nicht endgültig der Verdacht umgehen soll, dass mit mir etwas nicht stimmt, dann sollte ich dort aufkreuzen. Schließlich bin ich der Kapitän. »Ich meine, klar. Wann und wo?«

»Bei mir. Sei einfach gegen neun da, dann ist sicher schon richtig was los.«

»Cool, okay.« Ich haue Slater auf die Schulter. »Macht die Bruins platt.« Damit verlasse ich den Kabinengang, bevor uns die Firebirds erreichen.

KAYLEE

Von der Bank aus sehe ich mir das Match an und juble mechanisch mit den anderen Mädels, immer wenn die Eagles ein Tor erzielen. Sie schlagen sich gut, auch wenn die Bruins ein starker Gegner sind. Doch das Spiel packt mich zu keinem Zeitpunkt wirklich. Es ist einfach nicht dasselbe ohne Jenson, auf den ich meinen Blick heften kann ... Ohne seine Art, das Match zu lenken, die mir so gut an ihm gefällt.

Die Eagles gewinnen und ich gratuliere den Jungs, halte dabei aber nur Ausschau nach Jenson. Doch er ist noch nicht mal hier, um sich mit seiner Mannschaft zu freuen.

Ob das an mir liegt? Aber warum sollte er noch weiter auf Abstand zu mir gehen, wo er doch schon einen klaren Schlussstrich gezogen hat? Er könnte sich wenigstens normal verhalten, stattdessen meidet er mich, als hätte ich die Pest.

Er ist so ein Mistkerl und doch weiß ich tief im Inneren, dass er keiner ist.

Die anderen Mädels sind total aufgekratzt, während wir uns umziehen, aber ich kann nur an die immergleichen Fragen denken.

Warum nur hat er das zwischen uns so abrupt beendet?

Weshalb wollte er in der einen Sekunde noch mit mir schlafen und in der nächsten dann plötzlich nicht mehr?

»Kaylee, fährst du mit uns?«

Warum hat er uns überhaupt erst eine Chance gegeben, wenn er dann so schnell das Handtuch wirft? Und ...

»Huhu, Kaylee!« Abby nimmt mich an den Schultern. »Noch da?«

Sie lächelt mich an und gibt spürbar ihr Bestes, um aufmunternd zu wirken.

»Klar, bin da«, sage ich und versuche mich ebenfalls an einem Lächeln.

»Fährst du mit uns zur Siegesfeier?«

Die Feier. Ich glaube nicht, dass ich Lust darauf habe.

Andererseits, warum soll ich zu Hause sitzen und grübeln? Dadurch wird auch nichts besser.

»Na, komm schon«, mischt sich Suzan ein. »Wir möchten alle, dass du mitkommst. Abby, Mia, ich, Mister Smirnoff ...«

Damit zieht sie eine Flasche aus ihrem Rucksack und ich muss beinahe lachen.

Mister Smirnoff ist wirklich ein gutes Argument.

»Na klar komme ich mit«, gebe ich mich geschlagen.

Suzan strahlt. »Na, bitte. Du fährst, Abby!«

»Wer auch sonst«, sagt Abigail ergeben und legt eine Hand auf ihren Babybauch, der schon deutlich zu erahnen ist.

Gemeinsam laufen wir zum Parkplatz, wobei wir alle einen ersten Schluck aus der Flasche nehmen. Es ist kein reiner Wodka, sondern irgendeine Mischung, die grasgrün ist und gar nicht stark nach Alkohol, sondern nach Wassermelone schmeckt. Ich nehme einen zweiten Schluck und als wir losfahren, wobei Mia die Musik aufdreht, auch noch einen dritten.

Während wir trinken und laute Musik hören, verschwimmen Berkeleys Straßen um mich herum zu bunten Schlieren und genauso tun es die Fragen in meinem Kopf. Die Traurigkeit. Und die Sehnsucht.

»Da wären wir«, sagt Abby irgendwann und hält den Wagen vor Slaters Villa.

»Super.« Ich höre, dass meine Stimme verwaschen klingt. Das muss an dem bunten Alkohol liegen, den ich die Fahrt über getrunken habe, als wäre er Limonade. »Party!«

Abby, Mia und die anderen beiden lachen, dabei sind wir doch genau deswegen hier. Um zu feiern. Um unseren Spaß zu haben. Oder etwa nicht?

Ich steige aus und merke, dass mir ziemlich schwindelig ist. Das Zeug muss es in sich gehabt haben, aber immerhin hat es dieses schmerzhafte Gefühl verdrängt, das sich in mir breitgemacht hatte, seit Jenson mich abserviert hat. Der Schmerz hat sich jetzt irgendwo in den Alkoholnebel zurückgezogen und lauert nur noch dumpf in irgendeiner Ecke meines Inneren auf seinen nächsten Einsatz.

Das ist schon mal ein Fortschritt.

»Gehen wir.« Abby hakt sich bei mir unter und die anderen folgen uns, wobei sie immer wieder: »Go, Eagles, give them Hell« rufen. Von dem Schlachtruf für die Jungs kriegt unser Team wohl nie genug.

Wir betreten die Villa, die nicht halb so übertrieben geschmückt ist, wie beim letzten Mal. Wahrscheinlich, weil es sich diesmal um eine ganze normale Wochenendparty handelt, die nur als Feier für den Sieg beim Freundschaftsspiel getarnt ist. Die anderen Gäste begrüßen uns mit Jubel und vor allem die männlichen

Studenten mit anzüglichen Pfiffen, die aber wegen der lauten Musik gut zu überhören sind.

Abby schleust mich direkt zur Bar, die zwar noch an derselben Stelle steht wie beim letzten Mal, jetzt aber viel weniger nach Club und viel mehr wie die Bar eines Privathauses aussieht. Es gibt auch keinen Barkeeper, die Getränke stehen einfach offen herum.

»Ich mixe dir einen Tear-Killer.« Abby holt zielsicher ein großes Glas unter der Theke hervor. Anscheinend kennt sie sich gut in Slaters Haus aus.

»Tequila?«, frage ich und lehne mich an die Wand hinter der Bar, weil mir wirklich schwindelig ist.

»Tear-Killer. Gegen Liebeskummer.«

Ich sehe zu, wie Abby zuerst Wodka, dann Rum und anschließend Whiskey in das Glas füllt.

»Das sieht mir eher nach Todesurteil aus«, murmle ich.

Aber was soll's? Es wird schon nicht schaden, sich einmal richtig abzuschießen.

»Alkohol mit Alkohol mit Alkohol ...«

Abby sieht mich an und lacht. »Du bist ja jetzt schon total voll.«

Ich zucke feixend mit den Schultern. »Abstreiten zwecklos.«

»Pass nur gut auf dein Glas auf.« Abby füllt es mit Eistee auf und drückt es mir in die Hand. »Niemals unbeaufsichtigt lassen, auch wenn du glaubst, dass du hier unter Freunden bist.«

»Geht klar, Mom«, kichere ich und trinke einen großen Schluck.

Himmel, ist das Zeug stark! Aber dabei auch ziemlich lecker, was wohl am Eistee liegen muss.

»Feier, hab Spaß und vergiss für einen Abend diesen Blödmann«, rät mir Abby und genau das habe ich vor.

Als Jenson unseren Auftritt aus dem Kabinengang beobachtet hat, hatte ich Hoffnung, dass er gekommen war, um mit mir über alles zu reden. Doch kaum waren wir auf dem Eis fertig, war er auch schon verschwunden. Ein eindeutiges Zeichen.

Wahrscheinlich muss ich einfach akzeptieren, dass er nicht mit mir reden wird, egal, wie sehr ich es möchte. Und auch wenn ich mir noch so sicher bin, dass er etwas vor mir verbirgt, kann ich ihn nicht dazu zwingen, mir die Wahrheit zu sagen.

»Komm, tanzen wir. Du grübelst ja schon wieder.« Abby zieht mich an einer Hand hinter sich her und ich setze mich in Bewegung.

Das Lied, was gerade läuft, wird von einer Frau gesungen und ist perfekt zum Tanzen. Der Beat, der ein bisschen countryartig klingt, reißt mich mit, auch wenn es im Text um gebrochene Herzen geht. Ich kenne es nicht, aber es gefällt mir.

Zusammen mit Abby stürme ich die Tanzfläche und genieße das Gefühl der Bässe, die durch meinen Körper wummern. Ich trinke meinen Tear-Killer, bewege mich zu den Rhythmen der Musik und komme mir tatsächlich von Minute zu Minute etwas befreiter vor. In meinem Kopf herrscht eine angenehme Schwerelosigkeit und wenn ich mich bewege, verschwimmt meine Umgebung.

Ich weiß nicht, wie lange wir schon tanzen, als Abby von hinten von ihrem Freund Malcolm umarmt wird. Sofort glänzen ihre Augen und sie strahlt über das ganze Gesicht. Auch wenn die beiden optisch gar nicht zusammenpassen, sind sie das absolute Traumpaar und ich beneide sie für ihre tolle Beziehung.

Abby wendet sich Malcolm zu und die beiden küssen sich so stürmisch, dass ich mir wie ein Spanner vorkomme. Also drehe ich mich weg, und da sehe ich ihn.

Jenson.

Er steht zusammen mit ein paar anderen Eishockeyspielern am Rande der Tanzfläche und daran, wie schnell er den Blick abwendet, erkenne ich, dass er mich die ganze Zeit über beobachtet haben muss.

Was sollen diese komischen Spielchen?

Entweder soll er den Mut haben, mit mir zu reden, oder er soll mich vergessen und aufhören, mich ständig anzustarren.

Am besten ist es, wenn ich ihm das klipp und klar sage.

Ich leere den Tear-Killer und stelle ihn auf einem Tisch ab. Zumindest habe ich das vor, aber das Glas kippt um. Anscheinend ist der Tisch schief. Oder vielleicht liegt es auch am Boden, der kommt mir schon die ganze Zeit über ziemlich wackelig vor.

»Verzeihung«, nuschle ich und winke den drei Kommilitonen, auf deren Tisch ich mein Glas gelegt habe.

Sie sehen mich ziemlich irritiert an, wahrscheinlich merken sie auch, dass die Wände und Böden schief sind und fragen sich, wie das sein kann.

»Das ist alles nur eine Illusion«, erkläre ich ihnen, denn ich kenne solche Häuser aus den Freizeitparks, in denen ich früher mit meiner Familie war.

»Geht es dir gut?«, fragt einer der Jungs und ich nicke und gehe weiter.

Geradeaus auf Jenson zu. Wobei mein Geradeaus irgendwie Kurven hat, aber das macht nichts. Solange ich Jenson fest im Blick habe, kann er mir nicht entwischen.

Er sieht mir entgegen. Natürlich tut er das. Er beobachtet mich doch immer.

Ich bohre meinen Blick in seinen. Seine Augenbrauen ziehen sich skeptisch zusammen und dann sehe ich ihn auf einmal gar nicht mehr. Nur noch einen braunen Haarschopf, der sich in mein Bild geschoben hat.

Es dauert ein paar Sekunden, bis ich verstehe, was da vor mir abgeht. Jenson knutscht mit einer anderen. Ist das denn zu fassen?

»So ein Arschloch«, flüstere ich fassungslos.

Dann mache ich auf dem Absatz kehrt.

JENSON

»Bist du verrück?« Ich schiebe Sandra von mir. Sie grinst mich entgleist an und scheint nicht weniger betrunken zu sein als Kaylee. Aber anders als Kaylee ist sie mir egal.

»Wassen? Ich dachte, du bis' jetzt wieda Single ...«

Ich lehne Sandra kurzerhand an Dexter, der sie automatisch festhält und mich fragend ansieht, und wende mich ab, um nach Kaylee zu sehen.

Sie muss die Situation vollkommen in den falschen Hals gekriegt haben. Für sie muss ich wie der letzte Mistkerl aussehen, der jetzt direkt mit der nächsten Frau herummacht.

Aber wollte ich das nicht eigentlich? Aussehen wie ein Mistkerl, damit sie mich leichter vergessen kann?

So viel zu diesem wirklich tollen Plan.

Scheiße. Ich muss ihr hinterher!

»Kaylee?!«, rufe ich, aber die Musik ist einfach zu laut.

Ich schiebe ein paar Gäste zur Seite und bahne mir einen Weg in Richtung Ausgang. So wie ich Kaylee kenne, wird sie keine Minute länger auf dieser Party bleiben. Die Blöße wird sie sich nicht geben, nachdem ihr Exfreund Rick sie derart hintergangen hat. Für sie muss es wie ein Schlag ins Gesicht gewesen sein, als Sandra mich geküsst hat. Ganz so, als würde ich mich über sie lustig machen wollen.

Warum um alles in der Welt machen die anderen Jungs aus dem Team auch mit jeder Frau herum, die sich ihnen an den Hals wirft? Kein Wunder, dass die Mädels da nur so Schlange stehen, um Spaß für eine Nacht zu haben. Schön wäre es nur, wenn sie mich dabei außen vor lassen würden.

Ich zwänge mich durch eine Gruppe von Rauchern vor der Tür und dann entdecke ich Kaylee endlich.

Sie steht auf dem Parkplatz vor Abbys Ford und zerrt immer wieder am Türgriff.

Was hat sie vor?

Carnapping, und das in ihrem Zustand?

»Kaylee?« Ich nähere mich ihr langsam. »Hey, was machst du da?«

Kaylee reagiert nicht auf mich und versucht nur weiter, in Abbys Auto einzubrechen.

Vorsichtig lege ich meine Hände auf Kaylees und löse sie vom Griff. »Du kannst jetzt nicht fahren. Hör auf damit. Sieh mich an.«

Langsam dreht Kaylee sich zu mir um und ihr Anblick versetzt mir einen tiefen Stich.

Ihr Gesicht ist tränenüberströmt und ihre Lippen zittern. Sie sieht mich aus vorwurfsvollen Augen an und ich kann in ihrem Blick so viel Schmerz lesen.

Das hat sie einfach nicht verdient. Sie sollte nicht so leiden.

»Du bist so ein fieser … So ein …« Sie bricht ab und schüttelt den Kopf.

Anscheinend beschreibt kein Schimpfwort dieser Welt, was sie gerade für mich empfindet. Und das kann ich gut verstehen. Was da drinnen passiert ist, war einfach zu viel.

»Es war nicht so, wie es aussah. Sandra –«

»Weisstu …«, unterbricht mich Kaylee und reißt sich los, wobei sie einen Schritt nach hinten taumelt und glücklicherweise von Abbys Wagen gestoppt wird, bevor sie hinfallen kann. »Ich will das alles nich' hören. Dieses ganze Bla Bla Bla. Es is' nich' so, wie es aussieht, es is' alles anders, als du denkst. Ihr Kerle habt doch immer die gleichen Ausreden, dabei isses einfach so: Du, Jenson«, sie bohrt mir den Zeigefinger in die Brust, »bist ein ganz gemeiner Hund!«

Ich hätte noch viel schlimmere Beschimpfungen verdient, trotzdem ist es schrecklich, dass sie so von mir denkt.

Vorsichtig nehme ich ihre Hand von meiner Brust und verschränke meine Finger mit ihren. Ihre warme Hand in meiner zu spüren, fühlt sich gut an. So vertraut. »Kaylee.«

»Nichts Kaylee!« Sie entzieht mir ihre Finger und verschränkt die Arme trotzig wie ein kleines Kind vor der

Brust. »Ich wollte mit dir red'n. Immer wieder, aber du …«

»Ich weiß.« Ich hebe beschwichtigend die Hände. »Und das war falsch. Ich war ein Feigling.«

»Feigling.« Kaylee verzieht das Gesicht, als müsse sie erstmal überlegen, was das Wort in diesem Gespräch zu suchen hat. »Ein Bungee springender Feigling, he?«

Ich schüttle den Kopf. »Nein. Ich war auf eine andere Art feige, weil ich dir einfach nicht sagen konnte, dass ich …«

Und zack.

Wieder bringe ich die Wahrheit nicht über die Lippen. Es ist, als würde etwas in meinem Gehirn einfach blockieren, immer, wenn ich das Wort Missbrauch in den Mund nehmen will.

»Dasstu was?«

»Kaylee …«

»Sag's mir oder verschwinde.«

Drei einfache Worte, die doch so schwer auszusprechen sind.

Ich. Wurde. Missbraucht.

Die Bedeutung dieser Worte ist so gewaltig, dass ich die Konsequenzen nicht absehen kann. Dabei ist mir klar, dass ich Kaylee endgültig verliere, wenn ich ihr nicht endlich alles sage.

Ich fahre mir mit beiden Händen durchs Gesicht und mache ein paar hilflose Schritte über den Parkplatz.

Sprich es aus.

Sprich es verdammt nochmal einfach aus!

Sie ist betrunken, vielleicht macht das die ganze Beichte sogar etwas leichter.

Vielleicht kann ich ihr nur sagen, dass …

»Ich werd jetz' gehen«, bestimmt Kaylee und ich drehe mich schnell zu ihr um.

Der Moment ist vorbei und das kleine bisschen Mut, das sich gerade in mir aufzubauen begann, ist wieder verflogen.

»Ich fahre dich.« Ich will nach Kaylees Hand greifen, aber sie zieht sie schnell weg und funkelt mich so böse an, dass ich automatisch zurückzucke.

»Du, Jenson, häls' dich ab sofort von mir fern. Kein Anglotzen mehr, kein Ansprechen mehr, is' das klar? Ich will dich blödes Arschloch nie wieder seh'n. Viel Spaß noch dabei, die ganzen Firebirds zu bumsen. Vielleicht is' eine davon ja eher dein Typ als ich!«

Damit lässt sie mich auf dem Parkplatz stehen, wankt zurück in Richtung Haus und murmelt dabei etwas von Abigail.

Ich schaffe es nicht, mich zu rühren und ihr nachzulaufen.

Was würde das auch bringen? Es gibt ja doch nichts, das ich ihr sagen könnte.

Kaylee hat mir genug Chancen gegeben, mit ihr zu reden, und ich habe sie allesamt in den Sand gesetzt.

Ich habe es versaut.

KAPITEL 8

KAYLEE

Ich sitze über der neuen Botschaft aus der Flaschenpost und heule wie ein Schlosshund. Abby hat mich nach Hause gebracht und nachdem ich ihr ungefähr zweihundert Mal bestätigt habe, dass ich allein klarkomme, ist sie zurück zur Party gefahren. Ich dagegen konnte runter zum Strand wanken.

Die frische Luft hat die Trunkenheit ein bisschen vertrieben und dadurch auch den gnädigen Nebel, der meine Gefühle eingehüllt hatte. Die Enttäuschung über Jensons Verhalten hat mich mit voller Wucht getroffen, als ich – zurück in meinem Haus – die Nachricht aus der Flaschenpost gelesen habe.

Egal, wie viele Menschen dich enttäuschen, du darfst niemals aufhören, zu vertrauen. Denn wenn du das tust, dann stehst du irgendwann ganz allein da.

Bei mir ist es genau andersherum.

Gerade *weil* ich anderen Menschen viel zu leicht vertraue, werde ich immer wieder verletzt und stehe letztlich allein da.

Jenson sollte diese Zeilen am besten mal zu lesen bekommen! Denn eins steht fest: Er ist derjenige von uns beiden, der kein Vertrauen fassen kann.

Nach wie vor verheimlicht er mir etwas und ich bin es nach der Nummer gerade auch leid, ihm weiter hinterherzurennen. Wenn er nicht mit der Sprache rausrücken will, egal, wie oft ich mit ihm zu sprechen versuche, dann ist er wohl einfach nicht reif genug für eine Beziehung.

Auch wenn das vielleicht keine gute Idee ist, weil ich immer noch zu viel Alkohol im Blut habe und deshalb gerade sehr emotional bin, nehme ich einen Stift und Papier zur Hand, um dem Fremden eine Antwort zu schicken.

Lieber Fremder,
es hat mich auch gefreut, von dir zu hören und natürlich möchte ich dir auf deine Zeilen antworten.
Für manche Menschen ist Vertrauen keine Selbstverständlichkeit, das habe ich gerade wieder zu spüren bekommen. Für manche ist es einfacher, andere zu verletzen, als sich zu öffnen.
Ich war monatelang mir selbst gegenüber nicht ehrlich. Ich habe mich von meinem Exfreund vorführen lassen, obwohl ich die Wahrheit insgeheim gekannt und nur vor mir selbst verheimlicht habe.
Dabei ist mir klar geworden, dass das die schlimmste Art der Selbstzerstörung ist.
Wenn du dich selbst belügst, kannst du kein normales Leben führen.
Denn zum Leben gehören Schmerz und Niederlagen dazu und wer sind wir, wenn wir all das von uns fernhalten und

in einer selbstgebauten Scheinwelt leben, nur um keine Verletzungen spüren zu müssen?
Du hörst meinen Worten wahrscheinlich schon an, wie frustriert ich bin. Die letzten Tage waren die Hölle für mich und mein einziger Lichtblick war dein Brief, auch wenn wir uns nicht kennen.
Aber ist das nicht auch irgendwie falsch? Ist es nicht feige von uns, dass wir uns hinter anonymen Briefen verstecken und unsere Gedanken nur offenbaren können, weil der jeweils andere uns nicht kennt?
Deswegen möchte ich dich gerne fragen: Willst du mich treffen?
Ich würde mich freuen, dir irgendwann einmal Auge in Auge gegenüber zu stehen.
Ich hoffe, meine offenen Worte haben dich nicht verschreckt.
Hoffentlich bis bald!

Ich stecke den Brief schnell in die Flasche und trage ihn hinunter zum Wasser, bevor ich es mir noch anders überlegen kann. An Magie glaube ich nicht mehr. Vielmehr gehe ich davon aus, dass der Fremde, mit dem ich mir schreibe, in meiner Nähe wohnt und die Flasche, nachdem wir sie ins Wasser geworfen haben, von den Wellen in der Bucht einfach wieder zurück an Land getragen wird.

Ob meine Theorie stimmt, lässt sich leicht feststellen.

Anstatt die Flaschenpost wie sonst ins Meer zu werfen, lege ich sie diesmal einfach nur in den Sand. Wenn er auch hier in Berkeley wohnt und wir sie nicht zwischen verschiedenen Orten in der Bucht hin und her schicken, wird er sie finden.

Und in dem Fall bin ich gespannt, was er mir antwortet. Ob er bereit ist, mir zu begegnen.

Vielleicht ist es Trotz, dass ich mich nach der Pleite mit Jenson direkt mit jemand anderem treffen will. Vielleicht will ich ihm auch nur wehtun. Ehrlich gesagt ist mir das in dem Moment total egal. Jede Ablenkung ist besser als keine.

Und diese hier könnte vielleicht sogar zu etwas Gutem führen.

JENSON

»Okay, Mädels. Ich bin wieder da und das heißt für euch, dass die Ferien vorbei sind! Keine Pirouetten mehr auf dem Eis und kein Kaffeeklatsch!« Vor allem bei meinen letzten Worten sehe ich Matt an, der neben den übrigen Spielern meiner Mannschaft auf der Bank sitzt und wie die anderen nur darauf wartet, aufs Eis zu dürfen.

Er hat den Blick starr auf den Boden gerichtet und heckt wahrscheinlich gerade einen neuen teuflischen Plan aus, wie er mich aus der Fassung bringen kann.

»Ihr habt euch gegen die Bruins gestern ganz gut geschlagen. Aber ganz gut reicht mir nicht. Und ich hoffe, dass es unter euch auch niemanden gibt, der mit *ganz gut* zufrieden ist.«

Ich sehe in die Runde und vor allem in Slaters, Toms und Dexters Gesichtern erkenne ich den Kampfgeist, der mir auch entgegenspringt, wann immer ich in den Spiegel sehe. Zumindest, was Eishockey angeht, bin ich ein Kämpfer. Und wenn ich es schon nicht schaffe, mein Privatleben in den Griff zu kriegen wie jeder normale Typ in meinem Alter, dann will ich zumindest meine Karriere pushen. Die ist schließlich alles, was ich noch habe.

»Ich will, dass ihr gleich das härteste Training überhaupt absolviert, ich will, dass ihr beim entscheidenden Spiel am Samstag eure Aufgaben drauf habt. Ihr müsst sie im Schlaf können, haben wir uns verstanden? Ich will keine Ausreden und Ausflüchte. Ihr gebt hundert Prozent und wer auch nur den kleinsten Zweifel daran hat, dass ihm das gelingen könnte, der soll gehen. Und zwar auf der Stelle.«

Wieder überblicke ich meine Spieler, aber natürlich steht keiner von ihnen auf und verlässt die Halle.

Ich klatsche einmal in die Hände. »Dann ab aufs Eis, Männer.«

Die Jungs setzen sich in Bewegung und ich will ihnen folgen, aber Coach Ridley hält mich am Arm fest und ruft Matt ebenfalls zu sich.

Auch das noch.

Gerade habe ich meine Mannschaft so gut aufgestachelt und jetzt werden wir ausgerechnet von unserem Trainer ausgebremst.

Was denkt er sich denn? Dass Matt und ich uns vertragen wie zwei Fünfjährige im Kindergarten?

»Du hast dich gestern als Ersatzkapitän wirklich gut geschlagen, Lewis«, beginnt der Coach und ich kann es immer noch nicht glauben, dass er ausgerechnet Matt meine Position überlassen hat. Eigentlich hätte sie Slater zugestanden, aber offenbar wollte mich unser Trainer so richtig bestrafen.

Ich nicke Matt anerkennend zu, denn ich lasse sicher nicht zu, dass der Coach böses Blut zwischen uns schürt. Matt ist ein Arschloch, aber immer noch mein Teamkollege und eine ernste Rivalität zwischen uns wäre Gift für unser gemeinsames Spiel.

»Ich möchte, dass du dich ab jetzt zusammenreißt, Jenson. Andernfalls muss ich Matt auch für das nächste wichtige Spiel einsetzen und ich glaube nicht, dass das in deinem Sinn ist.«

»Nein«, gebe ich zu. »Das war ein einmaliger Ausrutscher.«

Unser Coach nickt, dann scheint seine Ansprache auch schon vorbei zu sein, denn er wendet sich ab. Ich will ihm folgen und zeigen, dass ich vorhabe, mein Bestes zu geben, aber Matt stellt sich mir in den Weg.

Reicht ihm die gebrochene Nase noch nicht, oder was?

»Ey, Mann.« Matt sieht mich an, dann auf den Boden, dann zuckt sein irrer Blick wieder zu mir hoch. »Ich wollte mich entschuldigen.«

Wie bitte? Das sind ja ganz neue Töne.

Misstrauisch sehe ich Matt an. Er soll weiter reden.

»Das war eine blöde Aktion von mir. Aber es war nur ein Scherz. So bin ich nun mal. Du kennst mich doch.«

»Leider«, knurre ich.

Matt ist wirklich bekannt für seine Witze, die regelmäßig unter die Gürtellinie gehen. Dass er damit einen so wunden Punkt bei mir erwischt, konnte er nicht wissen. Trotzdem macht es das nicht besser. Er muss damit aufhören, seine eigenen Kollegen zu provozieren und manche vielleicht sogar einzuschüchtern. So läuft das in einem Team einfach nicht.

»Ich hätte nicht gedacht, dass du so austickst. Tut mir ehrlich leid.« Matt hält mir die Hand hin und ich nehme sie nach kurzem Zögern.

»Gut, dass du zu mir gekommen bist«, sage ich.

Matt nickt. »Kommt nicht wieder vor. So ein Griff Richtung Schniedel, meine ich.«

»Gut.« Ich lasse Matts Hand los und klopfe ihm auf die Schulter.

»Aber dass du so durchgedreht bist, war schon krass. Vielleicht lässt du dich mal untersuchen«, feixt er.

»Vielleicht lässt *du* dich mal untersuchen, Alter«, schnaube ich ungläubig. Dieser Typ ist einfach unverbesserlich.

Matt grinst, dann verschwindet er zu den anderen aufs Eis und ich sehe ihm kopfschüttelnd nach.

Dabei überlege ich, ob er vielleicht recht hat. Matt ist ein Riesenidiot und seine letzten Worte waren sicher wieder als Scherz gemeint. Aber was ist, wenn es stimmt? Wenn meine Probleme einfach zu groß sind, um allein damit fertig zu werden? Dass ich Kaylee gegenüber nicht aussprechen kann, was passiert ist und mich stattdessen lieber selbst unglücklich mache, ist nicht normal. Auch Malcolm hat mir schon zu einer Therapie geraten und ich beginne langsam zu glauben, dass das der einzige Weg ist, wieder ein vernünftiges Leben zu führen.

***

Wie meistens bin ich allein am Strand. Ich sitze im feuchten Sand, lasse mir den schneidenden Wind unter die Klamotten wehen und starre auf die neueste Nachricht der Fremden. Es ist bereits Abend und ich kann die Zeilen eigentlich gar nicht mehr erkennen. Doch ich habe den Brief bereits so oft gelesen, dass ich beinahe jedes Wort auswendig kenne.

Eigentlich sollte ich jetzt gar nicht hier sein ...

Direkt nach dem Training bin ich nach Hause gefahren, um mein Vorhaben in die Tat umzusetzen. Ich habe mir ein paar Nummern von Therapeuten herausgesucht und den ersten aus meiner Liste sogar angerufen – aber als die Bandansage mich aufforderte, in ein paar Sätzen mein Anliegen zu schildern, habe ich aufgelegt.

Mir fehlen einfach die Worte.

Für manche ist es einfacher, andere zu verletzen, als sich zu öffnen.

Wieder einmal hat die Fremde damit genau ins Schwarze getroffen. Aber dass ich mit keinem Therapeuten reden kann, ist eine Sache, doch Kaylee gegenüber hätte ich mich öffnen müssen. Ich vertraue ihr doch! Warum bin ich nur so ein verdammter Feigling?

Ich wüsste gerne, welche Lösung meine Brieffreundin für dieses Problem hat. Trotzdem werde ich auf ihren Vorschlag, dass wir uns treffen können, nicht eingehen. Und zwar gleich aus mehreren Gründen.

Zum einen glaube ich, dass ich nur so offen mit ihr reden kann, weil sie nicht weiß, wer ich bin. Und zum anderen hätte ich Kaylee gegenüber ein richtig schlechtes Gewissen.

Viel Spaß noch dabei, die ganzen Firebirds zu bumsen ...

Mir ist klar, was sie momentan für ein Bild von mir hat, vor allem nach der bescheuerten Aktion von

Sandra auf der Party. Und ich will dieses Bild nicht bestätigen.

Andererseits bin ich neugierig auf die Fremde aus der Flaschenpost. Mit jeder neuen Nachricht fühle ich mich ihr mehr verbunden. Vielleicht ist es Zeit, endlich über meinen Schatten zu springen, denn sonst ende ich irgendwann als Einziger allein.

Kaylee wird sich einen anderen suchen.

Meine Eltern führen wieder dieselbe glückliche Ehe, die sie früher hatten.

Alle um mich herum werden jemanden finden, mit dem sie ihr Leben verbringen wollen und ich möchte nicht der sein, der zu feige ist, um das Ruder rechtzeitig herumzureißen. Ich muss aufhören, wegzulaufen, wenn es drauf ankommt. Und auch wenn ich dem Treffen mit der Fremden nicht so ohne weiteres zustimmen kann, kann ich zumindest etwas anderes tun.

Ich kann ihr alles erklären. Endlich mit offenen Karten spielen.

Es für eine Fremde niederzuschreiben, ist hundertmal einfacher, als es laut auszusprechen. Obwohl ich etwas Angst vor ihrer Reaktion habe, hole ich kurzentschlossen den Stift raus, den ich mittlerweile immer mit zum Strand bringe, drehe den Zettel, der in der Flasche steckte, um und beginne auf die Rückseite zu kritzeln.

Zuerst sind es nur einzelne Worte mit langen Pausen dazwischen, so als würde mich mein Körper daran hindern wollen, das hier zu tun. Alles nochmal zu durchleben, auch wenn es nur auf dem Papier ist.

Dann, nach den ersten Sätzen, ändert sich etwas und die Worte fließen nur so aus mir heraus. Wie Gift, das aus einer Wunde gesaugt wird.

Ich schreibe schnell und klein, denn das, was ich zu sagen habe, sagt man nicht in ein paar Worten. Ich beginne damit, wie mir Coach Sawyer die ersten komischen Blicke zuwarf, als ich gerade mal neun war, schreibe auf, wie es mir irgendwann vorkam, als würde er mich nach dem Training beim Duschen beobachten und ende damit, wie er mich abgepasst hat, damals, kurz vor meinem zwölften Geburtstag. Es war Abend und ich wartete vor der Halle darauf, dass Dad mich abholte. Sawyer rief mich nochmal in die Umkleide und dort ...

Was er genau gemacht hat, umreiße ich nur. Wie er mich angefasst hat und dabei sich selbst. Wie er gerade dabei war, seine Hose wieder zu schließen, als Dad reinkam.

Mit wenigen Sätzen beschreibe ich die Jahre danach, setze den Stift dabei kaum noch ab.

Er sagte, ich soll mich zusammenreißen und das tat ich. Sawyer wechselte zu einem neuen Verein und ich konzentrierte mich voll und ganz auf den Sport, bei dem ich das Gefühl hatte, wirklich ein Mann zu sein und nicht das Opfer einer Sache, die Männern laut meinem Vater nicht passiert.

Ich schreibe davon, wie diese Sache meine Familie zerstört hat, weil mein Dad seinen Fehler nicht einsah, die ganze Angelegenheit herunterspielte und meine Mom ihn verließ. Wie meine Mutter und ich neu anfingen und wie sie sich nach zwölf Jahren schließlich doch wieder mit meinem Vater versöhnte. Davon, wie ich praktisch über Nacht auszog, weil ich ihm einfach nicht unter die Augen treten wollte, weil er und Sawyer in den vergangenen Jahren für mich irgendwie zu einer Person geworden waren. Denn ja, es war der Trainer, der mich missbraucht hat, aber es war mein Dad, der mir das Gefühl gab, mit schuld zu sein.

Dank ihm fühlte ich mich jahrelang schmutzig und als Mom ihn zurücknahm, kam alles wieder hoch. Die Erinnerungen, die Schuldgefühle. Erst als ich Kaylee traf, ging es mir besser.

Ich nenne sie in dem Brief nicht beim Namen, beschreibe aber unsere kurze gemeinsame Zeit und tue mich schwer, die Nähe, die sofort zwischen uns herrschte, in Worte zu fassen.

Wir taten ganz normale Dinge – na ja, und ziemlich verrückte Dinge. Wir waren beim Rocket Bungee, wir spazierten mit nackten Füßen im eiskalten Meer. Wir versuchten immer wieder, gemeinsam zu kochen, versauten es ein ums andere Mal und gaben unseren vergeigten Gerichten bescheuerte Namen. Wir konnten aber auch stundenlang nur so dasitzen und reden. Oder auch nicht reden, sondern einfach nur die Nähe zwischen uns genießen. Doch egal, was ich mit ihr machte, ich fühlte mich gut in ihrer Nähe. Es war ganz einfach so, dass meine Vergangenheit keine Rolle spielte, wenn ich mit ihr zusammen war. Bis sie mich einholte.

In wenigen Worten schreibe ich auf, was das Problem war. Weshalb ich es nicht schaffte, bei Kaylee zu bleiben. Dann ist das Blatt voll und ich kann gerade noch eine kurze Verabschiedung darunter quetschen:

Ich hoffe, du verstehst, dass ich mir jetzt erstmal über ein paar Dinge klar werden muss. Das hat nichts mit dir zu tun, aber gerade deswegen kann ich dich nicht treffen.
Weil ich erstmal mit mir zurechtkommen muss.
Ich würde mich aber freuen, wenn du mir weiter schreibst.
Mach's gut.

Sobald ich fertig bin, lasse ich den Stift sinken, starre auf das vollgeschriebene Papier und versuche zu ergründen, ob ich mich jetzt anders fühle.

Alles, was dort steht, ist schon lange in meinem Kopf. Doch dass ich jetzt bereit bin, es jemandem zu erzählen, viel ausführlicher als in den Andeutungen, die ich Malcolm gegenüber gemacht habe, macht tatsächlich einen Unterschied.

Jetzt muss ich die Nachricht nur noch abschicken.

Ich stopfe das Papier zurück in die Flasche, mache sie zu und zwinge mich, nicht länger nachzudenken. Ich stehe auf, hole aus – und schleudere die Flasche in hohem Bogen ins Meer.

»Schon wieder eine«, sagt in dem Moment eine Stimme hinter mir und ich fahre ziemlich erschrocken herum – nur um in Malcolms verwundertes Gesicht zu sehen.

In seinem schwarzen Mantel mit dem Überwurf steht er vor mir wie ein rothaariger Jedi-Ritter und blickt auf die Stelle, an der die Flasche ins Wasser geklatscht ist.

»Alter, ich will nicht indiskret sein«, sagt er, »aber denkst du echt, das ist der richtige Weg?«

»Der richtige Weg für was?«, frage ich dumpf.

Malcolm hebt vielsagend die Schultern. »Um deine Probleme loszuwerden. Das machst du doch, oder? Du schreibst auf, was dich bedrückt und wirfst die Botschaften ins Meer, weil das leichter ist, als zu einem Therapeuten zu gehen.«

Beinahe muss ich grinsen. Sonst ist Malcolm die reinste Spürnase, aber in dem Fall liegt er ausnahmsweise mal falsch. »So ist es nicht«, sage ich. »Ich schreibe mit einer Frau.«

Malcolm zieht eine Braue in die Höhe.

»Vor einer Weile habe ich durch Zufall ihre erste Nachricht entdeckt und ihr darauf geantwortet. Ich dachte nicht, dass was zurückkommt, aber so war es. Und seitdem geht das hin und her. Ich kenne weder ihren Namen noch weiß ich, wie sie aussieht. Aber ich vermute, dass sie irgendwo in der Bay lebt.«

Malcolm sagt nichts, zieht lediglich die andere Braue auch noch hoch.

»Was?«, frage ich.

»Du schreibst dir also mit einer mysteriösen Fremden per Flaschenpost«, vergewissert er sich.

Ich nicke. »Ich weiß auch nicht, wie das funktioniert, aber ihre Briefe landen immer wieder bei mir und meine bei ihr. Das ist doch ...«

Ich spreche nicht weiter, denn Malcolms skeptischer Blick zeigt mir, wie versponnen das war, was ich gerade sagen wollte.

Das ist doch sicher Schicksal.

Er räuspert sich und tritt an die Wasserlinie. »Jenson, sei mir bitte nicht böse, aber ... kann es sein, dass du dich da in was verrennst?«

Ich rühre mich nicht von der Stelle, sehe ihm nur mit zusammengekniffenen Augen nach.

»Gerade ist die Beziehung mit Kaylee schief gelaufen, weil du es nicht geschafft hast, sie an dich heranzulassen. Sie fehlt dir, das merke ich. Aber anstatt die Sache geradezubiegen, stürzt du dich in eine ... Brieffreundschaft mit einer Frau, bei der diese Gefahr gar nicht erst besteht.«

»Sie will mich treffen«, erwidere ich sofort.

»Und, hast du eingewilligt?«

Ich sage nichts, denn ich fürchte, er kann sich denken, dass ich es nicht getan habe.

Malcolm dreht sich zu mir um und sieht mich vielsagend an.

Ich hebe die Schultern. »Ich habe ihr alles geschrieben. Das ist immerhin ein Anfang.«

»Aber hast du eingewilligt, sie zu treffen?«, will Malcolm nochmal wissen.

Jetzt bin ich derjenige, der auf das graue, aufgewühlte Wasser starrt. »Noch nicht. Ich glaube, fürs Erste ist es ganz gut zu wissen, dass sie in San Francisco oder sonst wo lebt und nicht weiß, wer ich bin.«

»Jenson.«

Ich sehe Malcolm an. Er schüttelt den Kopf.

»Tut mir leid, wenn ich das so sagen muss, aber sie wohnt ganz sicher nicht in San Francisco oder sonst wo in der Bay.«

Ich runzle die Stirn. Was will er denn damit jetzt sagen?

»Die Bay ist mehr als vierzig Meilen breit. Damit die Flasche immer wieder zwischen zwei verschiedenen Küstenabschnitten hin und her pendelt, müsste stets dieselbe Strömung in derselben Stärke herrschen. Das heißt, die Windverhältnisse müssten immer gleich sein, die Wellen und somit das Wetter.« Er schüttelt den Kopf. »Das ist unmöglich, Alter.«

Ich deute aufs Meer. »Aber genauso läuft es.«

Malcolm schüttelt immer noch den Kopf. »So kommt es dir vielleicht vor. Aber in Wahrheit gibt es nur eine logische Erklärung: Die Flasche wird immer wieder am selben Teil des Strandes ins Wasser geworfen und von den Wellen zurück an Land gespült, bevor irgendeine Unterströmung sie erfassen und raus aufs Meer ziehen kann.«

Ich sehe Malcolm an und kapiere im ersten Moment gar nicht, was er sagen will. Dann wird es mir klar.

»Du meinst, sie lebt auch hier«, sage ich dumpf und sehe mich langsam um.

Malcolm nickt. »So muss es sein.«

An diese Möglichkeit habe ich kein einziges Mal gedacht. Was bin ich nur für ein Idiot.

Mit rasendem Puls ziehe ich meine Joggingjacke aus.

»Hey, was wird das?«, fragt Malcolm sofort.

»Ich muss sie zurückholen!«

»Jenson.« Er schnellt vor und packt mich am Arm. »Letzte Nacht hat es gefroren, das Wasser ist saukalt heute!«

Ich mache mich los und ziehe auch mein Shirt aus. »Ich habe keine Wahl. Da steht alles drin, verstehst du? Die ganze Geschichte von Kaylee und mir. Wenn diese Fremde jemand von der Uni ist, wird sie kapieren, wer ich bin, und dann weiß sie einfach alles!«

Ich bin schon drauf und dran, auch meine Schuhe auszuziehen, als mich Malcolm erneut packt, diesmal mit erstaunlicher Kraft an den Schultern. »Du holst dir eine Lungenentzündung und gehst geschwächt in die zweite Saisonhälfte oder fällst sogar ganz aus. Willst du das?«

Nein, das will ich nicht, verflucht nochmal. Aber ich will auch nicht, dass meine ganze kranke Geschichte an der Uni die Runde macht!

»Lass mich los.«

»Jenson.«

»Lass ...«

Malcolm packt mich fester und schüttelt mich wie einen Bewusstlosen, den er wieder zur Besinnung bringen will. »Jetzt hör mir doch zu. Du sagst, die Flasche ist bis jetzt immer hierhin zurückgekommen. Das heißt, du brauchst nur hier zu warten und kannst sie aufsammeln, sobald sie wieder angespült wird!«

Entgeistert sehe ich ihn an. Er hat Recht. Warum bin ich da nicht selbst drauf gekommen?

»Okay. Okay, danke, Mann«, stammle ich.

Malcolm mustert mich noch einen Moment besorgt, dann lässt er mich los. »Jederzeit«, sagt er, aber der misstrauisch-besorgte Unterton in seiner Stimme entgeht mir nicht.

Auch mir wird Stück für Stück klar, wie bescheuert die Idee gerade war und ich fasse endgültig einen Entschluss.

Sobald ich die Flasche wiederhabe, rufe ich nochmal bei dem Therapeuten an. Und diesmal mache ich keinen Rückzieher. Ich habe es aufgeschrieben, also kann ich auch darüber reden.

KAYLEE

Es ist später Abend, fast Mitternacht, als ich runter zum Strand gehe, um nach einer Antwort zu schauen. Eigentlich wollte ich schon viel früher loslaufen, aber ich habe es hinausgezögert, weil ich mir so größere Chancen ausmale, dass mir der Fremde bereits geantwortet hat.

Wer weiß, vielleicht will er mich ja wirklich treffen.

Ich bin aufgeregt, und das fühlt sich gut an, weil es mich von Jenson ablenkt. Für eine kurze, aber sehr schöne Zeit war er mein Freund und es schmerzt noch immer, dass er es nicht mehr ist.

Die Straße endet auf dem kleinen Parkplatz, der meine Wohngegend vom Strand abgrenzt. Ich überquere den schmalen Trampelpfad im Dünengras, der mir mittlerweile so vertraut geworden ist, als hätte ich schon immer in Berkeley gewohnt. Dann betrete ich den Strand und das Tosen der Brandung rauscht mir entgegen. Kalter Wind umfängt mich und ich wickle meinen Schal enger um meinen Hals.

Entschlossen laufe ich runter zum Wasser, hole mein Handy aus der Jackentasche und schalte die Taschenlampe ein, um den Sand und das seichte Wasser vor mir abzuleuchten. So sind die Chancen größer, die Flasche auch zu entdecken.

Wenn sie überhaupt hier ist.

Wenn er überhaupt geantwortet hat ...

Ein Geräusch hinter mir lässt mich zusammenfahren. Ein leises Klickern, als würde ein Kieselstein wegrollen.

Folgt mir jemand?

Ich drehe mich um, leuchte mit dem Handy hinter mich – auf den Sand, die Felsen, die sandige Böschung. Doch ich kann niemanden entdecken.

Misstrauisch wende ich mich den Dünen zu, lasse das weiße Licht darüber wandern. Die wenigen Wohnhäuser, die gleich hinter der Küstenlinie liegen, kann ich von hier aus nur anhand ihrer Dachgiebel erkennen und mit einem Mal kommt es mir hier ziemlich einsam vor.

Einen Augenblick verharre ich noch und vergewissere mich, dass ich wirklich allein bin, dann drehe ich mich wieder um und gehe weiter. Meter für Meter stapfe ich durch den Sand, sehe auf das schwarze Wasser, das von blassem Mondlicht beschienen wird und suche.

Eine Windböe bauscht meine Jacke auf. Ich ziehe sie enger um meine Schultern und werde langsamer, als ich etwas entdecke. Gebogenes Glas, das ein paar Meter von mir entfernt im Wasser glitzert. Eine Welle treibt es Richtung Strand, zieht es dann wieder ein Stück raus. Ich beschleunige meine Schritte, komme näher und erkenne die Flasche ganz deutlich.

Mit klopfendem Herzen laufe ich noch schneller, als sie wieder Richtung Sand getragen wird.

Was passiert, wenn er ja sagt?

Wo werden wir uns treffen? Wie sieht er aus? Wie alt ist er? Wie klingt seine Stimme?

»Kaylee!«, ruft eine Stimme über den Wind und das Tosen der Wellen hinweg. »Kaylee! Verflucht, tu das nicht!«

Wie vom Donner gerührt bleibe ich stehen und drehe ganz langsam den Kopf in Richtung der Böschung. Jenson ist hier.

Mit schreckensbleichem Gesicht kommt er den Strand heruntergelaufen, direkt auf mich zu.

Was hat das zu bedeuten? Was will er hier? Wieso mischt er sich jetzt auch noch in meine seltsame Freundschaft mit dem Fremden ein?

»Lass mich in Ruhe«, murmle ich und wende mich wieder dem Wasser zu. Wieder spült eine Welle die Flasche zu mir heran, ich gehe in die Hocke, strecke den Arm aus und in dem Moment prescht Jenson an mir vorbei.

Er läuft in die Brandung, Wasser spritzt auf und sprenkelt mein Gesicht, ein salziger Geschmack breitet sich auf meinen Lippen aus.

»Jenson! Was soll das?!« Ich richte mich auf, wische mir über die Augen und sehe, wie er die Flasche aus dem Wasser klaubt.

Er dreht sich zu mir um, immer noch total bleich, und ich versuche, sie ihm aus der Hand zu ringen.

»Gib sie her, das geht dich gar nichts an!«

»Doch, das tut es«, sagt er und klingt dabei nicht halb so wütend wie ich. Er hört sich einfach nur geschockt an.

»Nein, tut es nicht! Du sollst dich aus meinem Leben raushalten, wie oft muss ich dir das noch sagen?!« Ich erwische den Hals der Flasche und zerre daran, stehe mittlerweile ebenfalls bis zu den Knöcheln im Wasser. Es ist eiskalt, aber das ist mir egal.

»Kaylee, lass los!«

Tz, soll er doch loslassen!

»Kaylee! Du darfst das nicht lesen!«

Damit entreißt mir Jenson den Flaschenhals, ich stolpere einen Schritt zurück, weil ich so sehr dagegengehalten habe und lande fast auf dem Hosenboden. Aber nur fast.

Im letzten Moment fange ich mich und starre ihn an.

Jenson steht dicht vor mir, das Wasser umspült die Beine seiner Jogginghose. Tropfen sprenkeln sein Gesicht und sein kurzes Haar. Seine Augen wirken hier draußen im abendlichen Dunkel nicht mehr blau, sondern schwarz.

Er schluckt sichtlich. »Du darfst das nicht lesen«, sagt er dann nochmal und klingt dabei nicht minder entsetzt, als ich mich fühle.

Denn von einer Sekunde auf die andere kapiere ich, dass er derjenige ist, mit dem ich geschrieben habe.

Jenson ist der Fremde!

Auf einmal passt alles zusammen.

Wie er mir berichtete, dass es für ihn in der Liebe gerade gut aussähe, als das zwischen uns begann und wie er mir von seinem Rückschlag schrieb, kurz nachdem das mit uns in die Brüche gegangen war.

Gott, das macht alles einen Sinn.

Kurz, ganz kurz fühle ich mich wie die Prinzessin, die den Frosch küsst. Als würde ich gerade Zeugin von etwas Magischem werden, das ich schon verloren glaubte. Etwas, das mir zeigt, dass wir füreinander bestimmt sind, ganz egal, wie ungeschickt wir uns anstellen.

Dann jedoch wird mir klar, dass das totaler Unsinn ist.

Ich lebe in der Nähe von diesem Strand, er scheint hier zu trainieren, zumindest deuten seine Sportsachen darauf hin. Dass er meine Nachricht fand, war nichts als Zufall.

Sobald mir das klar ist, wird mir bewusst, dass ich nicht nur Jenson verloren habe – sondern auch meinen fremden Vertrauten aus den Botschaften.

»Ich verstehe«, sage ich matt. »Jetzt, wo du weißt, dass ich es bin, darf ich deine Briefe nicht mehr lesen.«

»Genau so ist es«, sagt er gepresst.

»Was hast du denn für ein Problem mit mir?!«, fahre ich Jenson an und meine Stimme klingt jetzt ebenfalls heiser. »Ich habe dir nie was getan! Nie!«

»Ich weiß«, bringt er sichtlich mühsam hervor. »Trotzdem, es geht nicht.«

Ich öffne den Mund, will etwas erwidern, was Wütendes, Spöttisches, etwas, das ihn genauso verletzt, wie mich sein Verhalten trifft. Aber ich bin ganz einfach sprachlos.

»Weißt du was?«, höre ich mich mit vor Zorn bebender Stimme sagen. »Schieb dir deine Flaschenpost einfach sonst wo hin. Du hattest Recht: Wenn man sich verhält wie du, steht man am Ende allein da, aber dann verdient man es auch nicht anders!«

Am Ende bricht meine Stimme, aber das will ich nicht. Ich will nicht, dass er meine Schwäche bemerkt. Also wende ich mich ab und setze mich in Bewegung; laufe eilig durch den Sand und halte meine Tränen mit aller Kraft, die ich noch habe, zurück.

Nicht weinen. Nicht wegen ihm, nie wieder. Das ist er nicht wert!

Ich mache meine Jacke zu, ziehe den Reißverschluss hoch bis unters Kinn. Doch ich höre nicht auf zu zittern. Immer und immer wieder sehe ich Jenson vor mir, verschlossen, unnachgiebig, so als wäre es das Wichtigste auf der Welt, dass ich diesen Brief nicht bekomme.

Er kann mir gestohlen bleiben. Ich will nur noch nach Hause, und damit meine ich nicht Grandpas Haus, denn das steckt schon jetzt voller Erinnerungen an eine Liebe, die am Ende alles nur noch schlimmer gemacht hat.

Ein Entschluss macht sich in mir breit. Ich nehme mir ein paar Tage frei und fliege nach Hause, zu meinen Eltern. Mom hat nächste Woche Geburtstag und wird sich freuen, wenn ich da bin. Und ich brauche den Abstand, muss weg von Kalifornien, von der nebligen Bay, der UC und dem Captain der Eagles, dem ich am liebsten niemals begegnet wäre.

JENSON

Mit einem dumpfen Gefühl stapfe ich durch den Sand zurück zum Strandhaus. Ich habe die Flasche, habe mein Gesicht gewahrt, doch ich habe nichts gewonnen. Im Gegenteil. Ich habe Kaylee noch mehr verletzt und das war das Letzte, was ich wollte.

Leichter Nieselregen setzt ein, aber ich spüre ihn kaum, genau wie die Kälte. In meinem Kopf höre ich nur immer wieder Kaylees Stimme.

Wenn man sich verhält wie du, ist man am Ende allein, aber dann verdient man es auch nicht besser.

Ich verstehe sie sogar. Aus ihrer Sicht habe ich mich wie der letzte Arsch benommen. Obwohl es keinen für sie nachvollziehbaren Grund dafür gibt, habe ich sie auf jede erdenkliche Weise aus meinem Leben gestrichen. Zuerst als meine Freundin, dann als meine Vertraute.

Ungläubig sehe ich auf die Flasche, die sich heute unnatürlich schwer in meiner Hand anfühlt. Ich hebe sie vor mein Gesicht und erkenne im blassen Mondlicht, dass etwas Wasser eingesickert ist. Im unteren Drittel beginnt sich das Papier schon aufzulösen, so als wollte das Schicksal meine endgültige Trennung von Kaylee noch untermalen.

Doch das ist Blödsinn. Es gibt kein Schicksal, es gibt nur richtige und falsche Entscheidungen; und diese hier fühlt sich mit jedem Schritt, den ich in Richtung Haus mache, falsch an.

Was tue ich denn hier? Ich sollte ihr nachlaufen, sie um Verzeihung bitten, ihr endlich alles erklären!

Aber mein Körper handelt wie von selbst und ich tue ganz einfach, was ich seit Jahren tue. Ich mache weiter, versuche wieder einmal, das, was war, zu verdrängen und nach vorne zu sehen.

Doch noch nie kam mir der Blick nach vorn so trostlos vor.

Ich bin Jenson Lawrence, baldiger Absolvent einer Ivy-League-Uni, Captain der Eagles ...

Drauf geschissen. Ich fühle mich wie ein Niemand ohne Kaylee.

Ich verlasse den Strand, wiege die Flasche in meiner Hand, frage mich, ob es das wert war und kenne die Antwort. Aber –

»Jenson!«

Ich bleibe stehen und schaue auf. Die Stimme, die hinter mir erklingt, erscheint mir fremd und doch vertraut. Ich habe sie seit Jahren nicht gehört, denn ich bin abgehauen, bevor er zurückkam. Aber ich erkenne ihn auf der Stelle und dass er hier ist, entfacht ein mieses Gefühl in mir.

Doch das lasse ich mir nicht anmerken. Ich bleibe gleichgültig, als ich mich umdrehe und meinen Vater entdecke, der mit wirren nassen Haaren unten am Strand steht und wie ein geprügelter Hund zu mir aufblickt.

»Jenson!« Er mustert mich noch einen Augenblick, dann kommt er mit schnellen Schritten auf mich zu. »Himmel, sieh dich an, aus dir ist ja ein wahrer Riese geworden!«

Ich mache einen Schritt zurück und blinzle, um die Bilder zurückzudrängen, die sein Auftauchen vor meinem inneren Auge entfacht. Sein ungläubiger Blick, als er in der Kabine auftauchte, seine hilflosen Gesten, als er den ganzen Vorfall kleinzureden versuchte.

»Bleib, wo du bist«, fordere ich ihn auf, weil ich fürchte, dass ich für nichts garantieren kann, wenn er näherkommt.

Mein Vater verlangsamt seine Schritte, bleibt auf halber Höhe der Böschung stehen und seine Schultern sinken herab. »Schon gut.«

»Was suchst du hier?«, will ich wissen. »Wie hast du mich gefunden?«

Er sieht zu mir auf und ich erkenne die tiefen Falten um seine Augen. Er ist alt geworden in den zwölf Jahren, die es her ist, dass ich ihn zum letzten Mal gesehen habe.

»Ich bin deiner Freundin gefolgt. Sie war zu Hause bei Mom und hat nach dir gefragt. Wir hatten die Hoffnung, dass sie dich vor uns aufspüren und uns zu dir führen würde.«

Ich gebe ein trockenes, ungläubiges Lachen von mir. Im Ernst? Meine eigenen Eltern haben sich an Kaylees Fersen geheftet wie Privatdetektive?

»Was hätten wir denn sonst machen sollen? Zu einem deiner Spiele kommen und dich vor deinen Mannschaftskollegen ansprechen?«, rechtfertigt sich mein Vater.

»Ihr hättet mich in Ruhe lassen sollen«, knurre ich und sehe ihn mir genauer an. Wie in meinen Erinnerungen trägt er einen Anzug, aber die Krawatte baumelt lose um seinen Hals, das Jackett ist knittrig und er wirkt unrasiert. Wie ein Mann auf der Flucht.

Dabei bin ich derjenige, der hier permanent davonläuft.

»Du hast mir nicht mal die Chance gegeben, mich bei dir zu entschuldigen«, sagt er.

Das stimmt. Sobald mir meine Mutter eröffnet hatte, dass sie sich mit ihm ausgesprochen hat, habe ich ein paar Sachen gepackt und bin verschwunden. Nach dem Abschluss wäre ich sowieso ausgezogen, so ging es eben schneller.

Abwehrend verschränke ich die Arme vor der Brust, wobei mir der befremdete Blick nicht entgeht, den mein Vater auf die Flaschenpost wirft.

»Was willst du?«, frage ich und wische mir den Regen aus dem Gesicht.

»Liegt das nicht auf der Hand, Jenson?« Er kommt einen Schritt näher. »Ich würde mich immer noch gerne bei dir entschuldigen. Ich habe in den letzten Jahren viel nachgedacht, viel gelesen, habe sogar mit Coach Sawyer gesprochen.«

Das ist der Moment, in dem mir die Flasche ganz einfach aus der Hand fällt. Sie prallt zu Boden und zerbricht klirrend in tausend Teile, aber das höre ich kaum.

»Du hast was«, sage ich mehr, als dass ich frage.

»Bitte bleib ruhig. Ich wollte nur meinen Fehler von damals wiedergutmachen.«

Mir ist total egal, was er wollte.

»Verpiss dich, ich will das nicht hören!«, fahre ich ihn an.

»Das solltest du aber.« Mein Vater kommt noch einen Schritt näher. »Sawyer sitzt mittlerweile im San Francisco County Jail, weil er mit einem anderen Jungen dasselbe gemacht hat. Ich wollte ihn dazu bringen, auch die Tat an dir zuzugeben, damit wir als Familie mit alldem abschließen können.«

Wieder lache ich, diesmal klingt es nicht tonlos, sondern fassungslos. »Was sollte er denn zugeben, Dad? Er hat doch nichts getan, das war doch alles in gegenseitigem Einverständnis, oder?!«

Er schüttelt den Kopf. »Bitte hör auf. Ich weiß selbst, dass ich damals einen Fehler gemacht habe.«

»Das ist etwas untertrieben!«

Er atmet hörbar durch, macht noch einen Schritt auf mich zu und hat jetzt fast den asphaltierten Grund erreicht, auf dem ich stehe.

»Lass es mich erklären, Jenson, so wie ich es deiner Mutter erklärt habe. Vielleicht kannst du mir dann ebenfalls verzeihen.«

Er sieht mir in die Augen und ich widerstehe dem Drang, einfach kehrtzumachen und die letzten paar Meter zum Strandhaus zu laufen. Ich kann dieses Gespräch ja doch nicht bis in alle Ewigkeit hinauszögern.

»Du brauchst nichts zu erklären«, sage ich kalt. »Ich war ein talentierter Spieler, er ein guter Trainer und du wolltest, dass ich mich weiter auf den Sport konzentriere. Darum sollte ich hinnehmen, was er getan hat – damit was aus mir wird. Tja, Überraschung, heute bin ich Captain.«

Ich spucke ihm das Wort fast entgegen, denn es hat einen bitteren Beigeschmack. Auch, wenn ich das vor ein paar Wochen noch anders gesehen hätte: Eishockey ist nicht alles.

»Das weiß ich natürlich und ich bin sehr stolz auf dich, aber du musst mir glauben, dass das damals nicht meine Beweggründe waren. Ich war ganz einfach feige, Jenson.« Immer noch sieht er mich fest an, während er die Arme hebt und sie gleich wieder fallen lässt. »Ich war zu feige, mir einzugestehen, dass ich die Anzeichen übersehen hatte. Zu feige, vor mir selbst zuzugeben, dass meinem Sohn etwas Furchtbares zugestoßen war und es nichts auf der Welt gab, das ich tun konnte, um es rückgängig zu machen. Deshalb verharmloste ich die ganze Angelegenheit und ich weiß heute, dass das grauenhaft war. Ich habe mich so falsch verhalten, wie ich es als Vater nur konnte, denn die Wahrheit ist, dass du unschuldig warst. Du kannst nichts für das, was Sawyer dir angetan hat, das konntest du nie, und das hätte ich dir klarmachen müssen. Dann hätte ich zu ihm fahren und ihn windelweich prügeln sollen. Und anschließend hätte ich ihn ins Gefängnis bringen müssen. Aber das habe ich nicht. Ich war ein Feigling und mir bleibt jetzt nur noch zu hoffen, dass du mir das irgendwann verzeihen kannst.«

Ich sehe ihn an, ohne etwas zu erwidern, ohne zu atmen oder auch nur zu blinzeln.

Was er da sagt, macht nichts ungeschehen, und doch verändert es etwas, auch wenn ich das nie gedacht hätte. Ich glaubte, mit meinem Vater fertig zu sein, ein für alle Mal. Doch jetzt spüre ich, wie sein Eingeständnis ein Gewicht von meinen Schultern nimmt. Ich spüre, wie sehr ich seine Worte von damals immer noch verinnerlicht hatte und wie nun langsam, aber sicher die Wahrheit zu mir durchdringt.

Dass ich verdammt nochmal nichts dafür konnte! Ich habe nicht mitgemacht, ich stand nur da und war wie erstarrt, denn ich war elf und er war ein erwachsener Mann.

»Scheiße«, murmle ich und wische mir über die Augen.

»Jenson.« Mein Vater streckt zögernd die Hand nach meiner Schulter aus, aber ich schüttle den Kopf und er lässt sie wieder sinken.

Es ist zu früh für sowas. Zwölf Jahre lassen sich nicht einfach ausradieren, und wenn seine Entschuldigung auch noch so aufrichtig auf mich wirkt.

»Es tut mir wirklich sehr, sehr leid«, sagt er erneut, leiser jetzt, doch in meinem Kopf drehen sich die Gedanken bereits weiter.

Ich gehe in die Hocke und klaube das nasse Papier aus den Scherben. Nachdenklich betrachte ich es, während mir Stück für Stück klar wird, was ich zu tun habe.

In den letzten Wochen habe ich auf die verschiedensten Arten versucht, mit meiner Vergangenheit abzuschließen, doch all meine Versuche waren halbherzig, und darum sind sie gescheitert. Auch ich war ein Feigling, aber ich will kein Jahrzehnt tatenlos verstreichen lassen wie mein Vater.

Es gibt da jemanden, dem ich sehr wehgetan habe, dabei wollte ich das nie.

Ich will Kaylee zurück, ich will sie an meiner Seite. Aber zuvor muss ich mit mir selbst ins Reine kommen. Und ich weiß auch, wie mir das gelingen kann.

»San Francisco County Jail, sagst du«, vergewissere ich mich.

»Was hast du vor?«, fragt mein Vater, auch wenn das eigentlich offensichtlich ist.

Ich muss Quinn Sawyer gegenübertreten, mit eigenen Augen sehen, dass er hinter Gittern sitzt und ihm zeigen, dass er mich nicht zerstört hat.

Dass ich nicht länger sein Opfer bin.

Auch wenn es mich Überwindung kostet, strecke ich die Hand aus und drücke kurz, aber fest die Schulter meines Vaters. »Fahr nach Hause. Ich werde ...«

Ich will ihm sagen, dass ich vorbeikomme, wenn die Zeit reif ist, dass wir in Ruhe über alles reden können und dass ich seine Entschuldigung zu schätzen weiß. Doch ich bin zu aufgewühlt.

Er scheint mich auch so zu verstehen, denn er nickt und wirkt ein wenig zuversichtlicher als noch vorhin. Dennoch liegt auch Sorge in seinem Blick. »Glaubst du wirklich, dass es eine gute Idee ist, hinzufahren? Soll ich nicht vielleicht mitkommen?«

Ich schüttle den Kopf, dann wende ich mich ab und gehe hinüber zu meinem Auto. Ich muss das erledigen, einen klaren Schlussstrich ziehen, und dann muss ich endlich mit Kaylee reden.

***

Tunnelblick. Darin war ich schon immer gut.

Ich verlasse Berkeley, durchquere Oakland und nähere mich der Bay Bridge, der einzigen direkten Verbindungsstraße nach San Francisco. Es wird noch mitten in der Nacht sein, wenn ich das Gefängnis erreiche und ich habe keine Ahnung, wie genau die Sache dann läuft. Ich habe noch nie jemanden im Knast besucht.

Sobald der Morgen anbricht, werde ich versuchen, zu Sawyer vorgelassen zu werden, einen Antrag stellen oder was auch immer dafür nötig ist.

Die Wärter werden wissen wollen, wer ich bin. Was sage ich dann? Mein Name ist Jenson Lawrence und ich wurde von Quinn Sawyer missbraucht?

Möglicherweise sollte ich diese Worte wirklich sagen, allerdings auf der nächsten Polizeistation. Ich weiß nicht, wie hoch sein Strafmaß ist, aber eine Aussage von mir würde es vielleicht erhöhen.

Es könnte dafür sorgen, dass dieser Drecksack sich nie wieder an irgendwem vergreift.

Kann ich das über mich bringen? Zur Polizei gehen und über alles reden? Es könnte hilfreich sein, Missbrauch von Minderjährigen verjährt meines Wissens nach nicht.

Ich weiß nicht, vielleicht später. Ein Schritt nach dem anderen.

Starr sehe ich geradeaus, während ich über den Grove Shafter Freeway jage. Ich sehe auf die schnurgerade Straße vor mir, auf der nachts nur noch wenige Fahrzeuge unterwegs sind. Ich male mir aus, wie ich morgen zu Kaylee fahre, stärker als je zuvor, und ihr endlich alles erkläre.

Noch immer fürchte ich, dass die Sache schiefgehen könnte, dass sie dann vielleicht nichts mehr von mir will. Aber immerhin wird es dafür sorgen, dass sie mein Verhalten versteht und sich nicht mehr so verletzt davon –

Scheinwerfer flackern auf, viel zu dicht neben mir auf der rechten Seite.

Eine Hupe ertönt und ich trete sofort auf die Bremse.

Scheiße, ich habe einen dunkelgrauen Pick-up übersehen, der sich vom Zubringer des Martin Luther King Junior Way auf meine Spur schiebt!

Der Fahrer hupt immer noch, ich bremse und versuche zugleich, auszuweichen. Hektisch sehe ich in den Außenspiegel, aber die Spur wechseln kann ich nicht, denn auf dem linken Fahrstreifen nähert sich ein Truck.

»Verdammter Mist«, presse ich zwischen zusammengebissenen Zähnen hervor, dann höre ich auch schon das metallische Kreischen, als die Beifahrerseite meiner Karosserie das Blech des Pick-ups streift.

Ich gerate ins Schlingern, der andere Wagen genauso, der Truck rollt wild hupend an uns vorbei.

Dann komme ich zum Stehen, schräg zwischen meiner Spur und dem Seitenstreifen. Der Pick-up-Fahrer bleibt gleichzeitig stehen, denn unsere Autos sind hoffnungslos ineinander verkeilt.

Das Kreischen der Bremsen verstummt und für einen Moment wird es ganz still.

Ich sitze da, mit hämmerndem Puls und umklammere das Lenkrad fest, um in meiner Frustration nicht dagegen zu schlagen und am Ende noch den Airbag auszulösen.

Das gibt es doch nicht. Das habe ich jetzt von meinem verdammten Tunnelblick!

Ich atme nochmal tief durch, dann steige ich aus meinem verbeulten Audi.

Ich fürchte, das wird so schnell nichts mit meinem Besuch im Knast.

KAPITEL 9

KAYLEE

Übers Internet habe ich mir einen Flug gebucht, die Maschine startet am frühen Morgen von San Francisco aus. Viel nehme ich nicht mit, nur ein paar saubere Sachen und meine Kulturtasche.

Ich mache meinen kleinen silberblauen Koffer zu, hebe ihn vom Bett und sehe nochmal in den Schrank, dann verlasse ich das Schlafzimmer und gehe runter in die Diele. Kurz spielt mir mein verräterisches Gedächtnis dabei eine Szene vor, die ich am liebsten vergessen würde. Ich sehe Jenson und mich an unserem ersten gemeinsamen Abend, wie er mich ins Wohnzimmer getragen hat und spüre die warme Berührung seiner Hände an meinen Oberschenkeln, als wäre sie kaum ein paar Sekunden her.

Ich schiebe die Erinnerung fort, denn sie bringt mir nichts, sie läuft ins Leere, so wie alles, das zwischen Jenson und mir war. Was übrig ist, sind nur Enttäuschung und unbeantwortete Fragen, und nach heute Nacht bin ich mir sicher, dass ich auch keine Antworten mehr bekommen werde. Damit muss ich mich abfinden.

Wenn ich zurückkomme, werde ich von Neuem beginnen, wieder mal. Und in der Zwischenzeit werde ich tun, was nötig ist, um meine Gefühle für Jenson loszulassen.

Mit diesem Entschluss verlasse ich das Haus, gehe zu meinem Wagen und hieve mein Gepäck in den Kofferraum. Dann steige ich ein und sehe ein letztes Mal in den Außenspiegel, blicke auf das Haus, das angefüllt ist mit Erinnerungen an uns beide. Daran, wie seine Küsse schmeckten, daran, wie sein Lachen sich anfühlte, wenn sein Atem dabei meine Haut streifte ...

Ich verstaue die Bilder ganz tief in mir und nehme mir vor, das Haus nach meiner Rückkehr umzugestalten, ihm meine persönliche Note zu verleihen. Das wird helfen. Doch zuerst ist jetzt eine Auszeit angesagt. Ich starte den Motor, fahre los in Richtung Flughafen, drehe das Radio an und suche nach einem Sender, der keine Liebeslieder spielt. *Cheerleader* erklingt und ich denke an meine Mädels.

Dass ich sie hängen lasse, tut mir total leid, denn morgen steht das nächste wichtige Match an. Ich hoffe, sie nehmen es mir nicht allzu übel, denn ich möchte auf jeden Fall weiter dabei sein. Das werde ich mir von Jenson nicht versauen lassen, und wenn er nach meiner Rückkehr immer noch meint, mich wie eine Aussätzige behandeln zu müssen, soll er sich doch ein anderes Team suchen. Ich mache das ganz sicher nicht.

Toll, ich denke ja schon wieder an ihn.

Kurzerhand drehe ich das Radio lauter, lasse mir von Popmusik in voller Lautstärke das Hirn freiblasen. Vermutlich wecke ich halb Berkeley auf, und auf meinem Weg zum Flughafen danach auch noch halb Oakland.

Entnervt schüttle ich den Kopf über mich selbst, mache die Musik wieder leiser und nehme mir vor, mich nicht rücksichtslos zu benehmen, nur weil ich sauer und verletzt bin.

Ich bringe den Rest der Innenstadt halbwegs leise hinter mich, dann biege ich auf den Freeway ab. Um zum Flughafen zu gelangen, muss ich gleich noch über die Bay Bridge, dann bin ich schon fast da.

Als ich mich der Brücke nähere, zieht ein leichter Nebel auf, wie er typisch ist für die Bucht von San Francisco. Ich werde langsamer, denn ich will jetzt auf keinen Fall einen Unfall bauen. Das würde mir gerade noch fehlen.

Wie um meine Gedanken zu bestätigen, flackert ein paar hundert Meter weiter auf einmal Blaulicht vor mir. Zuerst erkenne ich es durch den Nebel kaum, dann wird es deutlicher und ich kann auf der rechten Seite eine Unfallstelle ausmachen. Ein Abschleppwagen ist schon dabei, einen dunkelgrauen Pick-up aufzuladen, dessen linke Seite ziemlich verbeult ist.

Ich werde noch langsamer und erkenne Polizisten in Jacken mit Reflektorstreifen. Einer lenkt den dünnen Verkehr routiniert an der Unfallstelle vorbei, ein anderer nimmt gerade die Aussage eines wild gestikulierenden Mannes auf. Ein zweiter Wagen steht auf dem Seitenstreifen, dahinter ein Polizeiauto mit Blaulicht.

Sicher war der Nebel schuld, dass es dort gekracht hat. Glücklicherweise scheint nicht viel passiert zu sein, einen Krankenwagen sehe ich zumindest nirgends. Gerade will ich auf die linke Spur ausweichen, wie es der Cop mit seiner Kelle fordert, als mir etwas auffällt, das mich, auch wenn der Unfall harmlos scheint, bis ins Mark erschreckt.

Der zweite Unfallwagen – es ist ein Audi. Ich erkenne das Kennzeichen. Es ist Jensons Wagen!

»Was zur ...«, höre ich mich selbst murmeln, rede aber nicht weiter. Mein Puls beschleunigt sich, mein Blick irrt einen Moment lang umher, voller Sorgen und böser Befürchtungen.

Dann entdecke ich ihn.

Jenson sitzt auf der Leitplanke, noch in denselben Trainingssachen, die er vor ein paar Stunden am Strand trug, und spricht in sein Handy. Mein erster Gedanke ist total irrational: Die Sachen sind doch nass, er wird sich noch erkälten!

Dann denke ich klarer.

Was um alles in der Welt hat es zu bedeuten, dass er hier ist?

Ganz automatisch, ohne dass ich etwas dagegen tun könnte, setze ich den Blinker und fahre kurz nach der Unfallstelle rechts ran.

Sofort kommt einer der Polizisten zu mir, ich lege die Hände ans Lenkrad und lasse erst auf das Zeichen des Beamten hin die Scheibe runter, wie man es bei einer Verkehrskontrolle tun soll.

»Miss.« Eine Taschenlampe leuchtet mir ins Gesicht. »Ich muss Sie bitten, die Unfallstelle zu räumen.«

»Das ist mein Freund«, sage ich schnell und ohne nachzudenken.

»Bitte, Miss?«

Ich drehe den Kopf und sehe den Cop, einen jungen, freundlich wirkenden Mann mit kurzgeschorenem Afrohaar, an. »Der Fahrer des Audis, Mister Lawrence, ist mein Freund. Ich ... wollte ihn abholen.«

Der Cop mustert mich noch kurz, dann nickt er, wenn auch leicht konfus. »Verstehe. Nun, er hat seine Aussagen zum Unfallhergang bereits gemacht.«

»Kann ich ... kann ich zu ihm?«, frage ich und versuche dabei, meinen Puls wieder unter Kontrolle zu bringen.

»Ich möchte nicht, dass Sie hier auf der Straße herumlaufen, Miss ...«

»Brennan«, sage ich schnell. »Kaylee Brennan. Wollen Sie meine Papiere sehen?«

»Lassen Sie mal stecken, Miss Brennan. Ich schicke Ihren Freund zu Ihnen rüber. Sie können ihn mitnehmen. Er hat heute Nacht wirklich Glück gehabt, bläuen Sie ihm bloß ein, dass er in Zukunft vorsichtiger fahren soll.«

Kurz lächelt der Cop mir zu, dann entfernt er sich von meinem Auto und lässt mich mit meinem wild stolpernden Herzen zurück.

Zuerst denke ich, es ist die Sorge um Jenson, die meinen Puls so rasen lässt. Doch dann wird mir klar, dass es an etwas anderem liegt – der Tatsache, dass wir uns schon wieder begegnen. Als wollte das Schicksal einfach nicht zulassen, dass sich unsere Wege trennen.

Zuerst haben wir einander im echten Leben gefunden. Dann per Flaschenpost. Und jetzt begegnen wir uns zum dritten Mal, mitten in der Nacht auf der Straße zwischen Oakland und San Francisco.

Das kann langsam wirklich kein Zufall mehr sein.

Nervös sehe ich in den Rückspiegel. Es dauert einen Moment, aber dann taucht Jenson auf. Im Schein des flackernden Blaulichts kommt er von hinten auf mein Auto zu. Er wirkt ein bisschen lädiert – das Haar klebt ihm feucht in der Stirn und auf seinem Gesicht liegt ein Ausdruck, der so verwundert ist, dass ich in einer anderen Situation vielleicht lachen müsste.

Er beschleunigt seine Schritte und kurz bevor er am Heck meines Autos aus meinem Sichtfeld verschwindet, um zur Beifahrerseite zu gehen, kann ich in seine Augen sehen.

Was ich darin erkenne, ist weder Gleichgültigkeit noch Abneigung.

Es ist eine Sehnsucht, die dafür sorgt, dass meine Hoffnung von Neuem erwacht.

Es stimmt nicht, dass ich nicht sein Typ bin. Es stimmt nicht, dass er nichts mehr von mir wissen will. Doch mir ist klar, dass es hinter alldem eine Wahrheit gibt. Und die will ich jetzt endlich erfahren.

JENSON

Kaylee ist hier.

Ich verstehe nicht, woher sie von dem Unfall weiß und für einen Moment kommt sie mir wie ein Geist vor. Doch als ich die Beifahrertür öffne und zu ihr in den Wagen steige, nehme ich sofort ihren süßen Kirschduft wahr und kapiere, dass sie wirklich neben mir sitzt.

»Hi«, sage ich, dennoch ziemlich fassungslos, und sehe sie an.

Sie blickt nach vorn. »Was ist passiert?«

Ihre Stimme bebt, ich weiß nicht, ob vor Sorge oder weil sie mühsam versucht, neutral zu klingen.

»Nichts Schlimmes«, sage ich schnell, denn sie soll sich auf keinen Fall Gedanken machen. »Ich war unaufmerksam und habe den anderen Wagen übersehen. Glücklicherweise haben wir beide gebremst, bis auf einen Blechschaden ist nichts geschehen.« Immer noch sehe ich sie an, sie mich jedoch nicht. Ich schüttle den Kopf und frage: »Wie hast du davon erfahren?«

»Gar nicht. Ich war auf dem Weg zum Flughafen und kam zufällig vorbei.«

Ihre Worte versetzen mir einen Stich. Wieso will sie zum Flughafen?

»Ich fliege nach Hause«, sagt sie, als hätte sie meine Gedanken gehört. »Meine Mom hat am Freitag Geburtstag.«

Aber das ist noch fast eine Woche hin und ich wollte doch mit ihr über alles reden, wenn ich die Sache mit Sawyer geklärt habe und ...

Nein.

Ich denke schon wieder in die falsche Richtung, das wird mir spätestens jetzt bewusst. Mein Plan war es, reinen Tisch zu machen und die Sache mit ihr wieder geradezubiegen, und das muss ich tun, bevor sie nach New York verschwindet.

So einfach ist das. Und doch so kompliziert.

»Kaylee, ich ...« Ich räuspere mich, denn meine Stimme droht zu versagen. »Können wir reden?«

»Klar«, sagt sie ein bisschen zu schrill und funkelt mich an. »Ich will schon die ganze Zeit mit dir reden,

Jenson! Du bist derjenige, der mir immer wieder ausweicht!«

Tränen glänzen in ihren Augen und zeigen mir deutlicher denn je, was ich mit ihr gemacht habe. Es war falsch, sie so in der Schwebe zu halten, sie von mir wegzustoßen, wann immer es nur ging.

Ich schlucke, dann sage ich den ersten Satz, der mir auf der Seele brennt, denn er ist der wichtigste von allen. »Es tut mir leid, dass ich dir wehgetan habe.«

Abwartend sieht sie mich an, hält dabei Abstand zu mir und das Schweigen zwischen uns wird binnen Sekunden überlaut.

Ich hole Luft, sehe Kaylee fest in die Augen und fahre fort: »Es war eine Lüge, dass du nicht mein Typ bist. Du hast mich von der ersten Sekunde an total umgehauen und ich wollte das mit uns mehr als alles andere. Ich will es immer noch.«

Sie presst die Lippen aufeinander, die viel blasser aussehen als sonst, scheint auf ein Aber zu warten, doch von mir wird keins kommen.

Stattdessen sage ich: »Es ist auch nicht so, dass es mich stört, dass du diejenige warst, mit der ich mir die ganze Zeit geschrieben habe. Im Gegenteil, das war vielmehr ... Auf einmal passte alles zusammen.«

Sie sieht weg, nickt jedoch leicht und ich vermute, dass sie dasselbe empfindet wie ich. Das Gefühl, dass es endlich Sinn macht, wie verbunden sie sich mit dem Schreiber der Flaschenpost gefühlt hat.

Es waren die ganze Zeit wir beide, immer nur wir.

Ich greife in meine Hosentasche, taste nach dem zerknüllten Blatt. Dem letzten Brief. Dann atme ich wieder tief ein und zwinge mich, weiterzusprechen.

»Alles, was ich dir geschrieben habe, stimmte. Dass ich noch vor wenigen Wochen überzeugt war, dass ich nie eine richtige Beziehung führen werde. Bis ich dich traf und du einfach alles verändert hast. Ich wollte das mit uns mehr als alles andere, Kaylee. Ich wollte es unbedingt, und zwar mit allen Konsequenzen. Aber dann kam dieser eine Abend, an dem wir miteinander schlafen wollten und ...«

»Was?«, fragt sie nach einem Moment und ihre Stimme ist mehr ein Schluchzen als alles andere. Sie sieht zu mir herüber und ich sehe die Tränen, die über ihre Wangen laufen.

Der Anblick trifft mich wie eine Ohrfeige. Ich greife nach ihrer Hand, aber sie entzieht sie mir.

»Was ist an dem Abend passiert? Ich zerbreche mir die ganze Zeit den Kopf darüber, aber ich kapiere es einfach nicht. Wieso bist du plötzlich abgehauen und warum warst du danach so kalt zu mir? Hast diese Lügen verbreitet, dass ich nicht zu dir passen würde?«

»Weil ich Angst hatte, dich zu enttäuschen.«

»Mich *durch was* zu enttäuschen, Jenson?« Sie sieht mich an, ihre Augen wandern an mir herauf und herab und sie scheint absolut nichts zu entdecken, das eine Ernüchterung für sie sein könnte.

Noch nicht.

Ich drehe mich zu ihr herum und beschließe, es ihr jetzt einfach zu sagen, schnell und schmerzlos, so wie ein Splitter am wenigsten wehtut, wenn man ihn im Ganzen zieht.

»Dadurch, dass ich nicht in der Lage bin, mit dir zu schlafen, weil ich in Panik gerate, wann immer es bei mir unter die Gürtellinie geht. Weil ich ... als ...«

Meine Stimme versagt, das war abzusehen, aber ich werde jetzt nicht aufgeben.

»Ich wurde als Elfjähriger von meinem damaligen Eishockeytrainer missbraucht«, sage ich und schaffe es, Kaylee dabei immer noch anzusehen. »Deswegen habe ich Probleme mit Sex und ich hatte Angst, dir das zu sagen, weil ich nicht wollte, dass du mich für einen Schlappschwanz hältst.«

Kaylee starrt mich an, ihre Augen sind voller Entsetzen.

Einen Moment lang sagt keiner von uns was und es kommt mir vor, als ob wir beide nicht mal atmen.

Dann, wie in Zeitlupe, streckt sie ihre Hand aus und schiebt sie in meine. Und während ich die Wärme ihrer Haut zu spüren beginne, öffnet sie endlich den Mund, um etwas zu erwidern.

KAYLEE

Im ersten Moment kann ich gar nicht atmen. Was Jenson mir erzählt hat, drückt wie ein schweres Gewicht auf meine Brust. Mir ist eiskalt vor lauter Entsetzen und wenn ich mir auch nur ansatzweise ausmale, was ihm angetan wurde, wird mir schlecht.

Ich öffne den Mund, doch da sind zu viele Worte zugleich, die ich sagen möchte. Sie verschließen meine Kehle und ich bringe kein einziges heraus.

Wie konnte er nur glauben, dass ich ihn weniger mögen würde, wenn er mir erzählt, was ihm zugestoßen ist? Wie konnte er glauben, dass ich ihn allein damit lasse?

Schließlich schaffe ich es, etwas Luft in meine Lungen zu zwingen, und endlich bringe ich auch eine Antwort hervor.

»Du Idiot«, flüstere ich und es tut mir sofort leid, denn das ist vermutlich das Letzte, was man in einer solchen Situation sagen sollte. Aber ich bin nicht in der Lage, mir um richtige und falsche Antworten Gedanken zu machen.

Mit zitternden Fingern drücke ich seine Hand, die nicht weniger eisig ist als meine.

»Sowas darfst du nicht denken«, sage ich. »Wenn du auch nur ansatzweise wüsstest, was ich für dich fühle, dann wäre dir klar, dass ...« Ich breche ab, lache kurz und heiser, ehe ich neu ansetze: »Noch nicht mal, als du dich wie ein Oberarsch verhalten hast, haben sich meine Gefühle für dich geändert, Jenson. Da ändern sie sich ganz bestimmt nicht, wenn du mir erzählst, was dir als Kind zugestoßen ist.«

Er schaut mich an, seine Augen reflektieren den Widerschein des Blaulichts. Sein Blick ist irgendwie prüfend und im ersten Moment liegt sogar ein gewisses Misstrauen darin, doch es verblasst rasch, als meine Worte ihn erreichen.

Ich möchte noch was sagen, etwas, das meine Worte bekräftigt, aber – Gott. Ich muss erstmal richtig verstehen, was er mir da gerade erzählt hat. Mein Verstand hat es kapiert, mein Körper reagiert bereits darauf, doch in meine Seele dringt es nur ganz langsam vor und löst dort ein Entsetzen aus, das ich so noch nie gefühlt habe. Ich habe bisher nie jemanden gekannt, dem sowas angetan wurde. Ich kann mir nicht vorstellen, wie schrecklich es sein muss, wenn man auf diese Weise benutzt wird und das auch noch von einer Person, zu der man aufschaut, die man kennt, die man vielleicht sogar mag.

»Was für ein ... was für ein widerlicher Mistkerl«, bringe ich hervor, und etwas Seltsames geschieht.

Jenson lächelt, wenn auch nur leicht. Halb, so wie ich es von ihm kenne und jetzt endlich verstehe.

»Er sitzt im Knast«, sagt er, dreht den Kopf weg und wischt sich mit der freien Hand verstohlen eine Träne aus dem Augenwinkel.

Das ist gut, immerhin. Aber es macht nicht ungeschehen, was er Jenson angetan hat.

»Es ... es tut mir leid, dass ich ... Ich weiß nicht, was ich sagen soll«, gebe ich zu.

»Ist schon gut, das wüsste ich an deiner Stelle wahrscheinlich auch nicht.« Jenson schweigt kurz und sieht immer noch nach vorn, während er fortfährt: »Wenn du erstmal Abstand willst, in Ruhe nachdenken, dann verstehe ich das.«

Ich rücke ein Stück näher zu ihm, lege meine Hand auf seine kratzige Wange und drehe sein Gesicht zu mir. Es gäbe hundert Dinge, die ich jetzt sagen sollte, Beteuerungen, Verwünschungen, Versprechungen.

Doch was ich am Ende zustande bringe, sind nur sechs Worte. Sechs Worte, die hoffentlich reichen, um Jenson klarzumachen, was ich empfinde.

»Ich will mit dir zusammen sein«, sage ich.

Er sieht mir in die Augen, lange und tief und sein Blick fühlt sich wie eine Berührung an, so nah, dass meine Sehnsucht nach ihm noch größer wird.

Ihm scheint es nicht anders zu gehen, denn schließlich überbrückt er die Distanz zwischen uns, ich schließe die Augen und seine Lippen finden meine, beantworten meine Worte mit einem Kuss.

Dem ersten, seit er an jenem Abend vor mehr als einer Woche aus meinem Haus verschwand. Dem ersten, bei dem rein gar nichts mehr zwischen uns steht.

Ich schlinge meine Arme um seinen Hals, gebe mich seinem Kuss ganz hin und spüre, wie sich eine neue Art von Vertrauen zwischen uns aufbaut. Die Gewissheit, dass er mein Neuanfang ist.

Er ist meiner und ich bin seiner.

Atemlos löse ich meine Lippen von seinen und lege meine Stirn an seine. »Machen wir es, wie wir es uns in der Flaschenpost versprochen haben«, sage ich leise. »Geben wir der Liebe eine Chance.«

Jenson lacht dieses leise Lachen, das mir so gut an ihm gefällt. Diesmal klingt es unendlich erleichtert. »Ich hätte nie gedacht, dass du es bist«, gibt er zu.

»Was? Deine Brieffreundin?«

»M-hm«, macht er und sieht mich noch einen Moment lang ungläubig an. Dann beugt er sich zu mir vor und drückt einen weiteren, zärtlichen Kuss auf meine Lippen, der so viel mehr sagt, als es Worte könnten. Der mir zeigt, wie nah wir einander sind und wie viel besser wir uns fühlen, wenn wir zusammen sind. Vor allem jedoch eines: *Nein, nicht meine Brieffreundin. Meine Hoffnung.*

JENSON

Kaylee fliegt nicht nach New York. Sie bietet mir an, bei ihr zu übernachten, aber ich will, dass sie endlich sieht, wie und wo ich wohne. Keine Heimlichkeiten mehr, das nehme ich mir fest vor, denn mir ist klar, dass ich das Ruder heute Nacht gerade noch herumgerissen habe.

Während wir zum Strandhaus fahren, schießt mir immer wieder derselbe Gedanke durch den Kopf: Sie weiß es. Und sie sieht mich nicht anders an als vorher.

»Hier ist es«, sage ich, als ich den Wagen jenseits der Promenade abstelle.

Kaylee mustert das große, aber windschiefe Haus und lächelt. »Sieht gemütlich aus.«

»Es ist okay«, sage ich und sehe mich kurz um, doch mein Dad ist zum Glück nicht mehr hier.

Ich werde mit ihm reden, mit ihm und meiner Mutter, aber nicht mehr heute. Der Rest der Nacht gehört nur Kaylee und mir.

Wir steigen aus, ich ziehe sie in meinen Arm und nehme sie mit ins Haus. Es ist mitten in der Nacht und die anderen schlafen bereits. Wir lassen unsere Schuhe unten stehen und steigen leise die Treppe hinauf. Kaylee lehnt an mir und es fühlt sich unendlich gut an, sie wieder bei mir zu haben. Sie und nicht nur ihre Worte.

Wir betreten mein Zimmer und Kaylee sieht sich um. Ihr Blick fällt auf die uralte Blumentapete und sie grinst leicht.

»Guter Geschmack, ich muss schon sagen.«

Ich deute auf das weiße Holzbett. »Das hatte eigentlich noch einen Himmel, den habe ich allerdings abgebaut.« Ich zucke mit den Schultern. »Noch vor ein paar Wochen war das hier ein Mädchenzimmer.«

»Ich finde es gemütlich«, sagt Kaylee und löst sich von mir. Sie schlendert am Schreibtisch vorbei, wo die Briefe liegen, die ich von ihr bekommen habe. Ich habe sie oft gelesen in den letzten Tagen.

Kaylee bleibt dort stehen und überfliegt die Zeilen.

Ich nähere mich ihr, schließe von hinten meine Arme um ihren schlanken, anschmiegsamen Körper. »Mir ist die Flasche kaputtgegangen«, gebe ich zu.

»Ich schätze, wir brauchen sie nicht mehr«, sagt sie leise, legt ihre Hände auf meine und lehnt sich an meine Brust.

Einen Moment lang stehen wir nur so da, lauschen dem Meeresrauschen, das durchs Fenster zu uns hereindringt und sehen hinunter auf das dicht beschriebene Papier. Immer wieder tauchen dort dieselben Worte auf: Vertrauen. Hoffnung. Liebe.

Ich küsse Kaylee aufs Haar.

»Wollen wir schlafen gehen?«, fragt sie leise.

Ich sehe auf die Uhr. In zwei Stunden geht die Sonne auf. »Ja. Legen wir uns hin.«

Kaylee lächelt, dann geht sie zum Bett und zieht auf dem Weg dorthin Jacke und Pulli aus. Anschließend schlüpft sie auch aus ihren Jeans und obwohl ihre roséfarbene Unterwäsche schlicht ist, sieht sie unendlich sexy darin aus. Sie krabbelt unter die Decke, sieht mich an und fragt: »Kommst du?«

Auch ich ziehe mich aus bis auf die Shorts, dann lege ich mich zu ihr.

Ich ziehe sie in meinen Arm, sie legt den Kopf auf meine Brust und ihre Hand streichelt meinen Bauch.

Ihre Lippen hauchen einen Kuss auf meine Schulter. »Es fühlt sich so gut an, wieder bei dir zu sein«, sagt sie leise.

»Ja. Das geht mir genauso.« Ich sehe an die Decke, fühle Kaylees weichen, sinnlichen Körper nah an meinem und lasse meine Finger ebenfalls auf Wanderschaft gehen. Ich streichle über ihre Hüfte, ihren Oberschenkel, der quer über meinen Beinen liegt …

Einen Moment schweigen wir beide und ich atme tief ihren Duft ein. Dann richtet sie sich ein winziges Stück auf, ihre schulterlangen Strähnen kitzeln meinen Hals und ihre Lippen nähern sich meinen. Ich zögere nicht länger – ich greife in ihr blondes Haar und küsse sie heftig. Es hat mir gefehlt, sie zu küssen. Sie zu schmecken. Und als sie meinen Kuss mit einem leisen Keuchen erwidert, wird mir klar, dass es ihr ganz genauso geht.

Ich drehe mich ein Stück zu ihr um, sie rutscht näher an mich heran und ich streichle über ihre Taille, über ihren Po.

In meinen Lenden beginnt es zu zucken.

»Jenson«, flüstert Kaylee atemlos und hört für einen Moment auf, mich zu küssen.

Ich sehe sie an, ebenfalls nach Luft ringend.

»Hör zu«, sagt sie leise. »Ich glaube, du …« Sie schluckt. »Du merkst, wie sehr ich dich will. Aber lass uns nichts überstürzen. Schritt für Schritt, okay?«

Ich sehe sie an, streiche ihr das Haar von der Wange. Mir ist klar, dass noch ein großes Stück Weg vor mir liegt, bis ich diesen ganzen Mist wirklich hinter mir habe.

»Ich kann warten«, flüstert Kaylee.

»Sicher?«

Sie lacht leise. »Natürlich.« Damit küsst sie mich wieder und während unsere Zungen einander umspielen, fahre ich mit der Hand langsam hinauf zu ihrem BH.

Ich denke daran, wie gut sich ihre weichen, warmen Brüste beim letzten Mal in meinen Händen angefühlt haben und zögere nicht, sie aus den Körbchen zu befreien.

Kaylee dreht sich auf den Rücken und ich beuge mich über sie, betrachte sie einen Moment lang. Wie sie unter mir liegt, schwer atmend, vertrauensvoll.

Ich sehe auf ihre Brüste, nehme sie dann in meine Hände und beginne sie sanft zu streicheln. Kaylee drückt das Kreuz durch, ich lasse meine Daumen über ihre Brustwarzen kreisen und es erregt mich, als sie unter meiner Berührung hart werden.

Dann beuge ich mich zu Kaylee runter, und während sie ihre Finger in meinem Haar vergräbt, beginne ich, ihre Brüste mit dem Mund zu verwöhnen. Es fühlt sich unglaublich an, ihr so nahe zu kommen und ich rutsche Stück für Stück tiefer.

Als meine Lippen den Saum ihres Slips erreichen, beginnt sie sich unter mir zu winden und als ich ihr schließlich das Höschen ausziehe, treibt mich ihr leises, überraschtes Stöhnen in den Wahnsinn.

Ich atme tief ein und ihr Duft durchdringt mich.

»Jenson ... willst ... bist du ...«

Ja, ich bin mir sicher. Mehr als das. Anstatt ihr eine Antwort zu geben, spreize ich ganz behutsam ihre

Schenkel, dann senke ich meinen Mund auf ihre Mitte und mein Schwanz pocht beinahe schmerzhaft, als ihre Feuchtigkeit meine Lippen benetzt.

Ich lasse meine Zunge auf Wanderschaft gehen, schmecke ihre empfindlichste Stelle, rutsche ein Stückchen tiefer und dringe schließlich sanft mit der Zunge in sie ein.

Ihre Hand krallt sich in mein Haar, sie wirkt völlig überrumpelt, aber ihre abgehackten Atemstöße zeigen mir, dass ihr gefällt, was ich hier tue.

Ich lege meine Hände an ihre Beine, fühle ihre warme Haut unter meinen Fingern und verwöhne sie weiter, indem ich mit meiner Zunge immer wieder in sie dringe.

Lange hält sie es nicht aus.

Aus ihren kurzen, schnellen Atemzügen wird ein unterdrücktes Stöhnen, sie reckt sich mir entgegen. Meine Hände wandern auf ihren Po und ich halte sie fest, während ich meine Zunge ein letztes Mal in sie gleiten lasse. Dann beginnt ihr Unterleib zu pulsieren und ich drücke einen sanften Kuss auf ihr Schambein, während der Orgasmus ihren ganzen Körper beben lässt.

Noch nie hat es sich so gut angefühlt, eine Frau zu befriedigen, denn dies hier ist das erste Mal, dass ich wirklich verliebt in diejenige bin, mit der ich ins Bett gehe. Das erste Mal, dass ich wirklich mehr von ihr will, mit jeder Faser meines Körpers.

Ich rutsche zu Kaylee hinauf, sie zieht mich an sich und sobald sie wieder halbwegs atmen kann, verschmelzen unsere Lippen zu einem langen, leidenschaftlichen Kuss, der sich wie ein Versprechen anfühlt.

Schritt für Schritt kann verdammt sexy sein. Und ich glaube, heute Nacht genießen wir beide jede Sekunde davon.

KAYLEE

In seinen Armen zu liegen ist so schön, dass ich am liebsten bis nächste Woche mit ihm im Bett bleiben würde. Ich habe meinen Slip wieder angezogen, er trägt nur seine Shorts. Wir sind so gut wie nackt und überall dort, wo meine Haut seine berührt, fühlt es sich einfach nur gut an. Seine muskulösen Arme halten mich fest, mein Kopf ruht an seiner kräftigen Brust.

Wirklich schlafen kann ich nicht, dafür gehen mir zu viele Dinge durch den Kopf.

Auf der Heimfahrt hat er mir den Rest der Geschichte erzählt – wie seine Familie damals mit dem Vorfall umgegangen ist und auch, dass sich sein Vater letzte Nacht bei ihm entschuldigt hat.

Er hat auch angedeutet, dass er zur Polizei gehen will, doch ganz egal, ob er sich dafür oder dagegen entscheidet, ich werde an seiner Seite sein. Ihm immer dann, wenn er an sich zweifelt, klarmachen, dass er so oder so als Sieger aus dieser schrecklichen Sache hervorgegangen ist. Er hat sich nicht unterkriegen lassen, und auch wenn er in manchen Momenten Wut, Trauer oder

Scham empfindet: Er ist nicht zerbrochen. Und das ist das Wichtigste.

Für mich ist er einer der stärksten Menschen, die ich je kennengelernt habe und ich bin stolz, ihn an meiner Seite zu haben.

Behutsam küsse ich seine Brust und lächle, als er nicht darauf reagiert. Er soll bloß noch ein paar Stunden schlafen. Es ist Samstag und fürs Match heute Abend muss er schließlich fit sein.

Ich bleibe bei ihm liegen, mit geschlossenen Augen und genieße jede Sekunde, jeden Zentimeter seiner Nähe, bis ihn irgendwann, als es draußen schon hell ist, das Klingeln seines Handys hochschrecken lässt.

»Shit, wie spät ist es?«, fragt er schläfrig.

»Halb elf«, sage ich, setze mich auf und hangle nach seiner Hose. Dann halte ich ihm sein vibrierendes Smartphone hin.

Jenson hat sich ebenfalls aufgerichtet, die Decke ist ihm bis auf die Hüften gerutscht. Mit gerunzelter Stirn sieht er aufs Display und beeilt sich, ranzugehen.

»Coach? ... Ja, ich bin wach.«

Er lauscht eine Weile, aber ich kann die Worte seines Trainers nicht verstehen. Jensons besorgter Blick verrät mir jedoch, dass es keine positiven Neuigkeiten zu geben scheint.

»Ja, verstehe. ... Klar. ... Ja, das mache ich. Bis später dann.«

Damit legt er auf und schließt für einen Moment die Augen, so als müsste er sich erstmal orientieren.

»Shit«, sagt er dann. »Einer der Cops gestern war ein ehemaliger Eagle. Coach Ridley hat von meinem Unfall gehört.«

Ich schüttle leicht den Kopf, weil ich nicht ganz verstehe, was er mir damit sagen will.

Er sieht mich an und sein Blick wirkt finster. »Er hat mich angerufen, um mir zu sagen, dass er sich Sorgen macht. Erst die Schlägerei mit Matt, jetzt das. Er ist sich nicht sicher, ob ich das Match heute Abend packe.«

Oh nein. Das klingt, als stünde er kurz vor einer erneuten Suspendierung, und das darf auf keinen Fall passieren. Das Spiel heute ist wichtig und ich glaube, für Jenson ist es nicht nur von sportlicher Bedeutung, daran teilzunehmen. Wenn man beschließt, nach vorn zu blicken, sollte es nicht gleich einen Rückschlag geben.

»Was hast du jetzt vor?«, frage ich.

»Er will heute Nachmittag vor dem Aufwärmen unter vier Augen mit mir reden, aber ich schätze, ich sollte mit dem ganzen Team sprechen. Sie alle müssen wissen, dass ich wieder voll da bin, sonst wird das heute Abend nichts.«

»Das machst du ihnen schon klar.« Zuversichtlich lächle ich ihn an.

Egal, was heute Nachmittag noch passiert. Zusammen kriegen wir das hin.

JENSON

Das Match heute Abend ist ein Heimspiel. Kaylee und ich fahren kurz vor Einbruch der Dämmerung gemeinsam zur Uni. Vor dem Gang zu den Umkleiden drückt sie mir einen festen Kuss auf den Mund, dann lässt sie ihre Lippen über meine Wange zu meinem Ohr gleiten und flüstert: »Zeig ihm, dass du es draufhast, Captain.«

Damit lässt sie mich los und lächelt mich zuversichtlich an.

»Das werde ich«, verspreche ich.

Dann gehe ich los in Richtung Umkleide, durchquere den schmalen Kabinengang und halte vor der Tür nochmal inne.

Dahinter kann ich ihre gedämpften Stimmen hören und ich mache mir bewusst, wie wichtig die Eagles für mich sind. Ich will unbedingt ihr Captain bleiben.

Ich straffe die Schultern, richte mich zu meiner vollen Größe auf und trete ein.

Sofort richten sich alle Blicke auf mich.

Tom, der Coach, Dex, Slater, alle sehen mich an. Auch Matt, und ich erwarte, dass er irgendeinen dummen Spruch über meine Fahrkünste raushaut.

Aber das tut er nicht.

»Hey Jenson, alles okay?«, fragt stattdessen Slater.

»Hast nochmal Glück gehabt, was?«, fügt Dexter hinzu.

Ich nicke. »Der Unfall war nicht wild«, sage ich und bin mir bewusst darüber, dass die Nervosität, die in der Luft liegt, nicht nur damit zu tun hat.

Sicher hat Ridley schon mit ihnen geredet.

Ich wende mich ihm zu.

Er lehnt an einem der Spinde und mustert mich von oben bis unten. »Gut, dass dir nichts passiert ist, Junge. Trotzdem kannst du es dir nach unserem Telefonat wohl schon denken: Ich halte es für am klügsten, wenn du das, was auch immer zurzeit bei dir los ist, erstmal klären kannst. Mein Vorschlag wäre daher, dass du für die nächsten fünf Spiele als normaler Feldspieler dabei bist und Slater ersatzweise deinen Posten übernimmt.«

Sowas war absehbar, dennoch bin ich im ersten Moment wie vor den Kopf gestoßen. Ich hätte nicht erwartet, dass mich der Coach vor vollendete Tatsachen stellt, denn am Telefon klang das noch anders.

Egal, noch ist nichts verloren. Ich öffne den Mund, aber ehe ich etwas sagen kann, meldet sich Slater zu Wort.

»Tut mir leid, aber das mache ich nicht«, sagt er und tritt neben mich. »Ich bin Verteidiger und will mich darauf konzentrieren. Abgesehen davon stehe ich hinter Jenson.«

Überrascht und dankbar zugleich schaue ich ihn an. Er nickt mir zu und haut mir auf die Schulter, und für den Bruchteil einer Sekunde glaube ich, dass er was ahnt. Eigentlich kann das nicht sein, aber Slater ist im letzten Sommer immerhin etwas ganz Ähnliches passiert wie mir. Wer weiß. Vielleicht spüren Betroffene, wenn sie anderen Betroffenen begegnen.

Der Coach lässt ein Schnauben hören. »Würden wir nicht kurz vor einem entscheidenden Match stehen, würde ich dir dafür die Ohren langziehen, Thorn! Aber schön, dann übernimmt eben Turner!«

Ich sehe Tom an.

Er schüttelt ebenfalls den Kopf. »Ich stehe auch hinter dem Captain.«

»Ich auch«, mischt sich Eric ein.

»Geht mir genauso«, sagt Steve und ein paar andere nicken.

Dexter tritt an meine freie Seite und spricht aus, was offenbar alle hier denken: »Es hat seine Gründe, dass die Eagles praktisch unschlagbar sind und unser Cap ist einer davon. *Never change a winning team.*«

Ich blicke in die Runde und es wäre eine Lüge, zu behaupten, dass ich nicht gerührt bin. Scheiße, ich liebe dieses Team.

Aber Ridley gibt sich noch nicht geschlagen. Er stößt sich von der Tür ab und wendet sich an Matt, der auf einer der Bänke sitzt und das Gespräch gespannt verfolgt. »Lewis. Wie es aussieht, musst du heute nochmal ran.«

Ich sehe ebenfalls zu Matt und bin mir sicher, dass er ja sagen wird. Auf so eine Gelegenheit hat er doch nur gewartet.

Auf Matts Gesicht macht sich ein Grinsen breit.

»Kennt ihr das, wenn der Bachelor seine Rosen verteilen will, aber auf einmal gehen die Frauen freiwillig?«, fragt er.

Ein paar der Jungs lachen verhalten und Matt steht auf.

»Coach«, sagt er, »nichts für ungut und ich fühle mich echt geehrt, dass ich Ihre vierte Wahl für die Position des Anführers bin. Aber dieses Team hat schon einen Captain. Auch, wenn er mir die Nase gebrochen hat, macht er auf dem Feld einen guten Job und das ist alles, worum es hier geht.« Damit wendet er sich an mich. »Ich stehe hinter dir, du Arsch.«

»Danke, du Schwachkopf«, knurre ich und bemerke in dem Moment etwas Seltsames.

Auf eine echt komische Weise sind sogar Matt und ich irgendwie Freunde. So wie wir alle. Und Freunde fallen einander nicht in den Rücken.

»Danke, Jungs«, sage ich lauter und wende mich dann wieder an den Coach. »Aber ich will diese Position nur behalten, wenn ich sie auch wirklich verdiene, und das heißt, dass ich was klarstellen muss. Ich verliere nicht die Kontrolle, ich werde auch nicht plötzlich zum Schläger oder zum Skandal-Mitglied der Eagles. Ich hatte in der letzten Zeit ein paar familiäre Probleme, die ich hier eigentlich nicht ausbreiten will. Nicht, weil ich euch nicht trauen würde, sondern weil es dabei um eine Sache geht, die nicht ganz einfach für mich ist.«

Wieder ist es Slater, der das Wort ergreift. »Hör mal. Ich weiß, von uns erwarten immer alle, dass wir perfekt sind. Aber jeder von uns hat oder hatte seine privaten Probleme und wir haben alle vollstes Verständnis, wenn einer der anderen mal ins Straucheln gerät und sich zurückzieht. Oder, Jungs?«

Er blickt in die Runde und die anderen nicken ernst.

»Auch wenn du hoffentlich weißt, dass du jederzeit mit uns reden kannst. Was in dieser Kabine gesagt wird ...« Er macht eine umfassende Handbewegung: »... bleibt in dieser Kabine.«

Ich nicke ihm zu und bin mir jetzt sicherer denn je, dass er verstanden hat, worum es geht. »Danke, das ist gut zu wissen. Aber ich bin schon dabei, die Sache zu regeln und ich verspreche euch, dass ich keinem von euch mehr die Nase oder sonst was breche. Außerdem verspreche ich euch noch was: Wir gewinnen heute Abend, weil wir dem Gegner was Entscheidendes voraus haben. Scheißegal, was kommt, wir stehen als Team zusammen. Habe ich Recht?«

»Klar doch«, sagt Matt.

»Immer«, fügt Steve hinzu. »Auf dem Eis und hinter den Kulissen!«

Ich sehe den Coach an, er mich ebenfalls, und jetzt wirkt er nicht mehr wütend, sondern ergriffen von dem, was hier gerade passiert.

Dem Rückhalt, der bei den Eagles herrscht. Ich hoffe, ihm ist klar, dass es vor allem sein Werk ist, dass wir sind, wie wir sind. Weil er uns nicht nur das Siegen gelehrt, hat, sondern auch echten Teamgeist.

Er löst sich von seinem Platz und tritt auf mich zu. »Na schön«, sagt er. »Dann nehme ich dich beim Wort und setze heute Abend auf Sieg.«

»Tun Sie das«, sage ich.

Ridley blickt mir prüfend in die Augen, dann hält er mir die Hand hin, ich schlage ein und damit ist es besiegelt.

Ich bleibe der Anführer der Eagles. Was auch immer Sawyer mir früher kaputtgemacht hat, heute lasse ich mir nichts mehr von ihm nehmen. So viel steht fest.

Ich nicke Ridley zu, dann wende ich mich an die Mannschaft. »Okay, genug rumgelabert! Zieht eure Trikots an und dann ab aufs Eis! Es ist Zeit, ein paar Checks zu verteilen, und wenn wir am Ende dieses Abends nicht haushoch gewonnen haben, kauf ich jedem von euch ein Tutu und ihr könnt euch bei Holiday on Ice bewerben! Wollt ihr das?«

»Nein!«, schallt es mir entgegen.

Ich grinse. »Dann los, machen wir ihnen die Hölle heiß!«

KAYLEE

Unsere Kür klappt einwandfrei und ich fühle mich wie beflügelt, als ich erkenne, wer uns aus dem Kabinengang zusieht – an der Spitze der Eagles, mit dem C auf seinem Trikot, das ihn als Captain der Mannschaft kennzeichnet.

Jenson lächelt mir zu und ich erkenne eine Mischung aus Erleichterung und Stolz in seinem Blick, die mich umso mehr anspornt.

Ich wirble umher, schleudere meine Pompons in die Luft, besteige die menschliche Pyramide und gebe bei meiner Endpose alles, um zu zeigen, dass die beste Uni-Mannschaft der Staaten auch eine ganz brauchbare Cheerleadertruppe hat.

Als ich wieder festen Boden unter den Füßen habe, fällt mir Abby um den Hals. »Du bist so weit, Süße!«, sagt sie.

Perplex sehe ich sie an.

Sie hebt die Schultern und erwidert mit einem glücklichen Lächeln: »Im März gehe ich in die Babypause, aber das stört mich jetzt gar nicht mehr so, denn ich weiß, dass meine Mädels in besten Händen sind.«

»Abby, ich ...«

Sie knutscht mich auf die Wange. »Du bist der Hammer, Kay!«

»Ich hatte auch die beste Lehrerin«, sage ich gerührt.

Kurz drücke ich sie, dann müssen wir das Eis räumen.

Die Eagles laufen ein und die Fans bereiten ihnen einen gebührenden Empfang.

Ich werfe Jenson eine Kusshand zu und er zwinkert mir zu, ehe er seinen Helm aufsetzt. Wir Firebirds nehmen auf der Tribüne Platz und es geht los.

Von Anfang an liegt heute eine magische Stimmung in der Luft. Das Match ist großartig. Die Eagles sind umwerfend. Ich habe keine Ahnung, was genau vorhin in der Kabine passiert ist, was genau Jenson den anderen gesagt hat, doch ganz offenbar hat er die richtigen Worte gefunden, um auch seiner Mannschaft Flügel zu verleihen.

Schon im zweiten Drittel führen die Eagles mit fünf zu eins, doch das nehmen sie nicht als Anlass, sich zurückzulehnen.

Immer wieder preschen sie aufs gegnerische Tor zu und ihre Kontrahenten, die Dolphins aus Philadelphia, wissen gar nicht, wie ihnen geschieht.

Ich sitze mit den anderen Mädels sowie unserem Maskottchen Malcolm in der vordersten Reihe und wir springen jedes Mal auf, wenn es in die heiße Phase vor dem Tor geht, schwingen unsere Pompons und geben alles.

Die Fans stimmen in unsere Anfeuerungsrufe mit ein, die Halle erbebt förmlich. Die Energie der Spieler geht auf alle anderen über und die Stimmung ist fast magisch.

Und obwohl alle Eagles heute ein überragendes Match spielen, fällt mir vor allem einer auf. Jenson.

Er ist die ganze Zeit voll da, sogar, wenn er zur Pause rausgenommen wird, kontrolliert er seine Jungs vom Rand aus. Er spielt schnell und stark und wann immer er gebraucht wird, ist er zur Stelle.

Ich sehe zu, wie er neben Tom her prescht, der sich gerade dem Tor nähert, wie er einen Gegner, der angreifen will, einfach ausspielt und dafür noch nicht mal einen Check braucht.

Dann fällt das nächste Tor, ich springe mit den anderen auf und juble ihm zu. Dem Captain. Meinem Captain.

In der Unterbrechung zwischen dem zweiten und dem letzten Drittel schlängle ich mich durch die Reihe zum Zugang auf die Eisfläche.

Jenson sieht mich und kommt zu mir rübergefahren. Sein Gesicht ist verschwitzt und sein kurzes Haar ebenfalls. Mit den Schlittschuhen ist er noch größer als normalerweise und muss sich ein ganzes Stück zu mir runterbeugen, damit ich einen Kuss auf seine feuchten Lippen drücken kann.

»Du bist der Wahnsinn«, entfährt es mir.

»Danke, du auch«, erwidert er und küsst mich auf den Hals.

Mein ganzer Körper erschauert.

»Schläfst du heute bei mir?«, fragt er.

»Wenn du gewinnst.« Ich strahle ihn an und fange an zu lachen, als er mir als Antwort locker in die Nase beißt.

»Frech auch noch«, sagt er, ehe er seinen Helm wieder aufsetzt und wieder losfährt.

»Ich wollte dir nur einen Ansporn geben«, rufe ich ihm nach.

Jenson sagt nichts mehr, aber er antwortet mir auf andere Weise. Als das letzte Drittel endet, gewinnen die Eagles das Match mit legendären dreizehn zu drei. Die

Halle tobt und wir Firebirds stürmen aufs Eis, um den Jungs zu gratulieren.

Es dauert, bis ich zu Jenson durchkomme: Die anderen aus dem Team lassen es sich nicht nehmen, ihren Captain erstmal ordentlich zu feiern. Als ich ihn schließlich erreiche, packt er mich und wirbelt mich durch die Luft, und ich halte mich lachend an seinem Hals fest.

»Glückwunsch«, raune ich ihm zu. »Ich schlafe heute bei dir.«

Und in Gedanken füge ich hinzu, dass ich auch dann nicht von seiner Seite weichen werde, wenn er zur Polizei geht, um den nächsten Schritt zu machen. Und auch danach, falls ein Prozess auf ihn wartet, werde ich an seiner Seite sein.

Noch bis vor wenigen Wochen hätte ich nicht gedacht, dass ich einem Mann wie Jenson begegnen würde. Und dass ich je auf diese Weise für einen Mann empfinden würde. Ich bin nicht nur verliebt in Jenson, ich bewundere ihn auch. Ich fühle mich bei ihm sicher und weiß zugleich, dass ich, falls nötig, für ihn kämpfen würde wie eine Löwin.

Genau das sind wir, wenn es darauf ankommt. Löwe und Löwin.

Und das Wichtigste: Jetzt, wo alle Missverständnisse zwischen uns aus der Welt geschafft sind, vertraue ich ihm bedingungslos.

Seite an Seite können wir ganz von vorn anfangen. Das fühlt sich unfassbar gut an.

Als die Fans die Mannschaft nach endlosem Jubel endlich gehen lassen, trennen sich Jenson und ich kurz, um zu duschen und uns umzuziehen. Ich beeile mich und die Firebirds lachen mich aus, als ich vor allen anderen die Kabine verlasse, aber ich kann es einfach nicht erwarten, ihn wiederzusehen.

Ich trete aus der Halle in die kalte, verheißungsvolle Frühjahrsluft, atme tief ein und lächle, als ich schwere Schritte hinter mir vernehme.

»Erste«, sage ich und drehe mich um.

Jenson lächelt mich an. Es ist kein halbes Lächeln mehr. »Von mir aus, ein Sieg am Abend reicht mir!«

Er zieht mich an sich und ich genieße es, endlich wieder seine Kraft und seine Wärme zu spüren.

»Ich habe eine Überraschung für dich«, sage ich. »Ich koche dir zur Feier des Tages dein Lieblingsessen.«

Jenson verzieht das Gesicht und ich muss lachen.

»Komm schon, ein paar Nudeln kriege ich hin!«

»Klar doch, ich werd mit einem Feuerlöscher bereitstehen und das Fenster weit …«

Er verstummt und sieht über meine Schulter hinweg.

»Ist alles okay?«, frage ich verwirrt.

Als er nicht gleich antwortet, drehe ich mich um und sehe Mrs Lawrence. Sie steht ein paar Meter entfernt und macht ein ernstes Gesicht. Neben ihr steht ein Mann, der fast noch trauriger wirkt als sie. Und an einer Leine zwischen den beiden hechelt ein großer, pechschwarzer Hund.

Er zieht so stark, dass Mrs Lawrence ihn kaum halten kann.

»Max«, sagt Jenson und das ist der Moment, in dem seine Mutter die Leine loslässt.

Der Hund galoppiert los, prescht an mir vorbei und springt Jenson fast schon auf den Arm.

»Max!«, sagt dieser nochmal, jetzt erfreut und geht in die Hocke, was der Hund zum Anlass nimmt, ihn von oben bis unten abzuschlabbern.

Das ist also Mad Max. Seine Pfoten sind riesig, alles an ihm ist riesig. Genau der richtige Hund für einen Mann wie Jenson.

Ich sehe zu, wie sich die beiden begrüßen und bin gerührt, weil Jenson sich so ausgelassen über Mad Max freut.

Er packt den Kopf des Hundes, wuschelt durch sein Fell und fragt: »Wie geht's dir, mein Junge? Was hast du getrieben ohne mich?!«

Mrs Lawrence tritt an meine Seite. »Er war so traurig in den letzten Wochen, da dachte ich, ich bringe ihn zu seinem Herrchen.«

Ich lächle sie an. »Eine gute Entscheidung.«

Jensons Mutter lächelt auch, aber genau wie Jenson gestern wischt sie sich dabei verhalten eine Träne aus dem Augenwinkel. »Weißt du, Kaylee, ich wünschte wirklich, das wäre alles anders gelaufen.«

Ich nicke. Das kann ich mir gut vorstellen, aber manchmal laufen die Dinge eben nicht gut. Doch die Hauptsache ist, dass sie gut enden.

Jenson richtet sich auf, sobald er Mad Max halbwegs unter Kontrolle hat. Der Hund wendet sich mir zu und kommt rübergelaufen, um neugierig meine Hand zu beschnuppern, während Jenson den Mann ansieht.

»Gutes Match«, sagt dieser und nickt anerkennend.

»Ich weiß«, erwidert Jenson und mir wird klar, dass es sich beim Begleiter seiner Mutter um seinen Vater handeln muss.

Sein Dad kommt zögerlich ein paar Schritte näher. »Wir haben von dem Unfall gehört.«

»Typisch Kleinstadt«, brummt Jenson.

Sein Vater lächelt schmerzvoll und bleibt vor seinem Sohn stehen.

Neben mir atmet Mrs Lawrence zittrig durch.

Mad Max dagegen schleckt hingebungsvoll meine Finger ab.

Jenson und sein Dad sehen sich einen Moment lang an – dann umarmt sein Vater ihn, unbeholfen, wie es Männer nun einmal tun. Und Jenson lässt es geschehen.

»Tut mir so leid«, sagt sein Vater.

»Schon gut«, sagt Jenson leise und beherrscht. »Wir machen alle Fehler, schätze ich.«

»Ja. Aber wir sollten auch alles tun, um sie wiedergutzumachen.« Sein Dad richtet sich auf und packt seine Schultern. »Wenn du zu ihm fährst, komme ich mit. Und wenn ...«

»Ich gehe zu den Cops.«

Sein Dad nickt. »Dann sage ich für dich aus.«

»Danke, Dad. Das weiß ich zu schätzen.« Immer noch ein wenig misstrauisch nickt er seinem Vater zu, gibt sich dann jedoch einen sichtlichen Ruck. »Aber zuerst würde ich dir gern jemanden vorstellen.«

Jenson dreht sich zu mir um und ich trete zu ihm, lege den Arm um seine Hüfte.

»Das ist Kaylee, meine Freundin.«

Sein Dad wirkt so erleichtert, dass ich mir gut vorstellen kann, wie ihn sein Gewissen all die Jahre gequält hat. »Freut mich, dich kennenzulernen«, sagt er und hält mir die Hand hin.

Ich ergreife seine Hand, sage »Ebenfalls« und meine es absolut ehrlich.

Denn ich bin froh, dass Jensons Familie hinter ihm steht, dass wir alle gemeinsam hinter ihm stehen. Dass jetzt alles gut werden kann. Denn auch, wenn die Zeit vielleicht keine Wunden heilt – Hoffnung kann alles heilen.

Vertrauen kann alles wiedergutmachen.

Und Liebe kann einen neuen Anfang herbeizaubern. Manchmal dauert es, doch am Ende weist sie uns den Weg. Immer.

EPILOG

New York City, New York
Sechs Tage später

KAYLEE

Ich habe zu viel gegessen. Ich bin so voll, dass ich es kaum schaffe, vom Sofa aufzustehen.

Auch Jenson scheint so seine Mühe zu haben.

»Wir gehen schlafen«, sage ich, sobald er ebenfalls steht und den Arm um meine Taille legt.

Im großen warmen Wohnzimmer der Stadtwohnung meiner Eltern sitzen noch alle anderen zusammen, abgesehen von meinen kleinen Cousins, die schon längst im Bett sind. Auf dem Tisch steht eine halbleere Flasche Scotch; Mom, meine noch lebende Grandma väterlicherseits und meine Tante trinken Rotwein.

»Schon?«, fragt meine Mutter enttäuscht.

»Das ist aber schade!«, sagt auch Grandma.

Die beiden haben die ganze Feier damit verbracht, Jenson auszuquetschen. Es war die absolute Sensation für sie, dass ich wieder einen Freund habe und ich glaube, sie haben sich sofort in ihn verliebt. Kein Wunder: In seinem schwarzen Anzug sieht er zum Anbeißen aus, auch wenn er das Jackett im Laufe des Abends ausgezogen und die Ärmel hochgeschoben hat.

Aber sein Aussehen ist nicht alles. Er ist einfach der tollste Mann, den ich kenne und mit jedem Tag, den wir zusammen sind, wird mir das klarer.

»Na gut.« Dad steht auf. »Dann zeige ich dir mal dein Zimmer, junger Mann! Du willst doch nicht etwa bei Kaylee schlafen?«

»Äh«, sagt Jenson ziemlich geistreich und mein Vater fängt an zu grinsen, während sich Grandpa, den ich nur Grandpa Florida nenne, weil er und meine Grandma schon ewig dort leben, und die anderen schon kaputtlachen.

»Mein Dad ist ein absoluter Schwachkopf«, sage ich und werfe ein Kissen nach ihm.

Jenson sieht mich an. »Na, dann weiß ich ja, woher du das hast.«

Mit einem empörten Blick boxe ich vor seine stahlharte Schulter und schmelze dann gleich wieder dahin, als er mir zuzwinkert.

»Gute Nacht, ihr zwei«, sagt Mom. »Und verschlaft nicht das Frühstück!«

»Rede bitte nicht von Essen«, sage ich gequält, denn die Feier zu ihrem Fünfzigsten war ein einziges Gelage, dann verabschieden wir uns von allen und wenden uns Arm in Arm der Tür zu.

Ich spüre ihre Blicke im Rücken und muss schmunzeln, während wir das Wohnzimmer verlassen.

»Die sind alle verrückt nach dir«, sage ich leise.

»Ich zum Glück nur nach dir«, erwidert er und ich schmiege mich an ihn.

»Das wollte ich hören.«

»Ich weiß, darum habe ich es ja gesagt.«

»Ha, ha.« Ich nehme Jenson mit in mein altes Zimmer, an dessen Wänden noch meine Turnurkunden hängen.

Sie sind ein Teil meines alten Lebens. Ich habe es hinter mir gelassen und bin nun ein Firebird. Und auch Jenson ist dabei, seine Vergangenheit Stück für Stück hinter sich zu lassen.

Er war bei der Polizei und hat seinen früheren Coach angezeigt.

Sein Vater hat wie versprochen eine Zeugenaussage für ihn gemacht. Ob es einen Prozess geben wird, entscheidet sich in den nächsten Wochen, aber ich glaube, das ist auch gar nicht so wichtig.

Für Jenson war es viel entscheidender, reinen Tisch zu machen und das hat er getan – durch die Anzeige und die Therapie, die er begonnen hat. Man merkt ihm an, dass er sich besser fühlt. Das stelle ich mal wieder fest, als ich ihm verstohlen dabei zusehe, wie er sein Hemd aufknöpft. Er wirkt so ruhig und gelassen, als könnte ihn nichts mehr auf der Welt erschüttern.

Ich trete näher an ihn heran und streife ihm das Hemd von den Schultern.

Jenson sieht mich an, lässt mich gewähren, dann greift er hinter mich und öffnet den Reißverschluss meines engen, knielangen Samtkleides.

Ich schlucke, als seine Fingerspitzen meine Wirbelsäule streifen und ich glaube, er fühlt, wie ich unter seiner Berührung erschauere.

Mein Kleid gleitet zu Boden und ich stehe nur noch in Unterwäsche vor ihm.

»Kaylee?«, fragt er ein wenig heiser.

Ich sehe ihn an.

»Ich würde gerne einen Schritt weitergehen«, sagt er.

Mein Herz klopft etwas schneller. »Bist du ganz sicher?«, frage ich leise.

Er nickt und ich erkenne keinen Zweifel in seinem Blick, als er mich an den Hüften packt und mich enger an sich zieht.

Kurzerhand springe ich ihm auf den Arm und lasse mich von ihm zum Bett tragen. Dabei fangen wir an, uns zu küssen und in mir breitet sich ein irres Kribbeln aus.

Wir landen auf der weichen Matratze, ich greife nach seinem Gürtel und öffne seine Hose, wobei unser Kuss immer leidenschaftlicher wird.

»Darf ich?«, frage ich atemlos zwischen zwei Küssen.

»Ja«, sagt er, als sich unsere Lippen das nächste Mal voneinander lösen.

Ich lächle ihn kurz an – dann beginne ich, mir einen Weg an seinem Körper hinunter zu küssen, ganz langsam und in Ruhe, sodass er Zeit hat, einzugreifen, falls es ihm zu viel wird.

Doch er lässt es geschehen und ich genieße den Geschmack seiner Haut, lasse meine Lippen über seinen Hals gleiten, fahre mit der Zunge über seine definierten Brustmuskeln.

Seine Hand liegt dabei ganz entspannt auf meinem Rücken und ich glaube, er vertraut mir genug, um es zu wagen.

Ich rutsche ein Stück tiefer, dann sehe ich nochmal zu ihm auf.

Jenson sieht mich ebenfalls an.

»Du weißt aber schon«, ziehe ich ihn auf, »dass du ein für alle Mal mir gehörst, wenn ich das getan habe? So will es das Gesetz.«

Jenson lacht heiser. »Dieses Gesetz gefällt mir«, sagt er. »Ich bin nämlich zufällig ziemlich verliebt in dich.«

»So ein Zufall ist das, glaube ich, gar nicht«, hauche ich.

Ich glaube vielmehr, dass uns tatsächlich das Schicksal zusammengeführt hat, zwei Verirrte, die umhertrieben und sich mithilfe einer Flaschenpost fanden. Und die jetzt bereit sind, abzutauchen in eine ganz neue Welt.

In eine gemeinsame Zukunft. In ein Abenteuer, aufregender als jeder Bungee-Sprung und doch erfüllt von der Sicherheit, dass wir einander haben.

Einander vertrauen.

Einander lieben.

ENDE